COLLECTION FOLIO

Héléna Marienské

Fantaisie-sarabande

Flammarion

© Héléna Marienské et Flammarion, 2014.
Publié avec l'accord de l'Agence Pierre Astier & Associés.

Agrégée de lettres, Héléna Marienské est l'auteur de *Rhésus* (P.O.L, 2006, prix *Lire* du meilleur premier roman, prix *Madame Figaro*/Le Grand Véfour, mention spéciale du prix Wepler, prix du 15 minutes plus tard), d'un recueil de pastiches, *Le degré suprême de la tendresse* (Éditions Héloïse d'Ormesson, 2008, prix Jean-Claude Brialy) et de *Fantaisie-sarabande* (Flammarion, 2014).

A.

Les sociologues s'accordent pour considérer que l'esprit d'initiative, l'indépendance, la volonté de triompher des obstacles, la combativité économique, la mobilité géographique, la multiplicité des conquêtes amoureuses, la capacité à prendre des risques physiques et psychiques, l'efficacité, l'adaptabilité et la rapidité confèrent à l'homme de notre temps comme des siècles passés prestige, charme, et respectabilité.

Prenons maintenant une pute.

Est-elle dépourvue des qualités que nous venons d'énumérer ? Aucunement : elle les cumule à l'inverse, car elles sont les conditions *sine qua non* de sa survie économique. Et pourtant, les putes, sauf exception, n'acquièrent que peu de prestige, et aucune respectabilité.

Quant au charme, c'est une autre affaire.

Annabelle Mansuy ratait le car qui la conduisait au lycée de Metz une fois sur deux. L'autostop s'imposa.

Des messieurs la cueillirent ainsi sur le bord de la route après le virage de Freyming-Merlebach. Dès qu'elle s'asseyait, ils causaient, la questionnaient, et très vite se racontaient.

Son parleur préféré était Pimpon, chômeur qui devait son sobriquet aux brusques rougeurs qui accusaient ses émotions. C'était un benêt doctrineur si obtus qu'il semblait sorti d'une comédie. Les platitudes inspirées qu'il énonçait dans sa 205, sentencieux comme un *dottore*, la faisaient rire tout haut. Il comprit qu'elle se moquait : il devint amoureux. Chaque soir, il patientait jusqu'à la fin des cours pour la reconduire chez elle. Il préférait souvent les chemins de traverse et s'arrêtait sur un bas-côté pour lui faire des déclarations :

— Tu m'excites. Tu me mets en feu.

Pour préciser sa pensée, il s'emparait de sa main, qu'il imposait religieusement sur son pantalon, et la fixait avec des regards infinis.

— Impossible.

— Impossible n'est pas français, affirmait-il en dégrafant sa braguette.

— Je me garde pour Fred.

Fred était sa meilleure amie, sa seule amie. Ses caresses étaient si délicieuses qu'elle lui avait juré fidélité.

— Mais Fred ne compte pas, c'est une fille.

— Pimpon, t'es trop con.

— Si tu veux, tu resteras vierge. On n'est pas obligés de toucher au sacré.

Un système de troc se mit en place : il lui apprendrait à conduire, et elle le laisserait se faire plaisir. La leçon d'abord, et si elle était satisfaite elle le récompenserait. Ils étaient convenus qu'une demi-heure d'effort serait suivie d'un quart d'heure de réconfort.

— T'as le sens des affaires, nota Pimpon.

Elle prit ça pour un compliment.

— Et tu sais quoi, ça m'excite.

Elle apprit ainsi les bases, on met le contact, rétro arrière, rétro à gauche, on débraie, on passe en première, et c'est parti. Il était écarlate dès le début de la leçon, et elle lui suggérait « respire, mon grand, respire, sinon on n'ira pas loin ». Il haletait comme un faune. « Pimpon, si tu ne te concentres pas, on arrête tout. » Il inspirait profondément, rangeait ses mains sur les cuisses et se composait un air de professeur sage. Elle quittait les petits chemins et glissait sur les voies rapides. Pimpon, extasié, observait ses gestes assurés et la laissait se griser de vitesse... pendant vingt-huit minutes. Alors, intraitable :

— Tu prends la première sortie.
— Pimpon, s'il te plaît...
— Dans cinq cents mètres.
— Mon Pimpounet...
— Rien du tout.

Et ils quittaient son paradis d'asphalte.

À l'issue de la première leçon, Pimpon la fit rouler sur une piste sableuse, le long du fleuve, et lui demanda d'arrêter le moteur.

— Tu as droit aux seins, lui dit-elle, car elle avait remarqué qu'il bégayait plus lorsqu'elle était décolletée.

Ce jour-là, elle avait boutonné jusqu'au cou un chemisier fleuri. Pimpon s'empourpra. Elle lui tendit crânement sa gorge. Il l'effleura à travers l'étoffe. Ses mains semblaient, en tremblant un peu, chercher le contour du sein, puis sa pointe. Il détacha un à un les boutons, lentement. Elle croisa les mains sur l'appuie-tête, dans un geste d'attente indifférente. Souffle court, il ouvrit largement son corsage : elle était nue jusqu'à la taille. Il bredouilla un amphigouri de compliments et caressa, parfois doux, parfois brusque. Il embrassa, lécha le bout du sein puis le sein tout entier, à grands coups de langue surprenants, pris d'une fougue de bête. Il la mordilla, puis la mordit tout à fait, très fort. Elle accepta ces barbaries, se taisant toujours, et les gémissements de Pimpon provoquèrent dans son ventre une émotion jamais ressentie.

La fois suivante, elle put rouler à son goût, trop vite et violant toutes les règles. Elle se prit à faire la course avec les rivales les plus puissantes, criant sa joie d'enfant affolée par sa liberté. Autour d'elle rutilaient des bolides. Elle doubla une Audi par la droite. Pimpon afficha un grand calme et se contenta de lui indiquer d'une voix neutre la fin de la leçon.

— Aujourd'hui, les fesses. Tu fais ce que tu veux, mais tu n'entres pas. Et devant, pas touche.

Pimpon hocha une tête rubiconde, releva d'un coup la jupe. Elle était nue jusqu'à la taille. Il tenta d'étouffer un cri, en vain. Fermant les yeux après les avoir levés au ciel, car elle était cruelle alors, elle s'allongea à plat ventre sur les deux sièges avant, les fesses sur ses genoux offertes à son regard et à ses mains, les jambes un peu entrouvertes. Cinq minutes au moins, sur les quinze qui lui étaient imparties, s'écoulèrent sans un mot ni un geste. Elle n'était peut-être pas à son goût, de ce côté-là ? Mais soudain il s'empara du paquet, et follement, goulûment, embrassa, pétrit, griffa, fessa. Elle resta de marbre – ou plutôt le feignit. Il reprit les actions dans le désordre, plus sauvagement, la faisant voguer sur son ventre qui s'animait, baisant, mordant, faisant claquer de plus en plus fort le plat de ses deux mains, écartant ses fesses comme pour dissocier les deux demi-globes d'un abricot. Souffle coupé, elle dissimula son visage dans ses cheveux. Il s'interrompit, humecta ses doigts de salive, et caressa le trou secret, qui aussitôt se contracta. D'une claque sur le flanc il la força à se remettre à genoux et reprit les caresses circulaires et très lentes, obscènes et délicieuses. Jamais il ne pénétra ne fût-ce que du doigt l'accès qui lui avait été interdit. On ne sait lequel des deux fut le plus puni.

La dernière leçon fut silencieuse. La route, les bolides, tout indifférait Annabelle. Par fierté, elle tint la demi-heure réglementaire, puis demanda où garer la 205 :

— Choisis, murmura Pimpon avec un drôle de sourire.

Dans la clairière, il attendit à son accoutumée ses indications. Elle restait muette.

— Elle veut quoi, la princesse ?

— Tout, Pimpon. Ce que tu as déjà fait, et le reste.

Et Pimpon, Pimpon qu'elle avait cru si sot, développa à nouveau la thèse (le haut), l'antithèse (le bas), et aboutit à une synthèse qui lui enseigna dans un même mouvement la dialectique, le baiser des hommes, la tendresse, l'audace, l'abandon, les odeurs étranges du mâle et les paradoxes du plaisir.

A. 2

Une femme marche d'un pas vif, boulevard Voltaire. Elle regarde droit devant, ne voit rien des flâneurs du dimanche qui s'attardent dans le soir qui tombe. Le ciel d'hiver est rose, strié de nappes violettes, il chatoie de reflets sombres, mais ce cliché non plus, elle ne le voit guère, ni que Paris a paresseusement conservé, éteintes, obsolètes, les guirlandes de Noël, silencieuses comme le souvenir du tapage. Murée dans ses pensées, oublieuse des fêtes qui ne l'ont pas réjouie, sans un regard pour les boutiques de vêtements qui habituellement aimantent son œil, elle fait glisser derrière elle une valise à roulettes, une fort grosse valise de bonne marque, apparemment neuve – cuir sombre. Le personnage s'arrête : Angèle Guillometaz redresse d'un geste mécanique son bagage, un vaste Vuitton authentique, qui reste ainsi, à sa droite, vertical et pesant. Puis elle lance, énergique, son bras gauche légèrement vers le haut, replie d'un mouvement délié l'avant-bras, regarde l'heure à son poignet.

Elle se hâte, glisse au passage, de sa main gantée de cuir, une enveloppe dans une boîte aux lettres jaune et se retrouve quelques minutes plus tard, en nage, sur le quai de la gare de Lyon, où le train de Clermont partira dans un quart d'heure. Elle entend là quelqu'un qui l'appelle de son nom d'écrivain :

— Gabrielle Lazné ! ?

C'est un romancier américain, dont elle a un peu oublié le nom, quelque chose comme Dick Horny. Elle a naguère passé trois jours avec lui ainsi qu'avec une quinzaine d'autres écrivains du monde entier dans un château tout blanc posé sur un parc allemand entouré d'une campagne inexorablement plate, à Kiel. Baltique, prés clairs, prés sans fin, charcuterie à tous les repas, bière tiède. Un machin type « Assises mondiales du roman global » qui consistait comme souvent à enfermer dans une cage dorée quinze ego littéraires gonflés de particularismes exacerbés, mal masqués par un universalisme de façade, et de les stimuler de diverses façons, de les faire causer, exposer, ferrailler, pour voir ce qui allait se produire. Angèle-Gabrielle s'était ennuyée, comme souvent dans ce genre d'occasion.

Elle se souvient vaguement s'être distraite avec Nick. Il parlait un français châtié et lui avait paru plutôt intelligent, pour un Américain. Angèle, un soir, avait tenté de le battre au poker en usant de sa botte secrète : son pied voilé de soie noire s'insinuait, au mépris des règles de Vegas, sous la table, dans son entrejambe pour, à travers l'étoffe du pantalon, lui masser la queue. Mais le schnaps coulait alors trop dru pour qu'elle garde aujourd'hui un souvenir précis de la suite. Qui a bien pu gagner ? Ont-ils ? N'ont-ils pas ?

Pour éviter la dangereuse blessure d'amour-propre que lui infligerait à coup sûr l'oubli de son prénom, elle répond :

— Salut cow-boy ! Où allez-vous sans Stetson ni éperons ?

— Clermont, pour une signature. Et ensuite, cap sur Lyon, la meilleure gastronomie de France... Mon éditeur m'a prévu un parcours épatant. Je vous aide ?

Angèle, sans façon, le laisse s'emparer de son élégante valise, qu'il parvient à grand-peine à hisser dans le wagon en poussant divers jurons yankees, Bloody Hell et Fucking kills me – excuse my french. Le supposant curieux des expressions françaises, elle lui apprend que dans la langue de Molière sa valise pèse un âne mort – dead ass. On rit. L'un et l'autre s'épongent et s'assoient face à face, attendant le départ du Paris-Clermont.

L'Américain pose avec soin à côté de lui une étrange petite mallette rigide. Angèle, se sentant obligée à quelques politesses :

— Je ne savais pas que vous étiez en promo pour la rentrée de janvier ?

— Oui, mon petit traducteur vient de finir de s'occuper de mon dernier roman noir, *Hot blood and sausages*. Ils n'ont rien trouvé de mieux que de traduire le titre par *À la recherche du sang perdu* ! Les cons ! Est-ce que j'ai vraiment l'air d'un petit Marcel du polar ?

Qu'importe, Dick Horny vient tout juste de toucher ses droits, âprement négociés par son agent. Il a gentiment braqué son aimable éditeur français. Les quelques journalistes télé qui comptent lui font les yeux doux. Tout va bien...

D. H. arrive de New York, et accorde en toute simplicité et avec une assurance sans faille une série d'interviews, avec une scénographie réglée : les présentateurs, souvent sur le bord de leur chaise, parfois même quasiment à genoux en une posture d'oblation, se fendent de questions en anglais avec un accent qui trahit leur statut de provinciaux des lettres globalisées, et une voix off concentrée fait la traduction des réponses du maître du roman américain. Lui, pendant ce temps, reste immobile face caméra en laissant admirer ses yeux clairs vaguement narquois, sa belle gueule qui en a vu d'autres. Il fait parcimonieusement résonner des propos qui tranchent.

Chacun connaît le roman avec lequel il est entré en littérature, et dont le caractère fictionnel est régulièrement remis en cause, sans preuves il est vrai : Zach Horby, le jeune héros, un New-Yorkais, étudiant comme le fut Horny à Columbia grâce à l'héritage coquet légué par son père mort prématurément, croise, lors d'une errance dans le Bronx, où il enquête pour la documentation de son premier roman, un SDF qui est le parfait sosie de son père et qui le dévisage d'un air hostile en passant son chemin. L'homme agite ses hardes, profère des insanités mêlées de vagues menaces. Pris de peur, l'étudiant ne se déplace plus qu'armé et accompagné, mais ce SDF fantôme de son père revient hanter Zach dans ses lieux, chie dans son couloir, le houspille à grands cris dans la rue, jusqu'à s'installer un jour dans l'amphithéâtre où il fait un exposé et y faire un esclandre alcoolisé. Après une enquête familiale, Zach découvre que son père lui avait caché la regrettable existence d'un frère jumeau, dit « Ted l'infâme », avec qui il entretenait des relations détestables et qui s'était mis au ban de la famille, disparaissant littéralement pour une vie de Bukowski asocial, provocateur, poivrot, obscène et désespéré, mais sans aucun talent littéraire et affligé de penchants parasites.

Un soir après les cours, dans le labyrinthe de la ville-monde, l'oncle Ted barre ostensiblement la route de Zach et lui tend la main d'un air mauvais. Le héros lui fait l'aumône de plusieurs dollars. Il n'y est pas du tout : l'oncle réclame plus, beaucoup plus. Sa part des biens de la famille, dont il dit avoir été honteusement spolié. Violent, il tente, d'une lame de rasoir brutalement sortie de sa poche, d'égorger Zach qui résiste. L'étudiant réunit alors une partie de la somme, juste ce qu'il peut extraire de ses comptes pour ne pas mettre en péril ses études, et la donne à un autre SDF, pour qu'il assassine le frère jumeau de son père et fasse disparaître son corps dans l'Hudson. Le titre français du roman est *Sans chair fixe*, et aucune interview ne peut se faire sans que l'histoire semi-légendaire qui intronisa Horny ne soit finement rappelée, ni que l'intéressé ne tienne à son sujet des propos ambivalents sur le partage de la réalité et de la fiction, le thème universel de la mort du père et la toute-puissance imaginaire de la ville debout.

L'ambiguïté plaît.

OVER

Vient alors la question qu'Angèle craignait depuis le départ. Où en sont ses projets ? Qu'a-t-elle écrit depuis la dernière fois ? Ce n'était pas mal du tout, ce qu'elle avait pondu. Un peu tarabiscoté, mais couillu.

Le train part.

La réponse d'Angèle se fait attendre. Dick, dans un sourire d'encouragement, ouvre la mallette à côté de lui. Sont disposés, bien calés dans une feutrine rouge, un château-haut-brion d'un bon millésime, deux verres de dégustation, un tire-bouchon et une tablette de chocolat Valrhona.

— À-valoir de mon éditeur pour mon prochain livre ! glisse-t-il avec un clin d'œil à Angèle, qui ne peut s'empêcher de songer que le prix du kit sybaritique dépasse probablement les émoluments du traducteur – pensée interrompue par un beuglement américano-gargantuesque :

— La France, c'est pour le plaisiiiir !

Encouragée par le haut-brion, sentant qu'elle

n'a plus grand-chose à perdre, Angèle se laisse alors aller à une confession : c'est la panne sèche, Dick, le trou noir. Rien ne marche. Vie à l'arrêt. Elle dort, beaucoup, elle mange, trop, elle continue à vivre et à écrire malgré la certitude de n'être plus qu'un rat de laboratoire déjà cancéreux qu'un chercheur insouciant (ou sadique ?) aurait oublié dans son inutile labyrinthe. Les mots sonnent faux, les phrases tournent en rond, les personnages sont des fantoches, le style d'une platitude à se taper la tête contre du béton : tout ce qu'elle ébauche est d'une médiocrité à pleurer.

— Tu sais ce que j'écris dans mes fameux carnets en moleskine, en ce moment ? Des listes.
— D'idées ?
— De fringues à acheter. Ça me calme.

Dick lève une épaule, hoche la tête et propose : bois un coup, poupée.

Ce qu'elle fait. Puis : Je piétine, je m'entête, je renonce, je perds la raison, je tente d'oublier ma déchéance dans le stupre, mais tu sais ce que c'est. Je suis morte. Over. Gabrielle Lazné n'existe plus. Il n'y a plus qu'Angèle Guillometaz, petite prof de lettres sans vocation ni talent pédagogique coincée à Millau, ville plus connue pour faire moisir ses roqueforts à l'ombre d'un pont à bagnoles et pour avoir lancé les attentats bovesques au MacDo que pour son apport littéraire. Plus rien qu'Angèle Guillometaz, la femme de son vieux de mari dont elle subit la célébrité pianistique en public, les frasques, la pingrerie et les manies anticonsuméristes en privé.

Dick approuve d'un fucking something et la ressert tout en la sermonnant, en évangéliste yankee capable de temps à autre de quelques psaumes entraînants et bien rythmés :

— C'est typique ! Vous autres profonds Européens pétris de catholicisme, vous êtes fichus pour la littérature ! Incapables, petits chéris, incapables que vous êtes de vous libérer du poids de votre tradition. Trop de génies vous écrasent avant que vous ayez allumé votre mac, ils vous plaquent au sol, ils vous arrachent les tripes avec les dents, tous les Montaigne, les La Fontaine, les Molière, les Balzac, les Baudelaire, les Rimbaud. Et les Flaubert... « Écrire sur rien »... Vous êtes tétanisés, poor you... Vous devriez faire comme nous, hommes nouveaux du nouveau monde, story tellers... Écrire de vraies histoires bigger than life, avec des personnages, une intrigue, du rythme, de l'amour, du cul. Une vision du monde. Des valeurs. Ou des contre-valeurs. Au lieu de quoi... Vous faites des mines, vous vous regardez écrire, vous ne pensez pas une seconde à votre lecteur. Pauvres choux ! Vous ne pouvez pas faire tourner une petite cuiller dans une tasse de thé à un de vos personnages sans consistance sans vous demander comment et dans quel sens Proust l'aurait fait avant vous, pas vrai ?

Angèle, silencieuse enfin, hoche la tête. Cause toujours...

— Et ce qu'auraient écrit Stendhal et Céline à votre place, et comment dépasser les interdits du Nouveau Roman... Ah là là, ça vous a achevés, l'ère du soupçon. Et vous tournicotez, vous demandant, aussi bien que Roland Barthes, comment ne pas écrire le roman qu'on a toujours eu l'ambition d'écrire.

Elle regarde sa bouche. Ce type ne comprend rien à la littérature, il écrit de la daube, mais il est assez sexy, avec son arrogance.

— Arrête de pleurnicher, libère-toi ma petite, surtout écris chaque jour : cinq pages, rien de moins ! Bosse nom de dieu, be professional, et vis, voyage, baise, tue... enfin tu vois ce que je veux dire.

Et en plus des yeux intéressants, assez dissymétriques.

— Tiens, je suis prêt à parier cent dollars que dans cette sacrée valise qui pèse comme tu le dis un âne, il y a essentiellement des bouquins, des kilos de bouquins qui te suivent partout ! Et pas un seul page turner...

Angèle se penche alors vers lui pour lui répondre à mi-voix avec un fin sourire :

— Si tu savais...

— Tu es une femme rangée, Gabrielle. Eh bien, libère-toi : écris l'histoire d'une femme délivrée de toutes les conventions sociales. L'histoire... tiens, l'histoire d'une pute. Une pute, tu m'entends. Et que la pute, ce soit toi. Et ensuite, fais-toi payer, cher !

Arrivée en gare de Clermont. Déjà ? On s'embrasse, on se promet de se retrouver à New York, pour fêter la traduction du prochain chef-d'œuvre de Gabrielle Lazné.

Sitôt sortie du train, Angèle appelle le 06 83 14 39 40 : personne ne répond, elle ne laisse pas de message.

Elle attend sa correspondance à Clermont pendant trois quarts d'heure et dans le froid. Son portable vibre, le nom de Grontec s'affiche : elle ne répond pas. Vingt-cinq minutes d'attente ensuite en gare de Neussargues. Il est deux heures trente lorsqu'elle arrive à Millau. Ces voyages en train sont peu coûteux mais décidément bien longs. Dix minutes de voiture, pleins phares, jusqu'à Bazeuges-sur-Cirq. Il y fait vraiment beaucoup plus froid qu'à Paris, il neige encore, il neige toujours, il neige épais, et si elle veut passer aux toilettes, c'est dehors, dans la baraque construite à cet usage. Depuis cinq ans maintenant, les toilettes, à la demande de Monsieur, très soucieux de l'environnement, sont des toilettes sèches. Pas de chasse d'eau. Pas de gaspillage. Le moins de dépenses possible. Toute une philosophie.

La philosophie dans les latrines, où elle pisse des stalactites, elle commence à s'en lasser, notez.

Heureusement Nathalie, que nous appellerons Nat, a bien chauffé la maison.

Angèle pousse la porte sans la fermer à clé, oublie sa pesante valise dans la vaste entrée, devant l'ottomane en chintz rose où repose Juno qui miaule pour la forme, compose à nouveau le 06 83 14 39 40, tombe sur le répondeur, laisse un message rassurant, tout va bien, le voyage s'est bien passé, dors bien mon chéri Puis jette à la poubelle, après un bref examen rêveur, la dent glissée dans la poche de son manteau, la dent fugueuse, la dent frondeuse, la dent du concertiste déconcerté – une incisive visiblement postiche, assez jaune, dent récupérée elle ne sait pourquoi, au dernier moment, dans un mouvement réflexe sans doute et qui se trouve accompagnée d'une minuscule cocotte dorée en fausse porcelaine, le tout un peu dégoûtant. Jetons aussi la cocotte.

Elle se fait couler un bain extrêmement chaud. Ouvre un carnet en moleskine, noir et neuf. Sort son stylo, le dévisse pensivement. Observe la page vierge. Une histoire de pute, vraiment ? Son cœur bat en chamade. Enfin ? Ça revient, c'est là ? Non, trop tôt. Un whisky plutôt, et au lit.

HALO

Elle ne souriait pas, elle ne regardait pas, elle allait.

Dix-sept ans : un prodige qui alliait la pureté d'une Vénus jaillie des flots aux promesses de tous les sabbats : elle faisait son effet. Sous l'œil ardent des devantures, déjà consciente des privilèges exorbitants que confère la beauté, déjà soucieuse de la fugacité des féeries jouvencelles, Annabelle Mansuy avançait légère vers ailleurs, délicate, pressée, imprévue. Un rayon lui dorait l'épaule, une brise moussait dans ses boucles, découvrait dans une apothéose sa nuque d'enfant. L'amble déliait sa taille. Alors qu'elle cheminait, fière, absente, le monde prenait un tour particulier : elle sentait, caressant peau et pores, une sorte de halo magnétique, comme si la condensation des regards, regards alentis, regards désirants des hommes, regards étonnés, regards émus parfois des femmes, avait modifié la composition de l'air, lui donnant une lumino sité, une odeur, une densité inédite. Elle avait une audace, elle était un défi. L'air vibrait d'un soubresaut étrange. Les mâles tressaillaient, sifflaient, commentaient, puis se taisaient, pensifs. Des rêves de plaisir, de chairs mêlées, d'orgies sales, de vice joyeux, de galanterie aussi leur venaient. Son avenir était tout tracé. Combien coûterait-elle ?

CORPUS

L'adversité, ce matin, a un prénom : Gérard. Fanny et Loïc vaquent en ville toute la journée, personne ne passera d'aventure dans le hameau, Ricou ne vient saluer ses chèvres que le matin très tôt et le soir lorsque tombe la nuit, la paix des pâtis semés d'animaux est assurée.

Bazeuges serait on ne peut plus calme, n'était Gérard.

Gérard est à la retraite. Il n'a guère plus de cinquante ans, cet homme, mais un tel miracle survient lorsqu'on a été caporal-chef et que lassé des quolibets de la troupe on a souhaité fuir, loin. On entend souvent dans sa masure bombiner une radio. Le corps noir et lourd, fort droit, se silhouette souvent sur les chemins alentours, vapeur du souffle aux dents. Il n'est donc pas improbable que Gérard, tout à sa délicieuse oisiveté de jeune retraité, aujourd'hui se promène malgré le froid, traînaille, lambine, s'occupe outdoor.

Son jardin jouxte celui d'Angèle, qui a justement prévu d'y travailler, d'y travailler tranquille.

Elle pense à Gérard le gêneur, puis aussitôt à Louis, elle pense au dernier concert de Louis Guillometaz, fier comme un roi blanc, cinq rappels, standing ovation, elle pense à Paris où elle veut vivre désormais, et dans l'opulence, et seule enfin, rien ne s'y opposera plus, pense à Millau et à ce monde perdu et vaincu qu'elle veut fuir, pense à ses cours qui vont encore dévorer sa journée et l'accabler de migraine. Elle pense à ces corsets, mariage, province, enseignement alimentaire, à ces fades servitudes. Elle pense à Nick qui l'a prise pour une bourgeoise coincée : et rit.

Il est tôt, elle n'a cours qu'à quatorze heures. Elle savoure son petit déjeuner comme toujours : lentement. Puis jette un œil sur les cours de l'après-midi. On improvisera, comme souvent.

La valise. La très lourde valise... Elle l'a presque oubliée depuis hier soir.

Elle enfile ses bottes Aigle, va faire un tour au potager. L'hiver ici fige tout, même l'air, même l'eau qui l'été s'écoule le long du jardinet, jusqu'au lavoir vieux. Elle descend au bas du terrain, longe le cabanon sans ses feuilles de vigne vierge, laisse à sa gauche les dix rangées de framboisiers, et derrière le dernier noyer atteint le carré de compost. Accoté au chêne nu qui marque la frontière entre le potager d'Angèle et celui de Loïc, on trouve comme on le craignait Gérard, avec son habituel air farineux et désinvolte, son fameux air de tête à baffes, Gérard qui sourit finement, qui fait l'ange, qui fait la bête. Il salue, coup de casquette abaissée aussitôt que levée. Main velue. D'un bref mouvement de tête vers le compost, il livre au regard d'Angèle son profil de nasique, tente un échange météorologique, s'éloigne enfin en sifflotant, faux, un air de Carmen. Et si je t'aime, prends garde à toi.

D'une fourche abandonnée sur le tronc du noyer violet, Angèle taille comme avec une lance guerrière des rectangles de compost, huit, bien réguliers. Le sol, pris, casse comme glace. Elle entreprend ensuite d'extraire ce pavage de son enclos de bois à claire-voie – opération délicate, mais réglée en quinze minutes. Le sol au-dessous est beaucoup plus meuble que prévu. Elle creuse, fouit, évide autant qu'elle peut. À côté du compost se trouve ainsi, une demi-heure plus tard, un tas vaguement pyramidal de près d'un mètre de haut.

Elle rejoint ensuite la villa, toits bleuâtres et portes blanches, en passant par le bas. Indétectable donc. Elle chasse Juno dehors, pose à plat dans l'entrée trois sacs-poubelle de cent litres qui forment un éphémère tapis gris de deux mètres carrés, ouvre la valise, sort les avant-bras, la cuisse droite, le côté droit puis le côté gauche du torse parsemé de poils pâlis et strié de coups de fouet, le pied droit, et voici la tête salement amochée, sang craché, grand front studieux cabossé, yeux bleus exorbités qui sans regard la regardent, joues tuméfiées presque arrachées, rire macabre des lèvres ouvertes sur une dentition lacunaire, langue violacée sortie de la bouche. La fossette du menton, si jolie, a disparu, remplie de glaires virides. Puis les deux mains, importantes les mains, car Angèle a l'idée qu'elles peuvent toujours faire de l'usage. L'index droit, notons-nous, est malpropre, comme gainé d'une épaisse poussière. On continue, la cuisse gauche, les deux bras, les mollets et merde, il manque un pied.

Elle retourne la valise dans tous les sens.

Rien.

Elle pousse un cri rauque, qu'elle étouffe de ses deux mains. Pourpre, elle tente de ne pas s'égarer, d'agir méthodiquement ; descend dans la salle de bains où elle gobe trois Tranxène de vingt milligrammes, remonte examiner le mystère. Ignore la puanteur cruelle, fouille, jure, envoie valser de droite et de gauche demi-membres, tête et mains, et finit par trouver, sous le torse gauche, un peu enfoncé dans l'abdomen et ses entrailles, le pied farceur.

Fausse peur.

— 10 —

Elle descend dans la cour, où le thermomètre affiche moins dix, parlez-lui de réchauffement climatique, laissez-la rire : à Millau, le 3 janvier, on n'est toujours pas réchauffé. On la voit qui cale la brouette devant l'escalier, y couche la moitié des morceaux, recouvre le paquet de quelques pelletées de feuilles de kiwis et de charmes mêlés gardés de l'automne dernier, et règle ainsi l'opération en deux allers-retours. Le corps, après avoir été convenablement tassé à coups de masse, est sans aucune protestation recouvert d'une couche de feuilles, puis d'une couche de compost, puis d'une couche de litière émanant des toilettes sèches si chères au cœur du défunt Louis, encore une couche de feuilles, encore du Louis, encore de la merde, et des feuilles encore, étrange feuilletage, trouble alchimie des déchets, mais il n'y paraît rien. Nous voilà riches d'un bon gros tas compostable prêt à amender le jardin au printemps prochain, tas sur lequel elle disperse deux entiers paquets d'activateur à compost, qu'elle arrose généreusement d'eau chaude selon les recommandations de la notice, ne négligeons aucun détail. La terre restante est étalée en haut du potager, sur le carré où poussèrent des plants de tomates par belles dizaines, là où vibrionnaient l'été dernier des mouches éclatantes. Angèle y incorpore deux sacs d'or brun, observe d'un regard circulaire et satisfait le ravissant jardin terrassé, remonte chez elle, ah oui, les mains : de belles mains, longues, talentueuses, jointures puissantes de virtuose. Rougies de sang séché, malpropres. La droite est figée dans un geste de préhension, refermée sur un stylo-encre Montblanc surdimensionné. Elle dégage sans hâte l'objet, puis entreprend de décrasser les deux mains à l'aide d'une brosse à linge. Elle les case ensuite dans le compartiment supérieur du réfrigérateur, fonction congélateur, non sans les avoir au préalable logées dans un tupper (Nathalie fait le ménage cet après-midi et, avec la formidable, l'ébouriffante énergie qu'elle déploie, elle serait bien capable de s'attaquer à la cuisine, de la vider entièrement, placards, étagères et frigo compris – autant choisir un contenant opaque).

Elle glisse l'objet derrière les galettes de millet aux poireaux, entre le gratin de blettes bio et la purée de légumes de saison, se douche longuement, se débarrasse de l'odeur âcre et puissante du cadavre, s'habille plutôt chic, urbaine, se maquille d'une touche de mascara, compose le 06 83 14 39 40, tombe sur le répondeur, laisse un message affectueux, appelle-moi dès que tu en as envie.

Légèrement sonnée par les Tranxène, à peine en retard, Angèle Guillometaz se rend au lycée polyvalent du Haut-Languedoc.

LUG

Annabelle Mansuy, enfant, est une reine. Elle dispose d'un royaume dont les sujets de camelote semblent sortis d'une cour des miracles. Elle est belle et souveraine. Cela seul compte. Lorsqu'elle parle de sa voix flûtée, on se tait, on l'écoute. Mais elle parle peu.

Elle ne claironne pas, sa majesté : connaître son statut supérieur suffit à la combler. Son royaume, pour l'instant de modestes dimensions, verra plus tard ses frontières étendues. Des troupes seront nécessaires. Sur son destrier armorié, dont la poitrine et les flancs auront été bardés de fer, à la tête de son armée, elle conduira, l'épée au clair, des conquêtes néonapoléoniennes. Il n'y aura pas de Waterloo car ses hommes, gagnés par la grâce qui la touche, ses nombreuses et vaillantes troupes jamais ne faibliront. Nombre de ses soldats périront, et le camp adverse subira des revers cuisants. Parfois, elle descendra de sa monture pour baiser les plaies d'un écuyer tombé à terre, entrailles ouvertes.

Il se relèvera, criera au miracle, l'armée acclamera la jeune et sainte reine, et l'Adversaire, fragments d'armée en déroute, fuira en hordes débandées, poussant des hurlements d'épouvante qui déjà la font sourire.

N'imaginons pas une reine à diadème, mais une reine à sceptre. De tenues soyeuses, chatoyantes ou pigeonnantes, point. Rien à voir avec ces reines à évanouissements et flacons de sels, avec les ridicules reines pour fillettes à poupées. Elle montera à cru sur son cheval et se tranchera un sein pour caler son carquois.

Annabelle surprend : d'un mot, d'une idée qui fuse de son museau rieur. C'est un numéro, cette enfant, pas la petite-fille du Lug pour rien. Certains la surnomment la Brindille, d'autres la Licorne. D'autres encore ont compris qui elle était et murmurent, avec un sourire ému, « notre petite reine ». Blonde, l'œil bleu, haute pour son âge et robuste malgré la silhouette menue. Une authentique descendante de Vikings de l'invasion northmande. Une Aryenne, une vraie.

On avait entrepris chez les Mansuy de sauver la France de la décadence mortelle dans laquelle les Salauds d'En Haut l'avaient plongée. Tous les comploteurs youpins, francs-macs, bolcheviques : même vile engeance ! On les aurait. La famille, élargie à quelques hurluberlus, formait un petit réseau uni de résistance à l'infamie, groupuscule bigarré dont son grand-père paternel était le patriarche, le cerveau, le nautonier.

Papy-la-Tresse, dit Lug, grand et gueulard

comme un Hun, musclé de très vieux muscles que les ans avaient rongés et pétris, tatoué de signes cabalistiques et décolorés, possédait un chenil tout au bout du village. S'y ébattaient des pitbulls, des boerbulls, des stafforshires bull-terriers et quelques rottweilers, ménagerie glapissante sur laquelle il régnait aussi et dont il faisait clandestin commerce.

Il avait autorisé son fils Clovis, le père d'Annabelle, anciennement contremaître à Longwy et désormais chômeur, père à la mine défaite et cabossée, boursouflée de bière, à aménager ses appartements au fond du jardin, derrière les cabanons des bêtes, dans une vaste remise en parpaings. Logement sans fenêtres ou presque, dont on ignore quand, pourquoi et comment il fut construit, le blockhaus était constitué de plusieurs pièces en enfilade et coiffé de tôles ondulées scellées au mortier. À l'intérieur, sous le fibrociment, le mobilier de dépôt-vente se détachait à peine sur les murs tapissés d'ombre.

Les bicoques en parpaings bruts servaient aussi bien de brocante, de remise, que d'habitation, et érigeaient comme une frontière ultime, au fin fond de la Lorraine, avant la Sarre, le Wurtemberg et la Bavière.

Pas de latrines, on allait dehors.

Annabelle s'y trouvait bien tranquille : au-delà, des friches, loin du monde. C'était alors son château. Le prochain, plus grand, serait aussi plus aéré.

Le Papy aimait le chant du cor et les musiques martiales, qui le faisaient bander, avouait-il en riant. Il était bavard, généreux, un peu poète, un peu sorcier. Un fou, un illuminé gentil comme tout. Mais enfin, délirant, vous concède aujourd'hui Annabelle. Il l'est toujours, au reste. La petite devenue grande a bien tenté de le raisonner… De lui ouvrir les yeux et l'esprit. De l'atténuer, de l'euphémiser. À d'autres ! Aujourd'hui encore il est toujours gaillard, que dis-je ? Fort et fier. Tais-toi, Petiote. Nous sauverons la France, crois-moi. On les laissera point faire, tes comploteurs parigots.

Il parlait par aphorismes dont les mots simples, limpides et profonds allaient droit au cœur et au ventre de ceux qui l'entouraient, et ils étaient nombreux. Il racontait souvent l'Algérie, les faits d'armes et de bravoure du capitaine Lug faisant chanter les fells comme des rossignols, le sang tiède qui lui avait coulé sur les mains, comme un baptême, toujours les mêmes histoires dont la parentèle s'amusait tendrement, férocement. On avait de la chance : le Papy avait été un héros.

Clovis adorait les chiens, le pit Merlin et la boerbull Brocéliande, et presque autant son père, qui lui-même idolâtrait Jean-Marie. Tous l'évoquaient par son prénom : c'était un membre de la famille, un peu lointain, un peu flou certes, mais présent. Quel homme ! Audace ! Humour ! De la tripe ! Des couilles ! Il leur en envoyait de belles, aux pétouilleux de gauche et de droite, autant qu'aux margoulins qui s'engraissaient sur le dos des pas vernis. Et le Papy, lepénisé jusqu'à la moelle, entonnait : Tous patrons voyous ! Comploteurs ! Élites décadentes ! Enjuivées ! Enfin quelqu'un qui claironnait tout haut ce que chacun savait tout bas, qui bataillait à la grandeur de la France ! Qu'avait bien compris qu'on ne pouvait pas abandonner la France ! Ah, la Shoah ! Il avait bien raison, Jean-Marie : un détail, largement gonflé. S'ils avaient toujours été persécutés, tous ces juifs, et toujours, et partout, c'est bien peut-être qu'il y avait une raison ? Avec les négros, les bicots, faudrait bien les pogromiser une bonne fois pour toutes, allez ! Qu'ils arrêtent de nous couiner sur le système ! Cohortes ! Pléthores ! Si je m'appelais Lévy, si je m'appelais Mouloud, vous croyez que je vivrais dans les parpaings ? Vous avez-ty vu les Arabes et leurs moukères rutiler en Mercedes ?

Ah, Jean-Marie, quel meneur ! Papy-la-Tresse avait enregistré les discours du bonhomme : les cassettes étaient étiquetées, rangées horizontalement par ordre chronologique. Quand il les passait sur l'antique lecteur, Annabelle s'apercevait qu'elle les connaissait par cœur. Dressée sur la table, un pied en avant, un bras au ciel, elle déclamait. Lug, aux anges, applaudissait : Petiote, tu iras loin, avec ton cerveau et ton minois assorti. Aujourd'hui encore, elle sait les réciter.

Jean-Marie et La Tresse se faisaient une haute idée de la France, et avec eux l'ULPLF, l'Union lorraine pour la France, groupuscule maintes fois dissous et recomposé, dirigé par le Papy. Tous, père, fils, amis, gueules cassées, tous les anciens du réseau Mirabelle, et puis leurs fils ou filleuls, tous sortis des brumes, englués dans l'opaque et le gras de la bonne grosse haine, tous hommes, rêvaient, dans leur arpent des confins où pas un Arabe ne se serait aventuré, où pas un juif ne prospérait, à une France redevenue La France, La France qui avait été un empire et qui n'était plus qu'une province de l'Europe. Partage, ouverture : fariboles ! Ah, qu'on retrouve une France plus française, plus propre, plus France : une France blanche, une France fière.

Fallait un sursaut.

Annabelle ?

En dépit de quelques revers et gardes à vue, car il était sanguin, Lug-la-Tresse ne se laissait pas abattre. Les gens, constatait-il, se rendaient à l'évidence, de plus en plus. Les résultats des élections parlaient tout seuls. Ça grimpait, ça grimpait. Vertigineuse ascension vers les sommets ! Délices surhumaines ! Depuis longtemps déjà des élus locaux prouvaient qu'on ne peut pas éternellement empêcher les gens de voir la vérité en face. En 2002, Annabelle, quinze ans, assistait au miracle : on se retrouvait en finale. Apothéose, ou presque.

Lorsque étaient réunis les amis, qui venaient nombreux au chenil et régulièrement, Lug suivi de Clovis le dauphin conduisait la troupe, à la nuit tombée, dans une forêt dont il connaissait tous les chemins, les à-pics, les détours, les buissons et les arbres. Annabelle, seule fille, suivait sans bruit, mascotte gringalette de cette troupe de virils. Allez, viens, petite reine ! Lug enroulait lentement, religieusement, sa longue natte blanche en un chignon d'improbable mémé tatouée, s'installait avant les agapes au pied d'un frêne puissant avec la dignité sacerdotale d'un antique druide, et récitait de sa belle et ample voix qu'il canalisait dans le cornet de ses mains enroulées autour de la bouche une brève prière que reprenait sourdement la compagnie : « Je me lève en cette nuit dans l'énergie des cieux, éclat de la lune, lumière du soleil, splendeur du feu, vitesse de l'éclair, rapidité du vent, profondeur de la mer, stabilité de la terre, fermeté du roc. » Tous les hommes à sa suite se dressaient, et l'on en venait bientôt aux grands rêves et aux graves bilans. Ils sentaient fort, de la bouche et des pieds. Annabelle se taisait. Elle observait. Elle attendait.

Le soir, pour chasser l'insomnie, elle psalmodiait comme une prière quelques vers appris :

« Je suis fils de la terre noire,
Mais aussi du ciel étoilé :
Ouvrez-moi la porte de gloire ! »

OP. 21

Samedi dernier, comme chaque fois avant le début d'un concert, Louis Guillometaz a été pris de fringale.

Une faim violente, vorace, ravageuse, l'envie d'engouffrer de la bouffe, n'importe quoi ferait l'affaire.

Angèle, évidemment, n'était pas là. Sa femme n'aimait pas le voir transpirer, le sentir puer avant un concert. Ni l'entendre respirer fort, dans une espèce de sifflement horripilant. Elle avait de ces sensibilités. Elle préférait, disait-elle, le garder intact dans son imaginaire, glorieux sur scène, applaudi. Si au moins la petite Annabelle Mansuy avait pu le rejoindre : d'un mot, d'un regard, d'un sourire, d'une pipe, elle l'aurait soulagé. Mais la belle était ailleurs, occupée comme souvent, hélas.

Le Grontec, lui aussi, était introuvable. Parti courtiser alentour. Le Grontec faisait du réseau et n'avait jamais à portée de main le sandwich qui sauve.

Puisque son impresario folâtre, Louis se débrouillera tout seul. Un paquet de biscuits, une barre chocolatée, ça devrait bien se trouver, non ? Il a un bon quart d'heure avant que les lumières s'éteignent. Il attrape son pardessus, les clés de sa Prius et ouvre la porte de sa loge.

Il s'engage dans l'escalier de service quand il bute presque sur la fille de Mme Elbau, la concierge, une petite brune pratiquement pas portugaise. Piquante et bien tournée, ma foi, presque jeune. Il ne lui laisse pas le temps de lui demander un autographe et prononce, comiquement féroce :

— J'ai faim !

— C'est une bonne maladie, remarque la petite, sociable comme tout. Faim de salé ou de sucré ?

— Faim tout court, faim absolument. Trouvez-moi du saucisson, une banane, un reste de choucroute. N'importe quoi qui cale une grande carcasse comme la mienne.

Car Louis Guillometaz est grand, beaucoup plus grand que ne le laissent présager les photos. Lucile repart en riant.

— Vous allez voir...

Lorsque le Louis va jouer, il oublie tout de bon ses légendaires préoccupations écologiques. Ignore que la choucroute n'a pas été fabriquée à Paris, ou dans un rayon de cent kilomètres. Il ne sait plus qu'il est locavore, célèbrement locavore, il ne sait qu'une chose : il a faim.

Il regagne sa loge, toujours affamé comme un ogre sanguinaire.

— Ou bien une assiette de cassoulet froid, murmure-t-il en observant rêveusement dans le miroir rectangulaire son front qui se fronce et se tavelle.

Il rentre le ventre, bien qu'il n'en ait toujours pas besoin, ou si peu. Regarde le plafond, s'adresse à Dieu, le prie de le pardonner pour sa passagère faiblesse et l'assure qu'il n'oublie pas l'essentiel. Puis repense aux nourritures terrestres. Salive à l'idée d'une saucisse fumée accompagnée de lentilles froides. Sourit. Admire son sourire. Célèbre presque autant que ses longues mains, que son doigté. Son public serait-il aussi bien disposé s'il connaissait les agapes grasses et débauchées auxquelles il doit se livrer avant d'interpréter, contenu, inspiré, souverain, altermondialiste, le concerto n° 2 en *fa* mineur, opus 21 ?

Lucile bientôt reparaît, porteuse d'une assiette à dessert et d'un verre de cidre. Il la gratifie d'un sourire artistique.

— C'est la galette du personnel. Il en est resté trois parts. Régalez-vous.

Et elle s'enfuit, toujours à rire.

Guillometaz va rugir de bonheur quand Le Grontec fait sa tardive apparition, tout enivré de mondanités.

— Mon cher, un monde fou. Tu vas ?

— On fait aller, vieux. Laisse-moi, je me détends, tu veux bien ?

Le Grontec prend des airs navrés, des airs d'amoureux éconduit, c'est sa tendance, mais ces mines chagrines n'empêchent pas notre bougre de lui claquer la porte au nez, sans un mot. La galette est une perfection, frangipane crémeuse, feuilletage léger, caramélisé, croquant. Le pianiste l'attrape à pleines mains, comme une femme. Et il la dévore sans retenue, avec un crescendo dans le plaisir qui le ferait presque trembler.

L'extase se transforme en cauchemar au milieu de la seconde part. Un choc minuscule et sourd, une impression de vide dans la bouche, suivie par une sensation de vertige, d'horreur, d'inconcevable, de calamité. Il est tombé sur la fève, crénom ! Il va devoir se présenter devant le public comme ça, édenté de la dent de devant ! Le sol se dérobe sous ses pieds, littéralement et tellement qu'il tombe à genoux, comme un supplicié. L'habit craque.

Du pouce et de l'index, il part à la recherche de la fausse dent, noyée quelque part dans la frangipane. La fève se présente d'abord, comme une mauvaise blague. Une poule, une poulette miniature, en porcelaine de pacotille, ronde et dorée… Il pourrait la jeter, mais il garde tout.

L'incisive retrouvée, il se redresse et chancelle vers le miroir. Il se sourit largement, comme on gratte un prurit, fige la grimace, s'observe longtemps, amoché, troué. Il a envie de pleurer, comme autrefois, enfant. Mais les larmes ne viennent pas. Un rire, plutôt, le secoue. Car il a toujours faim, plus faim que jamais, et à toutes dents ou presque il mord dans la dernière part de galette. Une merveille, happée en deux bouchées.

Rassasié, bouche fermée sur son secret, il s'élance enfin vers l'orchestre, il vole vers son public. La fève dodue, il la glisse dans la poche droite de sa veste, à gauche la dent. Et ce soir-là plus qu'aucun autre, il va dévorer Chopin, savourer Chopin, penser Chopin, libérer Chopin. Il est, pour la dernière fois, Chopin.

PARIA

L'école devait être l'instrument de la promotion d'Annabelle : on avait de l'ambition pour elle, il lui semblait qu'on n'avait pas tort. Papy Mansuy l'avait mise en garde, ainsi que sa sœur Pauline. Il y aurait à prendre et à laisser. De notoriété publique, l'institution scolaire était devenue un ramassis de bolchos en jupons. La plupart des maîtresses, toutes demoiselles ou cocufiées, et moustachues, avez-vous vu, étaient des rouges ridiculisées, démenties par les faits. Autant Jean-Marie grimpait, autant les ouistitis du Colonel-Fabien s'effondraient, pathétiques crevures. Les lendemains ne chantaient plus. Extinction de voix. Voilà qui rendait ces petites fonctionnaires bien méchantes. Elles erraient, comme tous les afficionados des Soviets, asphyxiées, traumatisées par des scores toujours plus ridicules de leur parti et l'effondrement de leur cocasse idéal.

Communistes ou pas, convenons qu'elles n'appréciaient guère Annabelle, ces dames coincées et, à vrai dire, plutôt de droite modérée ou socialistes bon teint. Peut-être jugeaient-elles gênant que Clovis Mansuy se montrât aussi virulent, distribuant des tracts aux portes de l'école Léon-Blum, clamant dans un silence consterné en fixant les jeunes et rares mahométans qui étaient admis à l'école qu'il fallait, et vite, faire barrage à l'invasion du tiers-monde et rendre aux Français ce qui leur appartenait. Et aux pieds, Merlin.

Les dames regardaient ailleurs. Leur silence enrageait Clovis. Il en rajoutait, donc, et tout se mélangeait : marre des rouges ! marre itou de la francophobie, de Dieu, de Dieu, rien de pire que le racisme anti-Français, ouvrez les yeux, quoi ! Ras-le-bol du dogme d'une société multiculturelle !

Papa aimait le vocabulaire châtié du Chef, qu'il tenait de Lug-la-Tresse. Tous ces mots savants semblaient prendre corps dans sa bouche habituée au silence ou aux onomatopées, exploser soudain et sortir en mitraille autour de lui. Ces dames se caparaçonnaient dans le mutisme, ne levaient même pas les yeux au ciel.

Mépris.

La fille du fasciste reçut plusieurs sobriquets : « le Führer », simple mais évident, amusait beaucoup. Ses colères déchaînèrent une mode : c'était à qui trouverait le surnom le plus infamant. Hitler claquait bien. Anschluss aussi. Et Kommandantur. Il y en eut bien d'autres. Dans les toilettes, on avait écaillé la peinture : son prénom formait le centre d'une manière de soleil dont les rayons étaient des croix gammées. La colère l'enflamma une fois, guère plus. Les larmes brouillèrent sa vue une fois, guère plus. Il fallait prendre sur soi. Les quolibets étaient une épreuve qui allait lui forger le caractère : ce qui ne l'abattrait pas la fortifierait. Elle ignorait donc les rires qui sifflaient dans son dos, argumentait. Elle se hissait sur la pointe des pieds et haranguait les mouflettes, en faisant tonner sa voix comme Lug et Jean-Marie. Elle déchaînait l'hilarité.

Le corps l'emportant toujours sur l'esprit comme on va le voir, on révisa bientôt ses noms d'oiseaux.

PROKO

Le Grontec appelle Angèle mercredi soir, tard. Énervé, furieux presque.

— Mais enfin quoi, qu'est-ce qui se passe, il boude ?

— Pardon ?

— Écoute, Angèle, il a eu des papiers fabuleux. Qu'est-ce qui lui prend ? Passe-le-moi, je te prie.

— Il ne t'avait pas dit ? Il a décidé de rester dix jours à Paris. J'ai été soulagée et pour tout dire ravie, il était d'une humeur massacrante ces derniers temps. Qu'est-ce qui vous arrive, à tous les deux ?

— Il arrive qu'il est en train de me filer entre les doigts, ton Louis. Il complote avec Malis, je suis au courant figure-toi.

— Mais non, mais non, le rassure Angèle. Avec Malis, il fait joujou. Il est fidèle, tu sais. Dans le fond.

Suit une longue conversation assez oiseuse, au cours de laquelle Angèle essaie de calmer Le

Grontec survolté et apprend qu'il tente vainement de joindre Louis sur son portable. L'agent ne lui épargne pas la liste fastidieuse des messages qu'il a vainement laissés, épargnons-la au lecteur. Pour tout dire, il a trouvé Louis bizarre après le concert : impossible de lui tirer un mot de la bouche.

— Tu sais qu'il m'a viré de sa loge ? Et ensuite, il a disparu après les rappels. Je lui ai couru après ! Il m'humilie ! On triomphe, et il me bat froid. Qu'est-ce que je lui ai fait, bordel ?

— Mais à moi non plus, figure-toi, pas un mot sur tout le chemin du retour. Il s'est assis sur le siège passager, complètement fermé. On est rentrés, il est resté une demi-heure dans la salle de bains, il s'est passé du heavy metal allemand à fond comme à son habitude pendant les deux heures qui ont suivi, les voisins qui sont la patience même ont fini par protester, et sans un commentaire Monsieur a filé s'enfermer dans son atelier. J'ai l'habitude, tu sais. (Elle rit.) J'ai toujours aimé son côté artiste torturé, ça m'attendrit.

— Parfait, mais moi, moi, je n'en suis plus à m'attendrir, Deutsche Grammophon veut enregistrer Proko mi-février avec le Berliner Philharmoniker, les Japonais ont décidé de faire la tournée plus tôt que prévu, début mars figure-toi, on a huit dates, entends-tu, on est complets et télévisés, et ton artiste torturé flirte avec Malis, je te jure, on rêve, je n'arrive pas à le joindre, je suis à bout.

— Calme, Jacques, calme.
— Passe-le-moi.
— Mais je te dis qu'il est à Paris.
— Arrête un peu. Je le connais. Je suis passé rue Peter, j'ai attendu huit heures devant la porte, huit heures, m'entends-tu, comme un chien, comme un gueux, comme une groupie, et rien. Pas une seule note de la journée. Ça, c'est pas du Louis, je n'ai jamais vu mon Louis passer une journée sans jouer. Qu'est-ce qu'il te dit ?
— Rien, il ne me dit rien.
— Précise.
— Il ne m'a pas parlé depuis samedi soir.

Reconnaissons à Angèle sa franchise. Ils n'ont, en effet, pas beaucoup discouru.

— Vous êtes fâchés ?
— Du tout. Au contraire. Mais en ce moment il a besoin d'air, il travaille beaucoup, tu sais, et sinon, il peint. Il peint beaucoup, tu sais. Et puis, il fricote à droite à gauche, ça l'occupe.
— Enfin, Angèle, tu es sûre ?
— Ne joue pas au con, Jacques. Tu as vu la vidéo, sur YouTube ?
— Je ne vois vraiment pas de quoi tu parles.
— Tu deviens fatigant, mon Jacquot. À mon avis, c'est toi qui l'as postée, pour faire monter la sauce. Ça te ressemble assez. Tu étais avec lui à Cannes en mai dernier. Tu lui aurais présenté cette fille que cela ne me surprendrait pas. Tu aurais filmé cette parodie de strip-tease que je n'en serais pas plus étonnée.
— Tu es fatiguée. Tu délires.

— Bref, avançons. Tu le connais assez pour savoir qu'il change. De plus en plus, il est dans son monde, il ne parle presque plus, il rumine. Si tu savais comme il devient avare... Il vieillit. Il baisse. Que faire ? J'attends juste qu'il se soit remis de Pleyel, qu'il se soit fatigué de cette petite Annabelle Mansuy, qu'il retrouve son portable, qui doit être perdu dans son fouillis de chiffons sales, et qu'il se rappelle qu'il a une femme.

— Moui, bon. Faudrait pas que ça dure trop longtemps, cette plaisanterie.

— Écoute, Jacques, si tu veux traiter avec des stars, tu acceptes les à-côtés, non ?

— Star, star ! Mais dans quel monde vis-tu ? Il n'y a plus de stars. Ton mari joue les divas, et ça tourne au ridicule. Il demande des cachets exorbitants, il a des exigences particulières, tu ne l'ignores pas... Ça devient très dur, tu sais.

— Je sais. Je lui dis de t'appeler dès que je l'ai au bout du fil, promis.

La conversation terminée, elle compose le 06 83 14 39 40, tombe sur le répondeur du vieux, laisse son douzième message en trois jours. Celui-ci rend compte de sa conversation avec Le Grontec aux abois. Puis la voilà qui, à notre grand étonnement, entreprend un gros ménage. Soulève les tapis, passe sous les armoires, dépoussière derrière les tableaux, les radiateurs, les tentures. Aère aussi le grenier, le cellier et la chaufferie. L'opération de nettoyage lui prend deux bonnes heures. Sur son bureau s'empilent les devises récoltées. Comptons. En gros : deux cent cinquante mille euros en billets de cent, deux cents et cinq cents, du lourd aussi en dollars et en livres sterling, pour les roubles, elle n'y connaît rien. Du yen et yuan en quantité aussi. Y a-t-il des agents de change qui vous prennent du yuan à Paris ? On vérifiera.

Ce qui est bien avec les avares, c'est qu'ils aiment palper les billets. Les avoir à portée de main, de regard, de nez. L'argent n'a pas d'odeur ? Il a l'odeur de la sueur et du talent, des concerts à Pékin, à Tokyo, à Kyoto, à L. A., à Miami, New York, partout, partout, trente pour cent en cash ou pas de concert. Le Grontec couinait pour la forme : le fisc ! le fisc, Louis, sois raisonnable. Et Louis riait, et Louis palpait : il les trouvera où les devises, le fisc, dis-moi ? Introuvables.

Introuvable… C'est Angèle qui se prend à rire, car elle se découvre beaucoup plus riche qu'elle ne l'avait prévu, elle n'aura pas à toucher beaucoup au compte commun, sauf pour la vraisemblance, ça l'arrange. Elle range le tout dans la grosse valise de cuir noir, fraîchement nettoyée, que nous connaissons et qu'elle affectionne visiblement.

Une heure après, nouvel appel : Écoute, mon chéri, si tu fais le con, je prends le premier avion pour Paris, je suis là demain matin, c'est toi qui l'auras voulu.

NEZ

Les parents d'Annabelle Mansuy, ces activistes, n'ayant guère le temps de s'occuper de leurs filles, Pauline et Annabelle étaient livrées à elles-mêmes, sommées d'être autonomes, ce qui était, papa l'affirmait, une excellente école de vie. Cela arrangeait la maman, décidément hors jeu. Elle grignotait, sur les coussins bleus à fleurs violettes posés à même le sol et qui faisaient office de sofa, devant un poste de télévision toujours allumé. Elle grignotait le jour, la nuit et les heures, boustifaillait mille menues boustifailles en rondelles ou lambeaux, bâfrait à la main sur les coussins maculés où pullulaient les microbes affriandés. Les repas des enfants n'étaient pas préparés, le ménage point fait, et les lessives étaient l'occasion d'homériques engueulades entre père et mère, le premier décrétant lorsqu'il se trouvait à court de chemise ou de chaussettes que son épouse manquait à tous ses devoirs de maîtresse de maison, et icelle répliquant depuis sa graisse dans un rire raclé qui montait des intestins qu'il faudrait peut-être voir à rénover le discours machiste du Front : sa conception assez rétrograde de la répartition des rôles et des corvées dans le couple ne desservait-elle pas la cause ? Débat qui dégénérait quelquefois en pugilat, des traînées de sang pur zébraient le lino façon marbre, et mieux valait ne pas se trouver dans ce mauvais endroit au mauvais moment.

Pauline et Annabelle vivaient là néanmoins avec l'insouciance de leur âge. Les fillettes se nourrissaient de conserves de raviolis et de pizzas décongelées, et recouvraient leurs corps de vêtements malpropres, sans en faire un drame. Heureuses, en fait. Il semble que les services sociaux se soient pointés deux fois, mais les pits et les rottweilers étaient pour le coup assez dissuasifs. On laissa les enfants en l'état.

Les rudiments de l'hygiène ne leur ayant pas été inculqués, elles ne se douchaient et shampouinaient que rarement, lorsque au clair de lune la famille recevait. Le reste du temps, elles vivaient libres, anachroniques, pouilleuses et malodorantes. Les camarades d'Annabelle la surnommèrent Munster. On se tenait à distance d'elle, moins parce que l'idéologie qu'elle incarnait répugnait que pour éviter l'évanouissement que promettaient les exhalaisons de son corps putride. Cet ostracisme ne l'atteignait guère : depuis toujours, elle vivait à l'écart. Elle n'allait pas à l'école pour se faire des amies, mais pour apprendre. Apprendre pour accéder à la puissance. Ou à la richesse ? On verrait.

FRED

Lorsque Annabelle entra au lycée de Metz, le vide autour d'elle se fit : elle empestait toujours autant. Elle découvrit dans sa classe un autre paria. C'était une fille, qui n'était affligée d'aucune odeur rédhibitoire, mais qui ne ressemblait à rien de connu, en tout cas pas à une fille. Frédérique Muller, minuscule, bouclée blond très serré, présentait des yeux bridés d'Asiatique, des taches de rousseur charmantes, et un nez, un nez très fin et très long, un nez qui évoquait un doigt plutôt qu'un nez. Il ne manquait que l'ongle pour vous gratter les croûtes. Tout en elle était différent.

C'était un mur, un mur miniature... Elle se taisait, sauf par exception pour lancer quelques impertinences ciselées qui éclataient dans la classe abasourdie comme un coup de tonnerre. Aucun des jeux qui passionnaient les fillettes ne l'intéressait : elle vouait une véritable passion à son skate-board, sur lequel elle interprétait des figures élégantes. Indifférente aux humains, elle était, disait-on, une personne fort dévote, alors que l'établissement était surtout fréquenté par des mécréants. Elle paraissait, dans ses manières, si semblable à un garçon qu'on l'appelait ironiquement Monsieur le Rabbin. Parfois, même les professeurs se risquaient à cette aimable plaisanterie lorsque, poussés à bout par son insolence sans pareille et inattendue, ils haussaient le ton.

Tout comme Annabelle, elle préférait les places du fond. Et pour la plus grande chance de notre héroïne, elle s'avéra faible, très faible en maths. Elle demanda laconiquement conseil, Annabelle prit l'habitude de lui faire ses devoirs, comme de lui glisser sans un mot et à la barbe des profs les solutions aux contrôles qu'elle recopiait à toute vitesse, avant la sonnerie : sa moyenne générale grimpa et une forme d'amitié silencieuse s'engagea. Le premier témoignage de son sentiment prit la forme d'une phrase brève, mais syntaxiquement irréprochable. Elle fut prononcée sur le ton d'une déclaration catégorique :

— Tu pues.

Ce n'était pas une critique, mais un constat. Annabelle puait et, ajouta-t-elle, devait cesser de puer.

— Surtout que t'es sacrément jolie, c'est un gâchis.

Annabelle haussa les épaules. Et alors ? Elle puait moins que Lug ou que sa mère, elle l'aurait juré.

— Je t'assure que tu pues. Tu pues comme

j'ai jamais senti quelqu'un puer, tu pues plus que tous les cochons du voisin Didier, faut faire quelque chose.

Un silence s'installa après cette remarquable tirade.

— Mais quoi ? risqua la fétide.

Fred se concentra, glissa les mains dans son blouson, réfléchit encore et lui suggéra la formule magique en deux mots : te laver.

— Mais quand ?
— Tous les matins.
— TOUS les matins ?

Annabelle, éberluée, contre-argumenta : personne chez elle, ni sa mère, ni son père, ni Lug ne se lavait, sauf occasion spéciale. Qui se lavait tous les jours ?

On n'avait pas peur des microbes, chez les braves. On vivait à la dure. Comme les Huns.

— Au moins.
— Tu te moques de moi. De toute façon, c'est impossible. On n'a pas de douche, juste un tuyau, dehors. Je te dis pas, l'hiver. Et le savon, c'est pour quand y a du monde qui vient dîner. Comme dit Papy, y a que les gens sales qui se lavent.
— Ton ancêtre est un con.

Annabelle apprit ainsi, par ouï-dire en quelque sorte, à faire sa toilette. Elle ne la fit pas tous les jours, ni très bien : quelquefois. Force fut de constater que Fred n'était toujours pas satisfaite :

— Et les dents ?
— Quoi, les dents ?
— Tu les brosseras quand, tes dents ?

Quand elle comprit que son amie n'avait pas de brosse à dents, elle invoqua son dieu et murmura de sa voix rauque, économe, et décidément charmante : aidez-la, puis fila d'un coup de talon ferme, un bras tendu en avant comme une proue et glissa au loin, trapue sur son skate à rayures dorées, vers sa famille normale et proprette.

C G

Fred joua ainsi les rôles cumulés d'ange gardien, de mère de substitution, de professeur de skate et d'initiatrice, car elle prodiguait à Annabelle des caresses de plus en plus agréables.
Lug et Clovis pestaient : mais Petiote, t'es-ty folle ? Chez une kibboutznique ? Tu veux-ty manger casher, à c't'heure ? N'y va point !

Annabelle laissait glapir les vieux avec les chiens et retournait dans la chambre de sa Fred. Qui lui apprit qu'une autre invention aussi importante que le dentifrice existait : les livres.
Clovis et Lug lisaient peu mais bien : *Minute*. Et d'autres lectures de purs : des ouvrages documentés sur l'aryanisme, le mythe de la Shoah, les Celtes et les Germains. Les discours de Malraux, aussi, pour l'emphase et le sentiment de la France. Et les pamphlets de l'ami Céline, tous, d'époque. Annabelle connaissait toute cette prose lue et relue jusqu'à la nausée. Elle voulait autre chose. Sa curiosité s'éveillait avec la même

avidité âpre que ses sens. Fred lui offrait, contre quelques caresses, tout ce qu'elle désirait.

Ces caresses qui étaient douces, longues, rondes, profondes, fébriles lui tournaient la tête et les reins. Et les baisers : ciels de tempête ! Les corps se cherchaient, se mêlaient, se découvraient, se plaisaient. Longtemps. Souvent.

Une évidence s'imposait : Fred était expérimentée. Elle qui jamais ne parlait, ou si peu, elle qui paraissait si seule lorsqu'elle n'était pas avec Annabelle avait déjà vécu. La précision et l'habileté des caresses, l'endurance, la variété des plaisirs qu'elle offrait et réclamait témoignaient de cette vie secrète dont elle ne voulut jamais rien dire : tais-toi… prends-moi…

Les ouvrages rangés dans sa chambre contenaient quant à eux bien des merveilles qui surent charmer Annabelle autant que les embrasements et les étreintes de la mignonne frisottée et amoureuse : des récits de batailles, quelques contes érotiques du XVIIIe, bien des biographies d'hommes et de femmes célèbres, des psychologies de l'être humain, l'Ancien Testament, un précis d'hygiène élémentaire, plusieurs ouvrages de développement personnel, *Le Capital*, le *Kama-sutra*. Annabelle lisait nuit et jour, les poèmes de Sappho, les *Claudine* de Colette, Violette Leduc, Aragon, Neruda, Jack London, Éluard, Marx et Engels, bien sûr, et puis les Proudhon, les Trotski, les Bakounine, les Gramsci, les Rosa Luxemburg. Se renseignait sur les mystères du plaisir féminin et sur le monde contemporain. Ses progrès auprès de Fred furent applaudis. Ses notes en histoire connurent une croissance notable. À seize ans on la présenta au Concours général : elle obtint le deuxième prix. Fut déçue, ce qui n'est pas pour nous surprendre.

USB

Sa Smart la conduit jusqu'à Montpellier. Angèle Guillometaz attrape le sept heures vingt, une heure plus tard elle est à Roissy, prend un taxi, ouvre la porte de la rue Peter. L'appartement est comme elle l'a laissé, parfaitement calme et rangé, et parfaitement vide. Rangé, mis à part le bazar habituel qui règne au bout du couloir, dans le très grand salon de musique, partitions ouvertes sur le Steinway, lui-même ouvert. Autour du mastodonte, tout un appareillage noir et acier destiné à l'enregistrement. Sur le sol, journaux, magazines, bibelots bigarrés, très kitch, trophées dérisoires des différentes tournées, photos en présence de sommités mélomanes, CD sortis de leur boîte, bouteilles vides de bons bordeaux et entamées de divers alcools forts, un peu partout, sur les étagères, à même le sol. Mégots de cigares, flacons de baby oil, revues hot.

Au fond, des toiles, des dizaines de toiles. Tout un fouillis de tubes, de pinceaux et de chiffons. Car depuis deux ans, Louis peint à ses heures perdues, nu ou en longue toge de bure brune. Des machins figuratifs plutôt intéressants, des grands formats, autoportrait de l'artiste au clavier, autoportrait de l'artiste au bain, autoportrait de l'artiste alcoolisé, autoportrait nu avec une baguette de chef brandie, et l'ensemble, Angèle en convient, tient la route. De l'énergie, beaucoup, de la douleur, de la dérision. Le trait est tellement vigoureux que le visage anguleux est caricaturé, les chairs exagérément creusées ou gonflées, les rides accusées. Le rendu, plutôt macabre, et tout autant sarcastique, surprend. Tout comme la signature : au marqueur rouge, en script, larges lettres presque anonymes. Angèle a montré ça à Le Grontec, qui a opiné, mais a avoué que ce n'était pas sa partie. A pris ensuite contact avec quelques galeristes qui se sont déplacés, évidemment, Guillometaz peintre, c'est un concept. La figuration revient en force : on a exposé et on vend déjà fort bien outre-Atlantique. Encore mieux en Russie. Et déjà une vente presque signée en Chine.

Je ne sais quelle intuition pousse Angèle à considérer que la cote du vieux va bientôt monter encore, et peut-être même sérieusement. L'intuition aussi que c'est le moment ou jamais de planquer (où ?) (disons quelque part dans la salle de bains) les dix-huit clés USB truffées d'enregistrements de Louis, seul, at home, sur son Steinway. Du bon, hou là, du très bon, du tout à fait inédit. Louis aimait emmerder le monde, enregistrer par exemple sans en rien dire toutes les œuvres que Le Grontec le suppliait de jouer en concert, en vain, depuis quinze ans.

Éternel enfant ! Angèle repense à son sourire, à son rire, à la beauté de son regard, à la finesse de ses mains. Pourquoi lui est-il devenu insupportable, à ce point ? Elle hausse les épaules, sourit dans le vague. Les voyages en Smart, et les huit heures de train pour rentrer à Millau, et le viaduc multihaubané visible depuis la terrasse, et la misère de l'hiver qui dure et qui s'installe et s'insinue partout, et la solitude qu'elle supporte de moins en moins, et l'Inspiration en berne, congelée dans la cuvette de Millau, et les frasques du vieux qui fait le joli cœur, et le tintouin avec ses donzelles, et sa radinerie qui tournait à la folie, plus il vieillissait plus il était pingre, tout le cirque de la déconsommation, parlez-lui de la déconsommation, et les salades de pissenlit et les plâtrées de tofu, et le panier désolant de l'Amap… Et les toilettes sans chasse d'eau, DEHORS ! Les toilettes à litière biomaîtrisée dans le jardin où l'on meurt de froid l'hiver et de chaud l'été, ne parlons pas des mouches. Et les interminables heures de cours au lycée polyvalent qui dévorent ses journées et l'empêchent d'écrire. Et la Perfide Reine dudit lycée qui veut sa peau et met tout en œuvre pour l'évincer. Et l'impression d'être faite comme un rat, alors qu'elle est encore jeune, merde ! Quel cauchemar. Tout cela est terminé ou peu s'en faut.

Dans la chambre, un nu d'elle. De dos. Odalisque souvent abandonnée et toujours reprise, elle avait accepté de poser. Celui-là, elle le ne le vendra pas.

Elle prend une douche, passe quelques instants dans l'immense dressing où elle choisit une tenue chic et sage et chère, appelle un taxi qui à sa demande traverse sans moufter la Seine et la conduit de son quartier des Gobelins, dans le 13e, jusque du côté de Bastille, dans le 11e, quartier où naquit un jour de novembre 1939 Louis Guillometaz, soignons les détails. Elle fait là quelques courses au Franprix, uniquement du bio et du bon marché évidemment, règle avec la carte Gold de Louis, prend un deuxième taxi à la station. Rentrée chez elle rive gauche, elle sifflote, jette les courses dans le vide-ordures sans même les regarder et ferme les fenêtres.

Puis appelle le commissariat du 13e arrondissement.

STOP

Lorsque Annabelle commençait à lire les précieux recueils fournis par Fred, rien ni personne ne pouvait l'arrêter. Elle devenait immatérielle et achronique. Oubliait repas et sommeil. Les aubes la cueillaient arrimée à quelque ouvrage amplement annoté, et l'autocar de sept heures quinze partait sans elle. Elle se résolut à gagner le lycée en stop, faisant comme on sait la connaissance du délicieux Pimpon, mais pas seulement. Des messieurs venant des banlieues de Nancy et en partance vers Metz la ramassaient souvent sur le bord de la route après le virage de Freyming-Merlebach, propre et parfumée. Elle était étonnamment mûre pour son âge, pensaient-ils, sacrément intelligente pour une aussi jolie fille. Et pas frimeuse, avec ça.

De tous ses chauffeurs du matin, elle devint la mascotte secrète. Non seulement elle était ravissante, mais elle savait écouter – qualité rare, lui disait-on, chez les femmes. Ravis, surpris, les hommes se racontaient. Voilà qui leur donnait du cœur au ventre avant d'attaquer le Minotaure. Elle avait des réguliers, Bruno Magellan, Antoine Pélissier, Étienne Etiemble, Herbert Boisrobert, Franck Zeller dit Francky et René Vigouroux. Bien d'autres, aussi, de passage, et elle se plaisait à écouter leurs histoires décousues, un rien ensommeillée. Elle apprenait les mille secrets du cœur humain, les mille ruses des codes sociaux, les stratégies de la réussite, les joies et les faillites de la vie conjugale, tant d'infimes détails que personne ne détaille, que l'on tait par pudeur ou prudence ; elle découvrait aussi bien l'univers des normaux, ceux qui ne se proclamaient pas BBR, parlaient de Jean-Marie avec horreur et sans l'appeler par son prénom, roulaient dans des voitures qui sentaient le plastique propre et ne logeaient pas dans des édifices en parpaings. Ses parleurs la déposaient devant les grilles du lycée, lui évitant la traversée de Metz que s'infligeaient quotidiennement les moutons et brebis qui prenaient leur car ponctuellement.

Elle inventa ainsi, à seize ans, un nouveau concept de thérapie : la confession automobile. Le siège conducteur était un divan en mouvement, le travail, but incontestable du trajet, rendant secondaires et donc aisées les confidences murmurées. La torpeur du conducteur favorisait la réminiscence des rêves et l'expression des fantasmes à peine endormis. Elle était une thérapeute gratuite et de plus en plus expérimentée. On voulut la rémunérer.

200

Magellan le premier sortit les billets. Deux de vingt, un de dix. Tous neufs. Le cœur d'Annabelle s'emballa, entre répulsion et fascination. Magellan sentait le bouc, louchait un peu, était vieux et assez laid. Des poils sortaient de ses oreilles. Les billets la tentaient jusqu'à la folie.

— Qu'est-ce que tu veux ?
— Déshabille-toi.

Ce qu'elle fit. Sans hâte. En le regardant dans les yeux, ses yeux gris égarés par le strabisme et fascinés par ses formes à peine ébauchées. Elle ne fit pas de chichis pour le soutien-gorge et la culotte : nue, elle s'offrait au regard du payeur.

— Touche-toi, gronda-t-il tout bas.

Les seins, tout doucement. Ses mamelons pointèrent comme des billes de caoutchouc.

— Encore !

Et ses mots ressemblaient à une prière.

Elle effleura son ventre blanc, ses cuisses serrées aussi. Elle écarta, rien qu'un peu, les genoux. Son cœur se mit à battre dans son sexe.

— Continue.

Il faisait si chaud dans la voiture que son corps se recouvrit de sueur. Magellan ordonnait, exigeait, et surtout regardait, regardait comme hypnotisé par chacun de ses gestes. Tout cela était assez excitant. Un filet de salive s'écoulait de sa bouche, qui émettait quelques gémissements. Elle ondula, poussa de petits cris, non feints. Releva les genoux, se cambra.

Magellan tout rouge la pressa :

— Touche-toi encore les seins. Pas le sexe, surtout, jamais. Juste les seins.

Ce qu'elle fit bien volontiers et longuement.

— Les fesses.

Elle se retourna, tendit son postérieur délicieusement menu vers Magellan et s'exécuta.

— Reste dans cette position. Suce tes doigts. Glisse-les dans la bouche en me regardant et suce.

Elle se redressa.

— Je veux plus.

Il émit un profond soupir et déclara, fataliste :

— Je le savais. Combien ?

— Deux cents.

— Tu es folle ?

D'un rire, Annabelle se redressa, agrafa d'une main son soutien-gorge (broderie anglaise), remit de l'autre ses socquettes roses, mais n'eut pas le temps d'ajuster sa culotte (assortie).

— Arrête. Tiens !

Elle rangea dans son cartable les billets que Magellan, tremblant de nervosité et hoquetant de désir, lui avait tendus. Remit sa culotte. Attendit ensuite en regardant dehors, au loin.

— Vas-y, ma jolie, caresse-toi.

— Non.

— S'il te plaît ! Tout doucement. Je te regarderai. Que ça. Te regarder, longtemps.

— Rien du tout.

— Ma poupée... Juste te voir, toute belle comme ça, te voir et t'entendre.

— D'accord, Magellan. Mais je te préviens, plus jamais tu ne discutes mes prix.

— Promis, ma reine, murmura-t-il en abaissant le dossier du siège. Caresse-toi ! Tais-toi, surtout. Enlève ton soutien-gorge, garde ta culotte, d'accord ? Elle est jolie, tu sais... Écarte un peu les cuisses. Un tout petit peu plus. Voilà, comme ça. Laisse-moi tout voir, tout sentir. Laisse-moi renifler tes seins, ton ventre, ta culotte. Laisse-moi la lécher...

Et ce baiser goulu sur la culotte en dentelle, ce long baiser affolé qui cherchait le sexe sans le trouver tout à fait, ne déplaisait ni à l'embrasseur ni à l'embrassée.

— Ta culotte est mouillée, mouillée, je voudrais la lécher des heures. Tu me rends fou. Mouille, mon bébé, mouille encore. Caresse-toi, ma salope, tout sauf le minou.

— Hummm...

— Et regarde-moi, pendant ce temps, dans les yeux.

Tout doucement, elle se caressa à nouveau, mais avec plus de fièvre, le ventre, les seins, les lèvres entrouvertes humectées par la langue, puis le ventre encore. Sans attendre les instructions de Magellan, elle fit glisser la culotte sur ses cuisses, leva puis ouvrit les cuisses en un large V. Il contempla le tableau, un cri lui échappa. Les yeux exorbités, avec des râlements de faune, il sortit son sexe, bref et large, ses couilles gonflées comme des balles de tennis, se branla et éructa :

— Reste comme ça ! Ne bouge plus ! Ne te touche plus !

Mais Annabelle reprit son manège, caressant, effleurant à peine son sexe humide et largement offert au regard, longtemps, longtemps, doucement, plus fort, en frissonnant, en couinant, en criant, et jouit, cuisses offertes, pour deux cents euros.

Jouit, oui, vraiment, sans trop savoir ce qui l'avait le plus excitée : le papier-monnaie, ses caresses, les râles et les encouragements de Magellan, la laideur du bonhomme, ses yeux gris inquiets, son âge, ses ordres, ses lubies, son souffle, son odeur de bouc, ses grognements, ses larmes, oui ses larmes à la fin. Ou le regard de provocation, le regard de pute qu'elle n'avait cessé de porter sur lui.

SPLASSH

Annabelle et Fred, lorsqu'elles se retrouvaient (presque tous les jours) et ne se livraient pas à quelque douce orgie saphique, s'attachaient à changer le monde. On se renseigna, on lut des ouvrages de Monique Wittig et de Gail Pheterson, des essais d'économie politique aussi, on en vint à l'idée que le libéralisme et le patriarcat étaient deux énormes erreurs, des impasses dont il fallait au plus vite sortir : par l'action. Sans en rien dire à Lug, on adhéra aux Jeunesses communistes de Metz, on distribua des tracts pour éradiquer les inégalités, la précarité, la faim dans le monde, le sexisme, la norme genrée, le puritanisme et la pensée unique, on monta le SPLASSH (Sexy-Parti de libération anticapitaliste contre la société straight hétéronormée), on castagna quelques skins esseulés, et on commit un blog.

Le soir, on écumait les boîtes lesbiennes de Metz. Il y en avait une et demie. On oubliait alors de militer.

P.C.

Les chauffeurs de fortune d'Annabelle la pygmalionnaient à leur manière : ils lui apprenaient ce qu'aiment les hommes et n'hésitaient pas à entrer dans des considérations tout à fait techniques. Ils lui enseignaient aussi la vie. Entre une sodomie et une fellation honorablement réussie, Boisrobert qui se sentait une âme de mentor et qui commercialisait des roulettes (et des roulettes, on ignore généralement ce point important, il y en a partout) lui ouvrit les yeux sur le fait qu'elle avait reçu en héritage un discours politique très connoté et avait réagi en adoptant une idéologie opposée, crypto-marxiste radicale pour être clair, idéologie que tout le monde désormais récusait. Annabelle lui fit remarquer qu'elle avait rendu au Concours général une copie assez musclée, clairement antilibérale, et que ses vues avaient été appréciées. Elle en détailla les étapes.

Holà, je vous arrête tout de suite, mon enfant, sourit Boisrobert. Toutes ces plaisanteries gauchistes pouvaient passer avec ces cocos de profs – il n'était point étonné à vrai dire – mais à la ville, pas du tout. À continuer sur ce ton, elle risquait la disqualification sociale dont pâtissaient tous les sympathisants des extrêmes. Pensez ce que vous voulez, mon petit, tout n'est pas faux, loin de là, mais il faut y mettre les formes. Le capitalisme à outrance montre ses limites. Je vous l'accorde. Mais la loi du marché, vous n'y couperez pas, ni vous ni les autres. Vos tarifs d'auto-stoppeuse, ils sont indexés sur le Smic, dites voir ? Réfléchissez… Et pour le discours, biaisez, euphémisez, apprenez le politiquement correct : cela vous sera fort utile.

Et surtout, ne parlez pas trop de Marx, ça heurte. J'avais un très bon contremaître qui s'est encarté à la CGT. Je l'ai viré, vous voyez. Bien obligé…

Ce qu'il fallait méditer.

R. V.

À dix-sept ans, Annabelle se lia d'une amusante amitié avec René Vigouroux, le mal nommé. Vigouroux était un salopard supérieur qui gagnait à être connu. Auditeur overbooké, il avait été dépêché en Lorraine par le DG de Lebrun and Jaws Management, société de consulting basée dans le 8e à Paris et appréciée en ces temps de crise pour ses méthodes radicales. R. V., tu es le meilleur, lui avait assuré Jack Jaws, dit J. J. Tu es compétent, retors, et tu en veux. Je ne connais pas plus coriace que toi. Pour un Français, tu es remarquable. Va nous régler tout ça. Si tu réussis, comme je n'en doute pas, tu piloteras notre antenne aux States.

« Tout ça », c'était beaucoup, en ces temps de postindustrialisation lorraine. Beaucoup de grosses ou moyennes entreprises qu'il fallait sauver du dépôt de bilan en virant tous ceux qui pouvaient l'être, et les autres. Il fallait être rapide, inventif et sans états d'âme. Artiste équilibriste du licenciement en gros et semi-gros, grassement rémunéré pour sa tâche réputée difficile, il avait allégrement dégraissé pendant trois ans, passant ses semaines dans les friches moyennement riantes de la région sinistrée, dormant dans un deux-pièces loué par Lebrun and Jaws dans le centre de Metz, et se consolant le week-end à Paris, dans des dîners en ville parfois libertins où il faisait du réseau.

Lorsqu'il rencontra Annabelle qu'il avait cueillie au bord de la route un matin d'avril, son moral en avait pris un coup. Il avait besoin de parler, elle l'écouta. Il n'y croyait plus. Mais pourquoi ? Voulut-elle savoir. Il expliqua son mal en un galimatias entrecoupé de soupirs et de silences. Elle le consola. Elle sauta les cours du matin.

Il prit l'habitude d'aller la chercher directement chez elle le matin, aux parpaings, pour la conduire devant la grille de son lycée, vers neuf heures. Elle recueillit, patiemment, ses confidences et ses plaintes, que personne ne voulait entendre. Depuis quelques mois, il vivait mal les décisions brutales auxquelles ses activités de fossoyeur d'entreprises et de vies le contraignaient. Son existence était devenue une guerre dont il ne savait plus être le Machiavel. Il devait négocier ferme avec les syndicats, le pauvre. Des pitbulls, Annabelle, je te jure ! La langue de bois le tuait, les conflits à la vie à la mort l'épuisaient, la concurrence le minait, car enfin, bébé, c'est clair, si ce n'est pas moi qui règle le dossier, J. J. en dégote un plus performant, plus jeune, plus denté et moins sentimental sur le carnage.

Et la Lorraine, honnêtement, il en avait un peu sa claque. Metz, franchement... C'était lugubre, le soir. On lui promettait de le rapatrier en région parisienne depuis un an. Et Dieu sait qu'il y avait à faire, en Île-de-France, où tout dégringolait comme ailleurs. Mais le patron promettait, temporisait, bref voulait qu'il nettoie d'abord to-ta-lement la Moselle. Et la Meuse, et les Vosges. Il nettoyait. Il nettoyait d'arrache-pied, pour en finir au plus vite.

Un matin, il ouvrit la porte du passager d'un air lugubre. Une caisse de résonance s'était invitée dans l'oreille droite : tout ce qu'il entendait était à la fois grossi et déformé. Il avait l'impression de devenir fou. Ça le rendait nauséeux, avoua-t-il en reniflant.

— Ça dure depuis quand ?
— Avant-hier. L'unité d'assemblage de Thionville. Trois départs à la retraite anticipés, un suicide. Je n'en puis plus.
— Je t'emmène chez Francoz.

Laurent Francoz était un généraliste à l'ancienne, lent et attentif, un Mozart du corps et de ses maux. Il diagnostiqua un syndrome pressionnel : l'oreille interne, sous l'effet du stress, leur faisait un œdème. Le torturé hochait la tête avec une expression de désolation. De la cortisone, enchaîna le médecin, en comprimés orodispersibles, à doses très mesurées : un le matin, puis un à midi, pas plus, à laisser fondre sous la langue, jamais plus tard sinon insomnie assurée. Et surtout du repos, monsieur Vigouroux, beaucoup de repos.

Le Vigouroux qui n'avait pas le temps de se reposer courut à la pharmacie la plus proche, se procura la panacée et jeta cinq cachets d'un coup sous sa langue affolée. Une heure plus tard, les effets étaient là : il entendait normalement. La guérison miraculeuse fut fêtée au champagne dans un trois-étoiles, en centre-ville. Au diable le F2 minimaliste loué par le patron… La cortisone le dopant, il entreprit de réviser, comme le lui proposait Annabelle, le *Kama-sutra* dans son intégralité. Puis, toujours euphorique, se montra large dans la rétribution.

Le corps facétieux de Vigouroux s'imposait des embarras toujours nouveaux. Entre deux catalepsies, il se retrouva constellé de boutons blanchâtres, rosés en leur centre et durs sous le doigt : autant de minuscules tétons qui illuminaient, grotesques, son corps pesant de quinquagénaire. Il vint chercher Annabelle à neuf heures et se mit en route vers le lycée. Il prit un bas-côté, sortit dans le matin frais, dégrafa sa chemise, ouvrit large les deux bras dans un mouvement ascensionnel de consternation résignée :

— Regarde un peu ça !

C'était en effet spectaculaire, et pour tout dire, mais Annabelle n'en dit rien, obscène.

Francoz examina, scruta, siffla d'admiration.

— Jamais vu ça. Ça a tout d'une varicelle, mais l'absence de boutons sur le visage interdit ce diagnostic. Vous n'avez rien mangé de suspect ?

— Rien, lâcha Vigouroux dans un râle. Pas faim en ce moment.

— Je vous prescris une pommade et du repos, beaucoup de repos, monsieur Vigouroux. Vous nous faites un burn-out.

— Et alors ?

— On arrête tout, on se met au lit, on décroche.

— Impossible, s'indigna l'intéressé.

Annabelle, très sage, intervint :

— Je crois que tu n'as pas le choix, René.

Allongé sur le lit du F2 en position christique, Vigouroux couinait toujours.

— Donne-moi les clés de ta voiture, ordonna la petite.

— Dans mon sac à dos. La poche de devant, gémit le mourant.

Au volant de la berline, Annabelle roula tout en douceur jusqu'aux Mansuy, jusqu'aux parpaings. Où on ne l'avait jamais vue au volant de l'engin, où l'on s'attroupa.

— Lug, papa, il faut que je vous parle.

On causa entre hommes. Annabelle annonça son intention de quitter les lieux quelque temps. Combien, Petiote, voulut savoir Lug, tout attristé. Annabelle se montra évasive, assura tout le monde de sa profonde affection, gueula que Vive la France, lâcha quelques billets, fit des bises. Lug pleurait, regardait ses pieds.

Annabelle moucha le Papy, le prit dans ses bras. Brave andouille, je t'aime tu sais... Puis s'enfuit dans la berline sombre, s'établit dans la foulée et pour un temps à Metz, où elle était sur place pour le lycée, et où elle pouvait prendre soin de ce pauvre René.

Vigouroux bientôt alla mieux et devint tendre. Annabelle avait tous les dons : infirmière, psychanalyste, putain mineure et décomplexée. Il la voulut pour lui.

— Je t'installe à Paris.

— Mais tu disais...

— Ils ont enfin compris que s'ils me coinçaient encore ici, je les quittais pour Hoffmann and Cooper, basés à Genève. Il y a du boulot aussi en Suisse, figure-toi. J'ai une offre.

— Et le nettoyage lorrain ?

— Je vais nettoyer en région parisienne, fillette. Je suis sûr que ça va me remonter le moral.

— Et mon bac ?

— Tu as raison. Ça peut servir. Pendant ce temps, j'emménage. Je vais nous dégoter quelque chose de bien. Ce que j'appelle *bien*.

Le jour des épreuves, Annabelle avait un peu la tête ailleurs, mais sut se mobiliser ; la mention très bien était nécessaire pour être admise à Sciences Po sans passer le concours : elle l'obtint.

On fêta l'exploit dans le duplex de la rue de Tilsitt que R. V. avait loué. L'homme avait des goûts contemporains. Annabelle découvrait bien des splendeurs, mais sut le cacher. Son amant apprécia. Elle apprenait vite. Bientôt, elle serait sortable. Ça tombait bien : elle était parfaitement décorative et experte, il avait un carnet d'adresses fourni. Était à tu et à toi avec une foultitude de PDG esseulés que la concurrence asiatique rendait parfois mélancoliques. La petite ferait merveille.

CHIPS

Angèle Guillometaz, appelant le commissariat du 13ᵉ, tombe sur une musique d'ambiance, six minutes, puis sur une standardiste à qui elle explique en deux phrases la situation. Le mieux est encore de passer dans l'après-midi, lui est-il répondu. Mais c'est assez pressé, insiste-t-elle, je suis vraiment très inquiète. Dépêchez-vous alors, si vous passez avant midi, vous avez une chance de rencontrer le commissaire Césari.

Drôle d'homme, ce Césari, jeune encore mais voûté comme un octogénaire. Il vous regarde en jetant le front sur le côté, brusquement. L'œil, derrière les lunettes cerclées de métal, est tellement clair qu'on le dirait transparent plutôt que bleu. La pupille est cernée d'or. L'homme ne sourit pas. Parle sans dévoiler les dents. Belle voix dans les graves. Visage empâté déjà dont se dégage un nez aquilin inattendu. Le tout, sans qu'on sache pourquoi, n'est pas dénué de charme. Il boite un peu. Du bide, pas mal. Les hommes se laissent souvent aller. Son complet gris, du reste, est bien fatigué.

Il l'écoute mais ne paraît pas très concentré. Il prend le temps d'ouvrir une boîte de chips au paprika, qu'il grignote d'une main. De l'autre, il surfe sur Internet. Google Guillometaz. Puis sa femme. Tiens, une romancière… Connais pas.

Jette un œil distrait sur Angèle quand il y pense. On croit rêver.

— Bon, votre mari ne s'est pas manifesté depuis trois jours, vous vivez ensemble depuis quoi ? Quinze ans ? C'est bien ça, treize ans, alors quoi, est-ce vraiment inquiétant ?

Césari considère qu'il a d'autres chats à fouetter. Accablé de tâches administratives, surveillé par le sourcilleux commissaire divisionnaire Marquiseaux qui lui reproche, entre autres, de se disperser, il a sur les bras l'affaire du violeur de la rue Broca, un réseau de cambrioleurs roms évidemment mineurs et un afflux incontrôlable de Maliens. Il va refiler l'affaire Guillometaz au lieutenant Philibert Andrieu. Calme, méticuleux, ennuyeux Andrieu. Il sera parfait.

Les yeux rivés à son ordinateur, monsieur le commissaire s'interroge :

— Vous avez été mariée une première fois, à dix-huit ans. Je ne trouve pas le nom de l'époux premier. C'était ?

— Une erreur, coupe Angèle.

Césari hausse une épaule et poursuit son surf informatique.

— Il est mort, je vois. On trouve tout sur Internet, c'est merveilleux.

— Un drame, abrège Angèle.

— Oui ?

— Écoutez, monsieur le commissaire, je suis folle d'inquiétude. Louis est introuvable, il ne répond ni à mes appels ni à ceux de son agent, c'est extrêmement surprenant. Il faut faire quelque chose.

Césari l'observe quelques secondes, marque un temps, ravale ses commentaires et ses questions, et poursuit ses investigations informatiques tout en simulant un entretien informel. Angèle l'observe avec un sourire crispé. Qui pourrait imaginer à la voir ainsi se tordre les mains sous l'effet d'une irrépressible angoisse que le premier mari, si nos informations sont bonnes, mais il faudrait vérifier bien sûr, a fini débité en morceaux ? Où l'a-t-elle enterré, déjà ? – c'est si loin… Ah oui, le jardin de tonton Jean-Claude, à Nissan-lez-Enserune. Au fond. L'automne suivant, elle avait proposé qu'on plante un ginkgo biloba, à l'endroit idoine. Un très bel arbre, aujourd'hui.

Le commissaire Césari pianote toujours sur son PC, ouvre de grands yeux, pouffe, s'exclame, et même, le mufle, siffle.

— Mais dites-moi, madame Guillometaz, ce n'est pas un bébé, votre Louis, à ce que je vois. Vous vivez assez librement, non ?

Car Césari a dégoté sur YouTube la vidéo qui plaît : Guillometaz dézippant lentement et par-devant le corsage d'un mannequin – ou serait-ce une escort ? – sur les marches de Cannes lors de la soirée de clôture. Poitrine légère, jeune, ravissante. Une beauté botticellienne avec longs cheveux de Vénus sortant des flots. Son nom figure en titre sur la vidéo du site : la jet-setteuse Annabelle Mansuy batifole avec le pianiste Louis Guillometaz. Angèle lève les yeux au ciel. La vidéo a été vue douze mille trois cent douze fois, soit, et ce n'est pas la première fois que les frasques de son baiseur de mari ont les honneurs du Net. Le flic se repasse trois fois la vidéo en faisant mine de ranger son bureau et gobe des chips. Sème des miettes au paprika comme un sagouin. Regarde enfin Angèle. Ne mâchouille plus.

— Monsieur le commissaire, cette Annabelle Mansuy est une passade, parmi d'autres. La liste est longue. Bien sûr, vous pouvez aller voir de ce côté. Mais je serais surprise que vous le trouviez chez cette petite pute. J'ai laissé une vingtaine de messages à Louis, il voulait rester à Paris pour travailler, ça lui arrive souvent. Disparaître avec une femme n'est tout simplement pas son genre. C'est un solitaire. Il découche une nuit, deux tout au plus. Mais donne des nouvelles. Toujours. Qu'il soit ou non en compagnie, il décroche. Et là : silence.

Un raclement de gorge.

— Je suis inquiète. Depuis quelques mois, il a tendance – comment dire ? – à se prendre pour Dieu.

Césari attend. Croque encore une demie, un quart de chips, en s'excusant du regard. Il est presque midi, merde !

— Il est traité ?

— Allez traiter Guillometaz ! Essayez d'organiser un rendez-vous avec un médecin... Je ne dis pas un psychiatre. Toute nuisance endigue le processus créateur. Je me contente de Le laisser dire. De Lui affirmer que oui, Il va nous sauver. Quel mal, après tout ? Jésus aussi voulait sauver le monde.

— Ça s'est mal fini pour lui.

Césari se rassied.

— Voilà pourquoi je suis ici.

— Aucun appel, je présume, aucune demande de rançon ?

— Rien, répond Angèle sobrement.

Angèle épouse Guillometaz, née d'Espars, quitte impromptu son siège, fait quelques pas, fond éperdument en larmes. Je la trouve crédible. Césari aussi. Soulève ses lunettes qu'il cale sur un front soucieux, s'essuie la bouche du revers de sa manche, se lève d'un coup de rein, s'approche d'elle de sa démarche tordue, la prend paternellement par le bras, la rassied, et lui tend sans sourire un mouchoir en papier. Va mettre son vieux Dell en mode veille.

— Une dispute ?

— Toutes ces filles avec lesquelles il s'affiche, vous voyez ?

Annabelle...

— Annabelle Mansuy, oui, et la cohorte qui

a précédé. Eh bien voilà ! C'est ça qui m'agace. Qu'il ait des aventures... mais mon Dieu, qu'il soit discret ! J'ai l'air de quoi, moi ?

Césari la regarde gentiment. Une belle femme vraiment. Racée, fine, odorante, des traits si doux. Un nez un peu fort. Non : un nez. Un nez d'impératrice orientale, un nez busqué, un nez orgueilleux. Et une chevelure... Ah Dieu, une chevelure mousseuse, dorée, jusqu'aux reins, une chevelure qui appelle la main. Et des yeux verts : des yeux comme il n'en a jamais croisé.

Une élégance. Des vêtements d'un chic... Une grâce déliée.

Césari est moins sûr, pour le lieutenant Philibert Andrieu. Il faut à cette femme un homme de sa trempe. Et puis, marre de la gestion : un peu d'action, diantre ! Il va se garder l'affaire, ça le changera un peu. Il n'en dira rien à Marquiseaux, cela va sans dire.

Jetant de droite et de gauche son front comme un oiseau affolé son bec, il l'examine tandis qu'elle parle. Combien exactement ? Quarante, quarante-cinq ? Il se souvient l'avoir vue sur un plateau de télévision, un soir, interviewée au sujet d'un bouquin scabreux par elle écrit. Ça lui avait paru compliqué, il n'avait pas acheté le livre. Dommage. Quand elle s'empourpre, elle est irrésistible, non ?

— Mais enfin, on ne fait rien ?
— Mais si, mais si. On fait.

Césari se lève et la lui tend :
— Je vous tiens au courant.

NACK

Vigouroux fut utile, un temps. Il aspergea Annabelle d'un badigeon de bonnes manières, lui enseignant les usages de table, la convertit au politiquement correct subtilement subversif, car il fallait qu'elle fût piquante, lui apprit aussi à marcher juchée sur des talons, à ne pas jurer, à ne pas juger, bref il la déshabilla de ce qui lui restait d'ignorance et de tourbe lorraine tout en lui montrant comment se déguiser en jeune femme respectable. Il avait mis le bail du pied-à-terre de la rue de Tilsitt au nom de la jeune femme.

C'est merveilleux, les pigeons de cet acabit. Il fut, d'un baiser, limogé.

En portefeuille, le Vigouroux présentait du petit PDG local, guère mieux. Annabelle, à qui nous reconnaîtrons un tempérament moderne, se voyait plutôt investir ses efforts sur de belles fortunes mondialisées. Il fallait embaucher. Où trouver l'oiseau rare ? Ce fut dans une boîte de nuit du 5e arrondissement, où, radar allumé, Léo déhanchait sans conviction son corps massif au plus près du gibier. Sous les projecteurs croisés de la piste de danse, son hâle artificiel paraît verdâtre. Voyez-le qui aperçoit notre belle, qui la jauge, qui l'évalue, qui fond sur elle. Il susurre pour la forme quelques compliments onctueux que les décibels déchaînés interdisent à Annabelle d'ouïr dans leur détail, mais nul doute qu'elle en saisit l'esprit. Léo propose un verre, puis deux, puis une séance de photos lingerie le lendemain, puis des rencontres qui peuvent la conduire, il n'en doute pas un instant, à une belle carrière de mannequin, voire de comédienne. Il connaîtrait du monde, à Hollywood et ailleurs. On dîne samedi avec Scorcese ?

La séance de photos du lendemain en guêpière et froufrous conduite avec trois autres aspirantes s'étant terminée en joyeuse orgie, Léopold Lepape dit le Gros a pu constater qu'Annabelle avait, bien plus que les autres mannequins, du tempérament, des talents, de l'ambition, une expérience impressionnante pour ses tout juste dix-huit ans, et un goût marqué pour l'argent. Il s'avisa vite que point ne serait besoin de la bercer avec des promesses de destin hollywoodien. Paris lui convenait, à condition qu'elle y fît fortune. Et vite.

L'homme avait d'énormes besoins, un carnet d'adresses fourni : des diplomates, des hommes d'affaires, quelques ténors de la politique, et des vedettes de la scène et de l'écran. Homme d'entregent, doté d'une excellente connaissance du sérail : the nack and how to do it. Lessivé par un infamant procès pour proxénétisme, éprouvé par quelques années de geôle, souffrant de faiblesses coronariennes, se remettant mal d'une liposuccion drastique, il avait bien besoin de se refaire. Annabelle fut la figure de proue de son grand retour : elle avait un con joyeux, un con goulu, un con vorace, un con suave et enchanteur, un con qui jute et jouit, un con élastique et tonique, un con qui pense, un con postmoderne, un con vénal, un con international.

Et puis, avec Annabelle, nul besoin de ces contraintes, violences ou manœuvres dolosives dont on avait accusé Léo par le passé. Elle allait au feu la fleur au fusil. Il la testa un week-end avec un Émirati exigeant. Elle s'en sortit avec les honneurs, une garde-robe épatante, des cernes qui rehaussaient l'éclat laiteux de sa peau et quelques courbatures dont elle ne songea pas à se plaindre. Et, j'allais oublier, huit mille euros. Le gros Léo apprécia l'élégant trousseau et préleva sur la somme reçue une dîme d'un tiers, ce qui parut raisonnable à la gazelle – elle renégocierait plus tard, lorsqu'elle aurait pignon sur rue, appartement vaste et en pleine propriété, compte bancaire souriant et placements *secure.*

PRIUS

Angèle n'est pas encore sortie du commissariat du 13ᵉ qu'elle appelle le 06 83 14 39 40, laisse un bref message très sec, indiquant qu'elle a rencontré un petit con de flic qui lui a ri au nez, un vrai petit con insiste-t-elle en détachant les syllabes, tu m'appelles tout de suite maintenant ou je me fâche. Je te préviens, je me barre.

Voilà Javier qui appelle. Il est à peine quinze heures.

Ah, Javier… On entend ses couilles ibériques dans sa voix. Il est libre dès qu'Angèle le veut. Elle veut tout de suite.

— Où, ma beauté ?
— Chez toi.
— Viens vite.

Javier la reçoit en peignoir, comme elle aime. Elle le déshabille aussitôt. Il se laisse faire. Il se laisse toujours faire. Garde aux pieds ses babouches. Va chercher une bouteille de champagne. Il en a toujours une au frais. Tout se passe à merveille. On s'effleure, se caresse, on s'étourdit de baisers, on s'embrase.

Tout bas, Javier murmure des tendresses. Le son de sa voix, légèrement voilée, légèrement grave, donne le frisson. Qu'il est jeune. Si souple. Angèle s'amuse et s'émerveille de tant de fraîcheur mêlée à tant de candeur. Elle pense au corps de Louis, ces dernières années : fripé, vidé de sa chair, tari, laid, et promis, si elle n'était intervenue, à plus de laideur encore, de ratatinements divers, hélas. Tandis que Javier !

Javier joue de sa nudité avec humour : bouge et agit exactement comme s'il était en tenue de ville. Jusqu'au moment où il s'immobilise et prend une pose de statue. Elle aime aussi ses caprices d'enfant gâté. Sa fougue sereine. Ce qu'il faut bien appeler ses multiples talents. Il n'a pas vingt-cinq ans.

Le téléphone cellulaire d'Angèle retentit : Césari au bout du fil.

Monsieur le commissaire a un peu progressé. A retrouvé la Toyota Prius hybride de Louis dans son parking, des partitions et deux micros dans le coffre du véhicule écoresponsable, ainsi que son téléphone oublié sous un siège.

— Vous avez tort de penser que je suis un petit con, madame Guillometaz, remarque-t-il sobrement.

Madame ne commente pas.

— Je vous vois demain matin à huit heures. Rue Peter.

S. G.

Interrompue dans son élan et d'intéressants ébats, Angèle abandonne provisoirement Javier le bel Andalou avec la promesse de le retrouver le soir, s'il est libre. Il le sera.

En se dépêchant, elle devait y arriver.

Courir rue Peter. Dissimuler dix-huit clés USB, qui peuvent servir. Se saisir de la grande valise de cuir noir que nous connaissons. Y fourrer les devises diverses, qui forment pour le plaisir des yeux un agréable amoncellement bigarré. Les tasser : il y en a tant ! Appeler un taxi.

Arriver une heure avant la fermeture au siège de la Société générale, filer aux coffres, s'engager à travers la monumentale, l'imprenable porte circulaire de métal blond et roux, signée Fichet, un demi-mètre d'épaisseur à vue d'œil. Descendre accompagnée au troisième sous-sol.

Restée seule, disposer les différentes devises en piles distinctes et compter. Plus, beaucoup plus qu'elle ne l'avait imaginé. La scie sauteuse, dont les dents sont légèrement émoussées mais qui peut encore faire de l'usage, se loge dans le compartiment blindé et trône sur le haut de l'Himalaya de billets, en biais.

Lorsqu'elle sort de la S. G., il fait déjà nuit. Elle marche dans l'air froid, en direction des grands magasins. Après-demain, mercredi à huit heures, les soldes d'hiver. Son cœur tressaille.

Angèle cherche. Erre dans le quartier de l'Opéra. Trouve un SDF près de la bouche de métro Chaussée-d'Antin-La Fayette. Sans âge, sans regard, droit comme un majordome. Il est loin, dans son monde. Son caddie métallique étincelant regorge de sacs en tous genres, tous fort propres, et certains scellés de ficelles multicolores. Cet homme a tout perdu, mais il aime l'ordre.

— Vous voulez ma valise ? Je ne pars plus.

— Bien volontiers, madame.

Il s'incline et lui baise la main avec cérémonie. Puis regarde au loin, comme à la recherche d'une idée, d'une réplique qui ne vient pas, lui tourne donc le dos et entreprend les rangements qu'impose dans le caddie la nouvelle venue.

Angèle poursuit cette agréable et fraîche randonnée jusqu'au métro Concorde, prend la ligne 1 et se retrouve en sept stations à Bastille. Où elle remonte la rue de la Roquette jusqu'au Daily Monop', ouvert jusqu'à vingt-deux heures. Elle règle ses brèves courses alimentaires avec la Visa de Louis, code 2524.

Retour rue Peter dans le 13e. Nouvelle inspection des lieux. Angèle hésite devant les quatre micros sur pied installés en orbe au-dessus de la table d'harmonie ouverte du Steinway, envisage d'un œil la régie mobile, les araignées de câbles courant sur le parquet, la console Studer 169, le préampli Focusrite, la station audionumérique Samplitude, les moniteurs Dynaudio BM6a, le reverb Lexicon 960 L, les compresseurs Anthony Demaria Labs, l'enregistreur Master Studer A810 ¼ et il me semble que nous avons fait le tour. Du matériel très estimable mais un peu vieillot – radinerie du Louis. Allez oust, on fait place nette. Tout doit dégager avant l'arrivée du petit flic.

Ça pèse.

Mais qu'importe. Angèle requiert un taxi après avoir étagé la cargaison dans l'infini couloir haussmannien, interroge ledit taxi sur la possibilité de rabattre le siège arrière afin de dégager quelque espace, elle est un peu chargée, s'excuse-t-elle en pointant un billet de deux cents euros, vous voulez de l'aide, lui demande-t-on, et oui, ça l'arrange.

Comme Javier se montre surpris de la voir aussi encombrée :

— T'inquiète, mon chou. C'est provisoire. Dans le placard du fond ?

Javier n'est pas contrariant.

Il le lui prouve jusqu'à six heures et demie du matin, moment où Angèle, rajeunie par une douche très fraîche, prend un nouveau taxi qui la reconduit rue Peter. Elle achète diverses viennoiseries à la boulangerie voisine, rentre chez elle, aère, prépare du café et attend le petit flic du 13ᵉ.

SIRET

Annabelle a désormais vingt-trois ans. Quelques belles années devant elle. Mais il ne faudrait pas s'endormir… Longues donc sont ses journées, longues sont ses nuits, court son temps de sommeil. Elle tient bien le choc.

La matinée est généralement occupée par les cours à Sciences Po, où elle peut, par exemple, plancher sur la question de savoir en quoi la réunification allemande et le choix de participer à l'Union économique et monétaire ont conditionné les politiques macroéconomiques et la conjoncture française, durant les années 1990, cours précédés d'un petit déjeuner copieux au Basile ; les après-midi se passent à la Bibliothèque nationale où avance sa thèse sur les enjeux politiques de la mondialisation. Ses soirées se partagent entre ses différentes fréquentations. Elle les escorte au restaurant, à l'opéra, en quelques vernissages, en diverses mondanités on s'en doute ; on se doute aussi qu'elle les accompagne, parfois, mais pas toujours, jusqu'en leur hôtel et jusqu'aux extases, un hôtel où, ange ou pource selon les goûts, elle prodigue classiquement, mais avec art, masturbation, fellation, cunnilingus et coïtus non interruptus ; accepte l'éjaculation faciale ; pratique diverses sévérités à la demande. Se refuse habituellement à la sodomie, mais si l'on y met les formes et le budget, on a sa chance, dans ses bons jours.

Vie harassante admettons-le, vie dangereuse : que vaut la vie d'une pute ?

Mais Annabelle au cœur vaillant s'amuse des diverses prouesses comme des divers déguisements que ses... Ses quoi, au juste ? Ses escortés ? Ses mécènes ? Ses pigeons ? Ses admirateurs, bref ses clients, lui suggèrent d'endosser. Elle se trouve tour à tour infirmière à calotte, soubrette à plumeau et tablier blanc, fliquette à menottes, institutrice, doberman à muselière, fermière à sabots, boulangère en blouse, hôtesse de l'air, bourreau à garrot, geisha poudrée, first lady, ministre, secrétaire d'État, greffière, nonne à cornette, enfant de chœur, curé à goupillon, chérubin, rock star, bourgmestre, mufti, caissière, camériste, pute à jarretelles, à guêpière, à résille, à talons, on en passe, bab', gothique, romantique, béothuk, exécutive, intergalactique et autres. Par ailleurs, ne se montre pas fermée aux propositions atypiques.

Elle a des couilles. Des couilles internes, dit-elle en riant, entre deux rails de coke.

La brigade des mœurs nous affirme qu'Annabelle est actuellement une des escorts les mieux rémunérées de Paris. Elle gagnerait lourd. Sans nous surprendre, ladite brigade met ce fait sur le compte de la très grande beauté de la jeune femme, de sa classe, de sa culture assortie et de ses probables virtuosités. C'est peu dire que messieurs les brigadiers passent à côté de l'essentiel. Annabelle est une pute qu'être pute intéresse. Surprend parfois. Amuse. Excite. Fatigue aussi, fatigue souvent, navre et ennuie, mais le bon bordeaux et divers produits illicites font vite oublier la fatigue et le vague à l'âme. Être payée pour accomplir ce que toute bonne épouse effectue gratuitement lui gonfle la poitrine d'enthousiasme, fait battre son cœur et humecte son intimité. Le corps des hommes ne lui inspire aucun désir. Mais en découvrir la mécanique amoureuse, exceller dans son exercice stimule sa jeune libido.

Enfin et surtout, elle garde le contrôle : c'est elle qui met en scène, nous y reviendrons. Les clients apprécient, et comment.

Tout n'est pas rose, on s'en doute, avaricieux, mégoteurs, pueurs, urineurs, déféqueurs, pervers, disgracieux à bedaine flasque masquant presque le sexe atrophié par les excès lipidiques et imbéciles heureux font bien partie du bataillon. Elle endure leurs cochonneries sans style avec philosophie. Quel métier accomplit-on continuellement sans contrariétés ? Le comptable se pâme-t-il lorsqu'il subit matin et soir une heure trente de métro pour aller remplir des colonnes de chiffres dont l'intérêt ne lui saute décidément plus aux yeux ? Le ministre apprécie-t-il que son moindre lapsus fasse le tour de la Toile et égaie les dîners en ville ? Le professeur goûte-t-il la correction des copies en paquets ? Le cadre livré aux affres de l'open space gère-t-il son stress, son énorme stress ? Annabelle pourrait continuer et nous convaincre. Notons pour la forme un point : elle gagne beaucoup plus qu'un comptable, qu'un ministre, qu'un professeur et un cadre sup' réunis : c'est du sérieux.

Elle est en règle, possède un numéro de Siret, un comptable, un homme de ménage. Accepte les espèces, les cartes bleues et les règlements PayPal.

Elle ne déclare pas tout.

Elle envoie régulièrement des mandats vers les parpaings, à Lug-la-Tresse, qui poursuit ses importantes luttes idéologiques, et à Papa Mansuy, qui doit bien nourrir femme, fille et chiens. Lug a bien cru comprendre que la Petiote avait changé de bord. Déjà, à Metz, quand elle était au lycée, on lui avait fait savoir qu'elle disait des sottises, qu'elle faisait dans le bolchevisme. Où en est-elle exactement depuis qu'elle fréquente les rupins des beaux quartiers de la capitale, qui, il n'en doute pas, complotent tous pour le déclin de la France ? Complote-t-elle avec eux ? Avec tous ces pourris de Paris ? Il préfère éviter les questions qui fâchent et encaisse en maugréant les mandats (généreux, les mandats).

Annabelle expédie aussi des sommes à Fred, qui refuse de quitter Metz et sa maman qu'elle aime tant, mais qui, fidèle amie, vient la consoler ou de quelques amphètes la doper, lorsque impromptu un doute existentiel l'accable. Un coup de fil, et Fred saute dans le TGV. Elle se montre toujours aussi mutique, experte et tendre. Cette femme a un côté expérimental qui ravit son amante. Toujours un nouveau sex-toy à essayer... Par ailleurs, joueuse comme une enfant. Elle entraîne Annabelle dans des courses de skate, avec la Kinect. Et en d'autres glissades virtuelles. Tout cela vous change les idées... Mais elle est aussi capable de passer une soirée tendre et passive sur le canapé : elle met une série dans le lecteur de DVD, invite sa belle à s'allonger, à se détendre, fait un petit geste sur ses cuisses pour lui indiquer où poser sa tête. Là, ma belle, laisse-toi faire. Repose-toi. Je suis là.

4

À huit heures sonnantes, comme on pouvait le prédire, Césari se manifeste.

Entre dans l'appartement de la rue Peter en faisant des manières, des je ne voudrais surtout pas vous déranger, des il est bien tôt et je m'en excuse. Angèle coupe court : voulez-vous visiter ? Et lui suggère de se livrer librement à ses investigations. Elle prendra son petit déjeuner dans le salon jaune, si cela ne le gêne pas.

Césari la prie de, l'observe s'installer et extraire avec gourmandise les viennoiseries de leur sachet blanc qui émet, dans le froissement léger qui accompagne son ouverture, des senteurs. Notre commissaire soupire, avant de se ganter de latex et de s'élancer en boitillant dans l'appartement, l'air dubitatif. Il erre dans les diverses pièces, jetant son nez et son regard de droite et de gauche avec des rotations rapides d'oiseau nerveux. Il claudique d'un meuble à l'autre, courbé, tordu et quasi bossu, talque ici un bonheur-du-jour, là un fauteuil, à la recherche de probables empreintes – qu'il trouve, comme l'indiquent des hochements de menton satisfaits. Entre dans ce qui a tout l'air de faire office de chambre conjugale sur la pointe des pieds. Passe au crible. Se déhanche vers l'atelier du Louis, examine le clavier, relève à nouveau les empreintes en divers endroits sur les cinquante-deux touches abandonnées, puis sur le métronome, puis sur les pinceaux et brosses en monticules sur des tréteaux. S'empare d'un stylo Montblanc posé sur un pupitre, l'observe, le jette dans un sachet plastique qu'il zippe mécaniquement. Examine en plissant les yeux la surface d'un bloc-notes fatigué et à spirale oublié sur le même pupitre, incline la chose, observe les traces laissées en creux par une écriture affirmée, sourit presque, glisse le bloc dans un nouveau sachet aussitôt fermé. Furète de-ci, de-là, hume, examine, mesure, retourne, secoue, soulève, tapote, pousse du pied, extrait, renifle, tripatouille. Ouvre tous les placards, constate que dans celui dédié aux vêtements du pianiste plusieurs cintres sont nus. Et qu'il y a trois vides dans l'alignement très régulier des chaussures. Prend quelques notes d'une écriture furtive, au moyen d'un Bic noir. Sort une pince à épiler et s'empare d'un cheveu (blanc, on s'en doute) entre les dents d'un peigne en corne rangé sur la tablette au-dessus du lavabo. Nouveau sachet. Césari envisage ensuite pensivement le peigne clair, ressort la pince à épiler de sa poche et prélève un cheveu d'un blond vénitien qui s'avérera probablement appartenir à madame, mais on vérifiera, puis un cheveu décidément brun, dont le propriétaire restera à retrouver. Il s'agirait d'un jeune Andalou que Césari ne serait pas plus surpris que ça. Ubersfeld nous dira. Il passe ensuite un temps infini dans le dressing d'Angèle. Immense, rangements en bois blond, on se croirait dans un magazine de décoration. Rempli de vêtements de prix, tous parfaitement rangés, en série, par teintes. Césari ne s'y connaît pas beaucoup, mais subodore qu'il y en a là pour des fortunes. L'un des placards fermés contient une collection de lingerie. De lingerie ahurissante. De lingerie affolante. Il rejoint Angèle dans le salon.

Elle mange avec un appétit d'oiseau, cette femme, elle chipote. Un demi-pain au chocolat a seul disparu. Il en reste deux. Le café embaume la pièce. Angèle croise le regard de Césari, comprend l'homme, lui offre une tasse. Il préférerait une bière. Ne résiste pas au pain au chocolat qu'on lui tend sans un mot. Ôte les gants de latex blanc. Mange en faisant des miettes. S'épate un instant sur la bergère. Fait ensuite un rapide bilan.

— Madame Guillometaz.
— Monsieur le commissaire.
— J'ai le regret de vous annoncer.

Angèle saute sur ses pieds, blême, main sur la poitrine, superbe :

— Ne me dites pas que.
— Eh bien non, Louis Guillometaz n'est certainement pas mort, pas mort du tout.

— Mais alors, quoi ? (à ce stade de la conversation, elle s'est approchée de lui, l'a quasiment saisi au collet et le secoue corps à corps dans l'attente d'une réponse décisive).

Césari, vermillon, est à ce que nous pouvons voir enchanté par cet impromptu mais délicieux rapprochement, car enfin, à ce stade de proximité, il sent la dentelle blanche du soutien-gorge sous le chemisier de soie :

— Tout indique pourtant qu'il a souhaité disparaître.

— Mais enfin, quoi, tout ?

— Un message, madame, expose Césari d'une voix de ténor qui surprend dans ce corps contrefait, un message laissé bien en vue sur le pare-brise de son véhicule immatriculé 4585 KL 12. Quatre mots, en majuscules, qui annoncent, en un tour très romanesque avouons-le : « Je m'en vais. » Les empreintes concordent. Indiscutablement. Tout pousse à croire, hélas, hélas, que votre époux ailleurs s'en est allé.

Angèle se rassied, adopte un air abasourdi et conclut :

— Il est décidément fou.

Césari assèche sa bière puis s'éclipse avec les airs navrés qui s'imposent, mais non. Une minute plus tard, le voilà qui sonne à nouveau :

— Vous permettez ?

La regarde dans le fond de l'œil, la renifle, la papouillerait presque n'était la décence que lui impose sa fonction, bref, on le sent troublé, troublé mais déterminé, et le voilà qui se dirige sans qu'on lui ait permis quoi que ce soit vers le piano. Tournicotant le front et le nez de droite et de gauche dans un mouvement pendulaire qui s'emballe, il observe, pris d'une espèce de fièvre froide, les abords, les pieds du mastodonte. Lève la tête et constate :

— Beaucoup de rayures sur le parquet. Très récentes.

Et repart, silencieusement, après un long regard qui résiste à nos efforts d'interprétation.

IRA

C'est la grande spécialité d'Annabelle. Celle qui justifie sa renommée et lui donne tout son prix. Aujourd'hui, c'est dans un grand hôtel parisien qu'elle a rendez-vous.

Hector Roussillon est le député d'une circonscription huppée de la banlieue proche. Il est également maire de Rancy : troisième mandat. Président de la commission du logement à l'Assemblée, trésorier du récent Parti des royalistes chrétiens et antibolcheviques, grand officier de la Légion d'honneur. Il a commis quelques romans, quelques vers, très pompiers. Il se voit donc, plus tard, à l'Académie. Il exècre la populace et aime, pour s'endormir, prier pour le pardon de ses péchés, puis se réciter ses titres et ceux de son papa, secrétaire d'État sous Giscard, et de son grand-papa, cofondateur avec Darnand de la Milice française en 43 – dans la famille, on a une certaine idée de la grandeur de la France.

Mais Roussillon ne dort pas toujours bien. La presse le harcèle. La presse le hante. La presse le rend fou. Cette chienlit veut sa peau. Caricature ses convictions, le cherche à la faute, fouine partout, dans le passé familial comme dans les montages du moment. Et il nourrit une haine rageuse pour cette engeance sans foi ni loi, fielleuse, ignare, racoleuse, fouille-merde et qui mouline du papier qui se vend. Face aux affronts, sa devise : Dignitas et gravitas. À la romaine.

Il s'est entiché d'Annabelle depuis deux ans et ne saurait décidément s'en passer. En voilà une qui a l'art de la scène – spécialité rare chez les escorts. Elle pratique la prostitution scénarisée : s'inspirant des fantasmes du micheton, elle crée une fable, la met en scène, en joue le rôle principal, trouve les accessoires, fignole le décor, tamise les lumières. Beaucoup de ressources. Du répondant. Des lettres. De l'invention. Du vice. Léo fait honteusement gonfler les factures, mais Hector Roussillon suit : plus c'est cher, plus c'est coupable, plus il jouit.

Notre reine abandonne donc sur la place de la Concorde sa Mini au voiturier et s'engouffre dans l'hôtel sans un regard pour l'éclat impérial de la bâtisse. Sous les ors du plafond, elle glisse sur le sol en marbre noir et blanc, frôlant quelques fantômes nazis de l'époque de l'Occupation. Elle goûte au passage la fragrance des roses pâles dont on est en train d'orner le lobby. Lunettée d'une monture sévère, vêtue d'un perfecto de cuir noir qui tranche dans ces lieux bon chic, d'un pantalon également de cuir, et hissée dans le même esprit sur des bottes Christian Louboutin à talons vertigineux, fermeture à boutons sur toute la hauteur, bout rond et semelles rouges qui tranchent avec le noir du cuir, elle charrie sur l'épaule un gros sac de toile kaki qu'elle refuse de laisser au groom, et va droit à la réception, sans un regard pour les vagues conseillers de la proche ambassade américaine, qui, dans un coin, pourtant déjà repus, trempent leur troisième croissant dans leur choco-whisky de onze heures. Le réceptionniste fait mine de ne pas la reconnaître quand elle lui présente sa carte de presse. Il lui indique la suite où l'attend Roussillon.

Pour l'interview.

À l'étage, elle tombe sur une femme de chambre, minois de bébé, rosissante et niaise à ravir, qui manœuvre maladroitement son chariot sur l'épais tapis à motifs floraux. Celle-ci a un faible pour les escorts, filles souvent superbes, volatiles, libres. Embarras. Annabelle bute et vacille presque au-dessus des corbeilles de linge. Au passage, elle lâche un billet à la gamine en échange de son tablier blanc volanté qu'elle fourre négligemment dans son gros sac, puis frappe à la porte indiquée : l'écervelée, sous le charme, oublie son chariot et regarde longuement, rêveusement, de loin, ce tourbillon de cuir qui va bientôt disparaître.

C'est l'attachée de presse qui ouvre, quarante ans, lifting cervico-facial parfait, botox légèrement excessif sur la lèvre supérieure, ensemble honorable. Elle rajuste sa jupe claire. Ouvre la bouche, la referme, prend une inspiration et débite :

— Vous avez trente minutes – vingt questions –, pas plus de trois photos plan américain assis canapé. Soyons clairs, bien clairs : rien sur le divorce en cours de M. Roussillon, rien sur l'affaire des HLM de Rancy, encore moins sur les rapports prétendus difficiles de M. le député avec la presse, écoutez, franchement, ça va bien. Faites-nous un portrait humain, empathique, je compte sur vous ? Évitez les questions sur le cumul des mandats et tout ira bien mon poussin – mais qu'est-ce que vous traînez là dans cet énorme sac ?

— C'est le vieux Nagra de mon père, j'enregistre toutes mes interviews avec. Je travaille pour *Sex and Politics*, le magazine des citoyens modernes.

— ...

— Laissez-nous, Dominique, intervient le député, tricolorement enrubanné, cheveux blancs, large et célèbre broussaille de moustache blanche pointée vers l'ennemi, belle bedondaine itou, rictus ravi et cigare aux dents : je domine la situation. Ce n'est pas une petite journaliste insolente et fouineuse qui me fera peur. Je vais lui claquer la gueule, comme aux autres. Je passe vous voir au bureau après le déjeuner, juste avant les questions d'actualité.

Monsieur le député-maire tape machinalement sur le fessier ferme de sa collaboratrice qui quitte la suite d'un pas élastique et s'éloigne dans le couloir, un soupçon de sourire aux lèvres.

— Allons-y.

Annabelle déplie quelques exemplaires de la presse du matin : *Libération*, *L'Huma* et *Le Canard enchaîné*, notamment. Mais aussi *Le Figaro*… Hector s'empare des journaux, parcourt les gros titres, feuillette, agite son Montecristo, s'empourpre : *inde irae !* les chiens ! les gueux ! les carognes !

Sans commenter, Annabelle sort son Nagra et un énorme micro à fil comme on n'en fait plus.

— Ma parole, ce n'est pas un micro, c'est un énorme chibre ! D'où sors-tu ça ?

Les bandes tournent.

— Monsieur Roussillon, votre immunité parlementaire vous a pour l'instant mis à l'abri d'une mise en examen dans le cadre de l'enquête sur la gestion de l'office HLM de Rancy. Qu'avez-vous à répondre à ceux qui vous montrent du doigt dans cette affaire ?

— Je n'ai rien à répondre à des petits journalistes de trou du cul de merde achetés par les rouges et autres Front de gauche, asserte Totor en tirant furieusement sur sa moustache en panache. Je leur chie à la raie. Je vais les broyer, les réduire à rien. *Semper hostes humiliabo verbereboque tum occidam.* J'aurai leur peau.

— Monsieur le député, vous perdez toute mesure, toute charité chrétienne. Comment conciliez-vous ces propos hostiles avec votre foi militante ?

— Oui, c'est ça, excite-moi. Provoque-moi. Fais la méchante. Vas-y fort, ma poule.

Annabelle réfléchit et le déculotte. Ses cuisses sont fluettes, ses fesses larges.

— Est-ce à cause des soupçons de malversation qui pèsent sur vous que votre femme vous quitte en vous accusant de violences conjugales et que votre fils, aujourd'hui, vous traite de pédophile ?

— Et la présomption d'innocence, vous vous asseyez tous dessus, bande de vendeurs de papier ? Petits chafouins ! Ridicules bousiers ! Poltrons magnigoules ! Taupes trotskystes ! Vas-y, dézippe lentement ton petit blouson moulant. Comme ça, pas trop vite ! et lèche un peu ton gros micro.

— ...

— Parfait. Lèche encore, sors bien la langue. Continue. Désape-toi et attaque. Sois chienne. *Hoc volo, sic jubeo.*

— Allez-vous démissionner de votre présidence à l'Assemblée avant la nomination de la commission d'enquête parlementaire ?

— Taisez-vous, bande de clebs ! Bachi-bouzouks ! Journaleux de mes deux ! Toujours prêts à la curée ! Je vais vous les faire bouffer, moi, mes tripes ! Regardez comme je m'en branle ! Regardez bien ! C'est ça, approche-toi un peu, ma petite chienne, tout doux, suce-moi. Voilà : c'est ce que j'appelle l'état de grâce politique, moi – quand les journalistes sont à mes pieds. Et qu'ils me lèchent les couilles...

Un temps. Il se chatouille la narine gauche avec sa moustache, les yeux fermés, et dans un élan extatique :

— Comme des burnes papales.

— *Le Parisien* a révélé récemment que vous aviez fait une déclaration off sur la légalisation des pipes en voiture, articule Annabelle dans une respiration. Comment conciliez-vous ces déclarations avec votre discours sur le rétablissement nécessaire d'un ordre moral ?

— Espèce de vendus, bande de pisse-copies décervelés ! Escobars ! Staliniens ! Calomnie ! Bassesses ! Ignominies ! Je m'occupe, moi, de la Grandeur de la France, suce encore, attention aux dents, que je te sanctifie de mon foutre, c'est ça, c'est bon, mets-moi un doigt dans le... ouiiiiiiiiiiiiiiiiiiiiii !

Le Montecristo choit sur la moquette.

Dans le couloir, la soubrette intéressée n'entend plus grand-chose. Elle n'a pas tout compris : qu'est-ce que cela veut dire, par exemple, « perdre son immunité » ? Elle se demande si elle-même ne l'aurait pas perdue sans le savoir, dans les chambres du palace... En tout cas, ce qui se passe à l'intérieur doit être d'une probable volupté, à en juger par quelques soupirs entrecoupés de cris :

— Que j'aime tâter votre grosse liasse d'argent sale dans mon petit tablier virginal à frous-frous.

— Tâte donc, espèce de larbine de la presse bolchevique.

— À genoux, que je t'empapaoute !
— Insulte-moi d'abord.
— Sale politicard corrompu ! Vous barbotez dans toutes les affaires, monsieur le député. Vous êtes un véreux, un combinard, un cumulard, une ordure.
— C'est ça, la laisse ! Promène-moi dans la chambre !
— Aboie encore !
— Salopards de journaleux, plumitifs incompétents, échotiers grégaires ! Propagandistes ! Soviets ! grrr ! grrr !
— Mieux que ça, mon Totor !
— Grrr ! ouah ! *Cave canem !*
— Allez monsieur le député-maire, montrez-moi mieux votre joli cumul, que je le punisse un peu !
— Chante-moi d'abord *L'Internationale.*

Sans hésiter sur les paroles, dressée nue sur ses bottes Louboutin et ravie du décor de luxe discret qui sert d'écrin à sa révolutionnaire prestation, Annabelle, le poing levé, entonne l'hymne qu'elle connaît par cœur et qui lui rappelle les tendresses de Fred :

Debout ! l'âme du prolétaire
Travailleurs, groupons-nous enfin.
Debout ! les damnés de la terre !
Debout ! les forçats de la faim !
Pour vaincre la misère et l'ombre
Foule esclave, debout ! debout !
C'est nous le droit, c'est nous le nombre.

Nous qui n'étions rien, soyons tout :
C'est la lutte finale
Groupons-nous et demain
L'Internationale
Sera le genre humain (bis).

— Bordel que c'est beau. Fais-moi les chœurs rouges.
— La ferme.
— *Le Temps des cerises,* rien qu'un couplet, piaille-t-il en tambourinant la moquette de ses petits poings rageurs, comme un mioche mal élevé.

Un coup de pied dans le cul. Il le cherche vraiment.

— Rien qu'un peu, s'il te plaît… Ou alors, *La Carmagnole.* Allez, va, sois bonne !
— Fesses en l'air, et vite !
— *Oderint, dum metuant !*
— Plus haut que ça !
— Non ! Pas le micro !

La soubrette en était là, toute chose et les mains gentiment occupées dans son petit couloir intime, quand la porte de la suite s'ouvrit. Elle se retrouva nez à nez avec Annabelle, nue à l'exception du tablier volanté et de la paire de bottes vertigineuses.

— Tu n'aurais pas quelque chose qui pourrait faire office de menottes ?

La petite crie d'enthousiasme :

— Mais j'ai des menottes !

— Et une gamelle pour chiens snobs ?

— Mais tout à fait, absolument. Celle de Zoroastre, le chihuahua de Madonna, ou de Néron, le grand barzoï du sultan du Brunei ?

— Néron sera parfait.

Elle file à la buanderie et reparaît portant en triomphe la rutilante écuelle ainsi qu'un coffret en bois fort poussiéreux, hors d'âge, qu'Annabelle examine d'un air circonspect.

— Je suis tombée là-dessus il y a quelques semaines en rangeant le troisième sous-sol.

On découvre là, outre les menottes annoncées, tout un matériel bien étudié pour délier les langues rétives, impressionnant quoique assez rouillé. Des pinces, des serre-joints à molette, de longues aiguilles. On distingue les croix gammées incrustées sur chaque pièce de quincaillerie. Les inscriptions du couvercle en lettres gothiques signalent la pièce de musée.

— Elles sont bien bizarres, toutes ces décorations, observe la jeunette.

— Qu'est-ce que tu faisais pendant les cours d'histoire en troisième ? s'amuse Annabelle.

— Je perdais mon immunité ?

— C'est beau, les vieilles maisons, siffle Annabelle, partout on sent l'histoire. Tu me fais briller tout ça ? C'est pressé.

— C'est comme si c'était fait, rougit la mignonne qui file dans le couloir.

Annabelle retrouve son Totor à quatre pattes sur le canapé, déchire des pages de *Libé*, de *L'Huma* et du *Canard* qu'elle pétrit dans la gamelle, sur laquelle elle pisse quelques giclées. Glisse le tout sous le menton du député et récupère d'un geste brusque, sans prévenir et sans égards, son micro là où il était resté, droit comme un paratonnerre. Ça fait mal, visiblement, mais on est là pour ça, non ?

— Bordel à cul de piston de pompe à merde !
— Mange ta bouillie, mon gros.

Il ne se fait pas prier, on s'en doute. Ne laisse pas une miette du *Canard*, ni de *Libé*. Cale sur *L'Huma*.

— Monsieur le député, la presse a dénoncé trois emplois fictifs dans votre mairie. L'affaire commence à faire grand bruit sous le nom des « Drôles de dames de Rancy ». Vous ne trouvez pas que cela commence à faire beaucoup ?

— *Audi alteram partem.* Ces emplois n'ont rien de fictifs. Mes charmantes chargées de mission body-body me massent effectivement, me sucent aussi et boivent mon foutre, tout comme vous le fîtes tantôt, petite journaleuse pousse-crotte et trépanée, espèce de mollusque mononeuronal. *Dixi.*

On frappe.

— Les menottes sont propres, madame. Le reste aussi.

La soubrette ouvre de grands yeux, entrevoit d'un coup d'œil le spectacle et se retire en flageolant.

Évidemment, Annabelle ne flageole pas, mais flagelle. Utilise avec fantaisie le matériel gestapiste. Plus le député l'insulte, plus elle frappe.

Plus il couine, plus elle fignole. Plus il implore, plus elle joue avec le Montecristo.

— Allez, hop, à la baignoire !

— Pigistes miséreux ! Bobardiers ! Tous cocos ! *Ejusdem farinae !* Vendus !

Annabelle jette un œil à sa montre : déjà midi.

— *Festina lente,* supplie l'édile.

Mais Annabelle a d'autres missions. Un bandeur mou, chez elle, cet après-midi, l'épuisera des heures durant. Et le soir, un escorting : on attend d'elle qu'elle fasse de l'effet. Elle s'arrête donc dès qu'elle a mal au bras. Lorsqu'elle disparaît, M. le député a bien nettoyé sa ration médiatique et se trouve sur le porte-serviettes, toujours menotté façon Troisième Reich, dans une position de levrette compromettante. Dégoulinant. Moustache rasée et bâillonné par ses socquettes de soie grège. Dominique, l'attachée de presse, trouvera la clé dans la gamelle dorée de Néron.

CASH

Sept heures et demie. Angèle marche d'un pas vif, ventre rentré, cuisse conquérante, dans le quartier des grands magasins qu'elle connaît bien, nous le savons. Elle cherche un bistrot. En trouve un rue Caumartin. Commande un grand crème et deux pains au chocolat. Ouvre un carnet en moleskine. S'absorbe.

Carnet d'Angèle, p. 127.
Ouverture du magasin à 8 heures. Y être à 7 h 45.
Commencer par le 3ᵉ étage. Ne pas prendre l'escalator, mais les escaliers (entrée est du magasin, passer par la rue sur le côté). Boutique Miu Miu. Robe en mousseline noire au bout du 2ᵉ portant.
Descendre à 8 h 45 <u>au plus tard</u> au 2ᵉ étage pour le blouson Dior en cuir métallisé or (il reste un modèle en 38).
NE PAS ACHETER le smoking blanc Dior à revers ivoire, inutile, remonter aussitôt après étage chaussures sans se poser de questions.
Trouver une paire de bottines Alexander McQueen

(strassées si possible, sinon effet léopard). Sinon, rien. Surtout, PAS D'ESCARPINS : <u>plus de place</u> !!!
Quelques sous-vêtements (uniquement des basiques).
Sortir du magasin à MIDI, quoi qu'il arrive, et rentrer DIRECTEMENT rue Peter. Prendre un taxi.

Angèle, cadrée et soulagée, quitte le bistrot une fois bu le grand crème. Elle n'a mangé qu'un quart du premier pain au chocolat. Elle ne laisse pas de pourboire.

La foule laborieuse passe boulevard Haussmann devant les devantures, ignore les mannequins emperruqués artistiquement vêtus de sacs blancs ceinturés de bleu blanc rouge et sur lesquels un styliste en vogue a graffité, de sa célèbre écriture, la formule magique : SOLDES. Passent et se hâtent les ahuris brinquebalants du petit jour, vers les bureaux, les banques, les agences de voyage qui pullulent alentour, et qui sont, en quelque sorte, l'âme froide de ce quartier sans âme.

Elles sont déjà trente au moins sur les rangs, aristocratie et plèbe confondues, quand s'ouvrent les portes du temple. Les bavardages alors cessent net et la cohue païenne commence.

Et c'est parti. Une petite bouclée belliqueuse entreprend de doubler Angèle, tête baissée comme un taureau prêt à fondre sur le toréador, l'imprudente. Angèle exterminatrice d'un coup de hanche l'envoie à deux mètres, meurtrie et soufflée, et la même Angèle se faufile entre deux snobs, qu'elle coiffe au poteau et qu'elle plante là bouche ouverte, s'élançant rieuse dans l'escalier encore vide qui dessert à gauche du magasin tous les étages.

Elle trouve tout de suite le stand Miu Miu. La petite robe noire est là, sur le deuxième portant. Une merveille. Une mousseline parfaite, un état presque gazeux du tissu. Mousseline de soie si douce qu'on en ferme les yeux. Largement échancrée dans le dos, serrée à la taille, plissée en deux conques au niveau de la poitrine, le tout avec de larges surpiqûres rouges qui changent tout. Autour d'Angèle l'étage est désert, au reste, aucune vendeuse à l'horizon. Voilà qui est parfait, elle va pouvoir essayer plusieurs modèles en prenant tout son temps. La robe existe en rouge aussi, surpiqûres noires, très graphique, différente, intéressante. Peut-être plus que la noire. D'ailleurs, combien a-t-elle de petites robes noires ? Il y a aussi ce tee-shirt loose rose layette à manches longues, sur le mannequin, très tendance, accordons-le-lui. Il lui faut des couleurs pastel de toute façon, elle a décidé de se mettre aux teintes poudrées comme tout le monde. Elle saisit un jean slim nude pour essayer le tee-shirt et court vers la cabine d'essayage. Déjà prise.

Un œil sur la cabine pour éviter qu'une seconde intruse ne lui vole sa place, elle musarde entre les rayonnages. Elle rit devant une robe safran coupe charleston, très années folles. Elle ne porterait jamais un truc pareil ! Les créateurs sont fous. Il faut des jambes interminables pour s'offrir pareille extravagance. Quoique, avec des talons aiguilles et un collant opaque… L'étoffe est douce, peau de pêche. Les étagements de franges en soie d'or scintillent sous les spots de la boutique. On peut toujours essayer.

La cabine se libère, Angèle s'y faufile, le feu aux joues. Elle est nue en trois secondes. Elle s'est fait faire une épilation intégrale, hier, après la visite du petit flic.

Elle extrait de son sac Chanel très grand format un boxer gainant et un Wonderbra push-up, ajuste le tout sur sa chair très blanche d'une main experte et sans même y penser, l'esprit entièrement absorbé dans l'effet que va produire la robe. Elle l'enfile avec une lenteur extrême. Mais elle flotte dans ce 38, ô miracle ! Elle a vraiment maigri ! Dieu, mon dieu, je suis si mince ! Larmes de joie, et elle appelle à l'aide la vendeuse qui lui passe en souriant le modèle en 36. Vous voulez les autres articles dans cette taille ? Le ton est complice, affectueux presque. Elle les veut, on ne sait jamais.

Très lentement, avec précaution toujours, les yeux clos, elle enfile sur sa peau offerte aux spots le 36, remonte délicatement le zip sur le côté, ça résiste un peu, elle comprime ventre et fesses sans se regarder dans la glace, patiente quelques secondes, souffle suspendu, puis ouvre les yeux. C'est comme un strip-tease à l'envers. Elle est là, enfin là, entièrement là, superbe dans cette robe vaporeuse qui l'embellit, l'amincit, la glorifie. Elle est sublime ! C'est comme si une foule autour d'elle l'applaudissait. Elle se cambre et dans le mouvement renverse la tête en lâchant d'un coup ses cheveux qui se répandent en boucles sur ses épaules. Elle caresse l'étoffe sur ses hanches, sur son ventre, elle caresse cette étoffe crémeuse si douce sur ses seins. L'index glisse le long des coutures. Bercée par une langueur, elle ferme les yeux. La bouche, arrondie, laisse fuser un son, soupir, ou rire, ou gémissement ? La robe est adoptée.

Et la rouge ? Est-il bien raisonnable d'essayer la rouge, alors que la noire est une évidence, qu'elle s'impose, qu'elle sait qu'elle doit l'acheter ? Oui, mais rien n'est simple, car la rouge, en fait, est mieux. Mieux que la noire, mieux que tout. Elle est solaire, elle est une explosion d'incarnat, et, il n'y a pas de hasard, elle est du même rouge que le rouge à lèvres d'Angèle. C'est la sensualité d'une cerise faite robe. Elle s'impose. C'est une évidence. Elle est adoptée.

Du coup, on va se calmer, on va laisser tomber la robe charleston que de toute façon on n'aurait guère portée, tout autant que le tee-shirt rose. Quoi de plus banal qu'un tee-shirt rose loose. Et puis les tee-shirts, elle ne les porte jamais, au fond.

À dix heures le deuxième étage est hélas bondé. Tout Paris est là. C'est l'étage du grand chic, on est à son affaire, mais on se tient. Angèle se glisse parmi les travées. Véloce, laissant Paule Ka à sa droite et Zadig et Voltaire à sa gauche, ignorant Prada et Tara Jarmon, chaloupant entre ses adversaires en foule, elle atteint la boutique

Dior en quelques enjambées. Vite ! Le blouson en cuir métallisé, ce blouson sublime qu'elle avait vu sur les podiums, repéré sur Internet, localisé au Printemps, et qui doit être soldé à trente pour cent dès le premier jour… Vite ! Tout de suite ! Et puis, même s'il était à soixante pour cent, après tout. Louis n'est plus là pour râler.

Ce blouson léger, formidablement rock et chic, cette quintessence du beau a disparu. Elle n'en croit pas ses yeux. Prise de panique, elle cherche partout à grands gestes presque fous, avec des râles, partout dans les autres rayonnages, ceux des vestes, des pulls, des jupes, sous les présentoirs, dans les cabines d'essayage, quelquefois on le sait de petites rusées planquent l'objet de leur désir dans un coin inattendu, mais rien. La musique assourdissante diffusée dans tout le magasin par d'invisibles baffles soudain l'accable. Les larmes aux yeux, les jambes coupées, le teint altéré, anéantie, elle crie, fort, trop fort comme pour couvrir le bruit des caquetages et le vacarme musical. Qu'on vienne, quelqu'un, n'importe qui. Bientôt surgit une vendeuse brune. Attentive, elle l'écoute, tête penchée, sourire léger aux lèvres. C'est les soldes et la cohue, mais on est chez Dior, tout de même. Angèle décrit en hâte le blouson, hoquette : vous savez, le modèle là, le modèle très court en cuir métallisé, couleur acier avec des irisations, des irisations presque dorées, ah mais elle voit très bien, une pièce superbe en effet, elle va voir en réserve : vous faites du 36 ?

Exactement.

Un petit 36, ajoute-t-elle d'une voix tremblée.

La déesse brune reparaît bientôt : il nous reste un 40. Passez-le, nous taillons petit.

Mais ça ne va pas du tout. Le blouson doit être ajusté, c'est le concept. Et Angèle nage dedans. Au diable ! Elle s'éloigne de la boutique sans même regarder le smoking blanc qu'elle s'est interdit d'approcher.

Tout ce qu'elle essaie ensuite au hasard de ses curiosités la déçoit. Une jupe droite à sequins la tente un instant, mais non, elle n'a même pas envie de la passer. Une vague nausée la prend. Elle observe les autres femmes qui vont et viennent, frénétiques, concentrées, dures, fermées. Féroces. On dirait des folles. Elle hait ces femmes. De toute façon, elle n'a jamais aimé les femmes. Toujours en rivalité, fausse amitié… Et puis ce lieu lui déplaît. Il lui porte la poisse. Elle monte à l'étage des chaussures. Des bottines, donc.

Mais à la recherche de la bottine strassée, elle ne pense qu'au blouson Dior. Porté sur un chemisier transparent à jabot de dentelle, il aurait fait d'elle une reine, une reine glam' rock, une beauté. Elle en pleurerait. Et si elle essayait d'aller à la boutique, avenue Montaigne ? Elle regarde l'heure : onze heures, déjà. Trop tard, s'il était soldé, il sera déjà parti.

À cet étage, autre ambiance : foule houleuse, panorama de bataille. Les vendeuses, déjà excédées à mi-journée, ne répondent pas aux questions, toisent la cliente d'un air ironique et rechignent à chercher la bonne taille. Angèle trouve toute seule ses bottines chez Alexander McQueen, cuir suédé, parfaites. Elle s'offre aussi une paire de baskets à talon, couleur jean, ce n'est pas très sérieux, ça fait un peu gamine, mais elles sont irrésistibles. Elle file vers les caisses avant de se laisser charmer par des escarpins, elle en a plusieurs dizaines, arrêtons les bêtises.

Sa Visa est refusée. Elle tend une Mastercard avec le sourire. L'opération est acceptée.

Son cœur s'emballe, elle range la Mastercard de Louis dans son portefeuille et, pour se détendre un peu, va voir ce qui se passe chez Jimmy Choo. Mais quelle foire ! Une Japonaise et une Émiratie se disputent une paire d'escarpins, le fameux modèle Vamp. La Japonaise sort vainqueur de la lutte, s'installe triomphalement sur un siège et contemple sa prise : un modèle très ouvert, rouge vermillon, avec plateforme et talons aiguilles recouverts de cuir rouge, et doté de multiples brides dont une fermée par une boucle en métal doré au niveau de la cheville. Pied gauche, pied droit, et elle s'élance comme sur un tapis rouge. Une grimace l'enlaidit : elles sont trop grandes, elle glisse, elle va tomber. Elle renonce.

L'Émiratie voilée bondit, s'empare du trésor délaissé, envoie valser ses escarpins Gucci et tente sa chance. Mais cette fois, c'est trop petit. Humiliée, méprisante, elle s'éloigne en laissant les deux chaussures au milieu de la travée, comme des objets souillés. Angèle s'amuse, personne ne s'intéresse aux escarpins rouges, sauf elle, qui a l'œil. Évidemment, avec la robe en mousseline rouge, ce serait à ravir. Et elles lui vont parfaitement, il les lui faut. Cendrillon heureuse, elle garde les chaussures aux pieds et se dirige vers une caissière inoccupée. La carte de Louis passe.

À ce stade, plus rien ne l'arrête. Il faut en finir. Elle court chez Dior, achète le smoking blanc à revers ivoire qu'elle n'essaie pas : pourquoi attendre une heure aux cabines bondées, alors que de toute façon le 36 sera parfait ? Elle s'est juré de ne pas rester trop longtemps et il est tard, déjà. Et ce petit tee-shirt rose layette de chez Miu Miu, pour finir ? Il faut bien convenir qu'il serait idéal avec les bottines. Le jean nude qui va avec aussi, elle le prend sans l'essayer. Car enfin, il faut qu'elle sorte, sans quoi la carte de Louis aussi sera refusée. C'est la raison qui parle. Comme la carte est refusée, elle sort en trombe du magasin, file chargée de paquets au siège de la Société générale, descend aux coffres, enfourne quelques dizaines de liasses dans son sac Chanel, retourne au Printemps et se fait vraiment plaisir.

Elle quitte le magasin euphorique : elle a eu tout ce qu'elle voulait, tout ou presque ! Quelle journée… Rose d'excitation, hissée sur ses escarpins vermillon, elle hèle un taxi et s'y engouffre avec sa dizaine de paquets. Elle occupe le temps du trajet retour à admirer ses trophées et à se remémorer l'expédition : les étoffes, les couleurs, les odeurs, l'émulation, quelle joie ! Dieu qu'il lui tarde d'être enfin chez elle, de tout pouvoir essayer à nouveau, assortir les vêtements avec d'autres accessoires…

Rentrée rue Peter, elle est ivre de joie, vocalise son bonheur, s'ouvre une bouteille de calonségur, elle n'en boira que quelques verres, et refait les essayages. Elle a promis à Le Grontec de passer dans une galerie, ce soir. Elle a tout son temps. Elle sirote le bordeaux, picore des noisettes, chante à tue-tête. Allez, de la musique !
Il y a de tout sur son iPod. Un tango pour la robe rouge, du Mozart pour le smoking, Muse pour le tee-shirt Miu Miu, du ragtime pour la robe charleston. Elle passe et repasse devant les miroirs. Elle rit comme une enfant, laisse au sol le vêtement essayé quand elle s'empare du suivant, boit, boit toute la bouteille, danse, virevolte, mime la démarche altière des mannequins. Au bout du podium le téléphone sonne.

— Qu'est-ce que tu attends ? Le Russe est là, grogne Le Grontec au téléphone.

— Je suis là dans une heure.

Elle regarde l'amoncellement de vêtements, de chaussures, de parures. Elle se sent fatiguée, tout d'un coup. Pas le courage de ranger tout cela. De quelques coups de pied, elle refoule le tout dans un coin.

ART

Un vernissage, dans une galerie qui monte, rue Amelot. Un espace vaste en béton lissé, tout en longueur, un artiste chinois expérimentateur de méthodes pyrotechniques dont on parle de plus en plus, il aurait été mis au frais par les autorités chinoises pendant six mois. Le Grontec, qui virevolte autour d'Angèle qu'il trouve très en beauté (et en effet : petite robe en mousseline rouge et escarpins Jimmy Choo assortis que nous lui connaissons), la présente à diverses sommités, avec qui il cause agréablement des dernières toiles de Louis Guillometaz (très surprenantes, vous verrez ça, très puissantes, le bavardage attendu), puis commente à son oreille distraite : le plus grand galeriste de Berlin, ah bon, la plus puissante rédactrice d'*Art Press*, tiens donc, l'un des plus entreprenants des collectionneurs russes, fortune récente autant qu'« hénaurme », c'est parfait. Angèle manifeste à cette élite une politesse mêlée de réserve et s'efforce à des conversations de circonstance.

Notons qu'elle est escortée d'un grand jeune homme blond, athlétique, très passablement amateur d'art et qui s'emploie à l'abreuver régulièrement de champagne rosé frais – elle aime aussi les blonds.

Elle s'essaie vaguement à déchiffrer les visages, les discours, la chorégraphie babillarde des mondanités. La galerie Wapler en particulier et le champ de l'art contemporain en général devraient l'intéresser – source assurée de revenus vu l'empressement non feint du grand galeriste berlinois, de l'influente rédactrice et de l'entreprenant collectionneur. Et accessoirement, sujet possible de roman, pourquoi pas ? Mais elle a beau se forcer, l'art contemporain, elle s'en bat : à quelques exceptions près, et à son humble avis, foutaises et impostures.

Elle envisage de plus en plus sérieusement de quitter les lieux lorsqu'une femme, que dis-je, une créature, non, ce n'est pas cela, une splendeur, s'approche étourdissante dans un travelling avant d'une lenteur onirique, vêtue d'une robe courte très près du corps en maille claire mousseuse presque chair et hissée sur des escarpins dorés. Elle s'adresse très directement à Angèle pour lui poser une question. Elle est grande, très fine. Le visage a dû être peint par Botticelli, mais les cheveux sont courts, teints couleur platine. C'est mieux qu'une apparition. Le sein paraît menu, charmant, la taille est un enchantement de minceur, et les cuisses, ah ! les cuisses. Les cuisses fines et longues et puissantes laissent Angèle sans voix, Angèle qui se fait la réflexion qu'elle s'intéresse exagérément à une femme, elle n'aime pas les femmes, voyons, les hait même et les méprise de manière générale, ces oies. Oui, mais enfin là, elle se passionne indubitablement pour les cuisses d'une femme, essaie de rediriger son œil vers les étages supérieurs, tente d'ouïr, de comprendre, de se montrer civilisée, mais s'attarde très évidemment et très involontairement sur la courbe de la poitrine et retient sa main qui vers les globes ravissants se dirige. Effet imprévu du champagne rosé, tente-t-elle de se rassurer. Elle parvient à croiser une nanoseconde le regard de la créature que dans une autre existence, peut-être, elle a vu, et dont elle se souvient.

La vamp l'examine sans sourire et semble attendre une réponse.

— Avez-vous reçu une lettre ? lui demande-t-elle, concentrée, grave.

Quelle lettre ? Mon Dieu, ces yeux, cette odeur, ce grain de peau ! Quelle était la question, déjà ? Angèle ne sait plus. Son souffle est suspendu. Ses yeux hallucinés. Son cœur en chamade. Ses jambes ne la portent plus. Elle transpire. Elle souffre. Elle exulte. Elle bande.

Tout son être s'est concentré sur son sexe, dont la partie la plus précieuse et la plus sensible, elle en jurerait, s'est durcie. Elle est prise d'une envie qui la fait trembler presque, l'envie de tout ce corps, ce corps dont la présence si proche l'exalte. Elle devine la pâle rose de son sein, elle sent comme une caresse son cou vers elle ployé, elle envisage ses bras, ses jambes, le mystère entre ses jambes, son cul mirobolant, sa nuque, ses mains, ses genoux, ses coudes, ses talons, ses mains, ses orteils, son pubis, ses poils, sa bouche.

De cette bouche jaillissent des sons qu'elle ne décrypte pas : ses oreilles bourdonnent. Surprise par le silence, la splendeur répète sa question, fronçant le sourcil d'un air déterminé. Mais Angèle ne voit que les lèvres qui harmonieusement se meuvent autour des dents, remonte vers le nez gracieux qui d'impatience palpite, rencontre à nouveau les yeux de la créature. Foudroyée et quasi anéantie par l'outremer des iris, la longueur hollywoodienne des cils et l'arc tendre des sourcils, toutes merveilles mises en valeur par le cheveu extrêmement court, presque ras, elle se sent prise d'une étrange faiblesse, ses jambes la lâchent, elle rétablit approximativement son équilibre en s'accotant au blond, qui assiste impuissant à la transformation de sa maîtresse, et offre par réflexe une épaule virile et confortable. Angèle n'en a cure, ni de l'épaule ni du reste, au loin, jeune homme, va donc me dénicher une coupe, tout ce que je veux, tout ce que je veux ardemment, c'est culbuter cette déesse, m'en saisir, m'en emparer, prendre sa bouche, sentir sa langue son souffle, sentir sa peau son odeur sa sueur, lui arracher la culotte avec les dents, sentir palpiter ses moiteurs, oh ses moiteurs, la dévorer, la lécher, la caresser, la pénétrer, la baiser, la baiser, la baiser encore, l'entendre gémir. Et crier.

L'entreprise n'est hélas pas si aisée, car rappliquent concentriquement le jeune Allemand porteur de Deutz et Hubert Plénèse, de la chaîne Plénèse, qui paraît insensible au trouble nouveau d'Angèle et à sa langueur sans précédent, et qui visiblement accompagne la jeune inconnue (ou est-ce l'inverse ?) et requiert d'elle un peu plus d'attention. Une conversation s'engage, et Angèle requinquée par l'alcool frais et ses imaginations luxurieuses y participe, le rouge aux joues et le verbe agile, très flirt, très scène bientôt rapprochée, pas du tout dans le pastel. Plénèse l'envisage soudain stupéfait, puis tire à lui sa belle en lui glissant : Tu te souviens que nous dînons chez les Lebrun (de la chaîne Lebrun).

La beauté affecte d'avoir complètement oublié, mais le bipède ventru insiste : Mais si, je t'assure enfin, et te signale en outre que nous sommes déjà en retard. Presse-toi, je te prie.

Disparition brutale, violente, insupportable de celle qu'on sait.

Angèle s'assied épuisée sur les larges cuisses d'une bourgeoise, s'excuse, cherche un siège, n'en trouve pas, se pose à même le sol dans une encoignure, l'ambiance étant de toute façon *casual*. Ne se refuse pas une nouvelle coupe, puis une autre, que lui prodigue un serveur attentionné, après quoi elle se redresse d'un bond et se met en quête du Grontec qui cause interminablement avec le Russe entreprenant. Que faire, sinon le tirer carrément par le bras.

— Dis-moi, toi qui connais tout le monde : qui était cette femme qui m'a fait un brin de conversation ? Tu sais, la grande blonde aux cheveux ras ?

Étonnamment, Jacques bafouille quelques billevesées, il ne saurait pas trop, il ne serait pas trop sûr, il doit l'avoir vue quelque part, mais où, non vraiment, il ne voit pas.

Affaisse son nez vers ses mocassins anglais et se tait.

— Tu mens très mal.

Le Grontec hésite : non, mais écoute, franchement, le Russe veut passer rue Peter voir les dernières toiles, il paiera cash tu t'en doutes, tu me laisses travailler, tu veux bien.

— Dis-moi qui est cette femme.

— Tu le sais très bien, Angèle.

Il rougit comme un enfant pris en faute.

— Mais qu'est-ce que tu racontes ? Magne-toi, Jacques.

— Puisque tu y tiens : Annabelle Mansuy.

La maîtresse de Louis ? L'étudiante ? La pute ? La fille du strip-tease sur les marches de Cannes ? Mais c'est impossible, voyons, elle l'aurait reconnue : elle a vu cinquante photos sur le Net.

— Elle s'est quasiment tondu les cheveux, ça la change.

— Tu plaisantes, je pense.

— Absolument pas. Tu viens de voir Annabelle Mansuy, en pleine action.

— Méconnaissable.
— Oui et non.
— Donne-moi son numéro.
— Mais enfin, que veux-tu faire, elle est sans nouvelles, je t'assure...
— Tout de suite, ou tu ne remets plus les pieds rue Peter.

C. B.

Rentrée à Millau-ville où ses cours et la vraisemblance l'appellent, Angèle constate que Nat a, en son absence, déblayé la neige amoncelée jusqu'au perron, parfaitement tenu la maison, rangé le dressing qui débordait, dépoussiéré tout ce qui devait l'être et fait briller tout ce qui le pouvait.

Juno a été choyée et ronronne. Les fleurs de la serre ont été arrosées, lapins et poules dans le potager ont reçu leur pitance bio. Quelques épluchures nouvelles ont pris place sur le carré de compost en bas du potager. Ah, tiens ? Ce cher compost, que nous apercevons à claire-voie dans son enclos de planches, s'est très nettement affaissé : presque plat. Nat a dû arroser en abondance d'activateur à compost, comme Angèle le lui avait suggéré. L'effet est saisissant. Un tas diminué des deux tiers ou presque. Et Louis qui exécrait les produits chimiques…

Si Nat n'existait pas, il faudrait l'inventer. Elle comprend tout, devance tout, règle tout.

Elle pratique la magie (blanche ou noire ? Ça dépend des jours, il paraît), elle communique comme il se doit avec les esprits, bon, mais tout cela ne gêne guère Angèle, qui apprécie son efficacité, son intelligence et sa fantaisie, et avait obtenu que Louis la rétribue largement. Cette Angèle un peu froide, convenons-en, s'est même prise d'amitié pour elle. Nat lit ses manuscrits, les critique : elle est souvent écoutée. C'est elle qui recueillait les confidences consternées lorsqu'il était question du Louis. Elle le haïssait, ce pingre, ce goujat, ce gougnafier. Ce cocu.

— On est bien, sans lui, non ? lance Angèle, de retour du jardin. (Plus bas :) vous avez bien fait. L'activateur à compost… Radical !

Nat sourit de sa naïveté :

— Regardez donc la cheminée…

— Oui ?

— (mi-théâtrale, mi-fataliste) Et cendres, tu redeviendras cendres…

Angèle comprend le mystère du compost réduit à rien, approuve l'initiative d'un petit oui du menton.

— Vous avez mis les cendres sur le compost ?

— Ah, que non, riposte l'intéressée. Dans une urne. Ce qui est entrepris doit être terminé.

Et sur cet apophtegme qu'Angèle se garde bien d'élucider, on prend un thé, assises sur la belle ottomane du salon, dont Nat a ravivé le chintz défraîchi à l'aide d'un de ses produits miraculeux. Ça papote un peu, Nat développe ses points de vue sur l'Agnisar kriya et le Nauli, épatantes postures de yoga, puis sur différentes méthodes de méditation – elle pratique beaucoup. Angèle s'intéresse, promet de pratiquer au sein de l'internationale Soka Gakkai, puis dans le fil de la conversation demande si cela ne lui ferait pas plaisir un petit séjour d'une quinzaine à Paris, tous frais payés. Elle pourrait aller jeter un coup d'œil au dojo zen, rue de Tolbiac. Mais pourquoi pas, s'enthousiasme Nat qui trouve l'hiver fort long à Millau-ville et qu'une parenthèse citadine divertirait. Eh bien, c'est très simple, pour le train, vos shoppings et l'hôtel, que vous choisirez selon vos goûts, vous réglerez en liquide, que voici, quatre mille, ça ira ? et pour les courses, dont je vais vous préciser le détail, paiement par carte Gold, vous vous souvenez du code ?

Comme Nat sourit sans commenter, Angèle énumère les achats qu'il faudrait impérativement effectuer avec ladite carte : soit, en premier lieu et le plus rapidement possible, du blanc de Kremnitz, du rouge de cadmium clair, du bleu de Flandres et du bleu de cobalt, huiles extrafines, chez Sennelier, au 3 du quai Voltaire. Ensuite, la totalité des dépenses s'effectuera à l'est de la rive droite. Bastille, Bastille toujours. Un jean, un pantalon velours petites côtes, une veste et quelques chemises, des slips en coton, le tout taille 44 ou 46 et dans diverses boutiques dédiées à l'habillement masculin, essentiellement rue de la Roquette et du Faubourg-Saint-Antoine. Un tour au Monoprix de l'avenue Ledru-Rollin, aussi, pour une dizaine de clés

USB. Il serait bienvenu d'aller faire tous les trois ou quatre jours des courses de bouche au Simply de la place Léon-Blum, mais rien de somptuaire, n'est-ce pas, il déconsomme. Penser aussi à voir un ou deux films au MK2 du boulevard Richard-Lenoir.

— Bastille, c'est l'idée ?
— Vous comprenez tout.
— On change de lieu ou je me trompe ?
— Vous êtes télépathe ou je me trompe ?
— Mais pourquoi ? Là est la question, si je peux me permettre.
— Ne pas trop se poser de questions.
— Louis et la Bastille, ça fait deux, c'est pas pour vous embêter, madame Angèle.
— Louis Guillometaz est né rue Keller. C'était presque au début du XXe siècle. Joli, non ?
— J'avoue.
— Il s'est ensuite installé du côté du parc Monceau, près du Conservatoire, rue de Madrid.
— Et ?
— Nous verrons. Concentrons-nous sur la Bastille.

Nat enregistre les informations, hoche la tête, vaguement souriante. Quelle fripouille, cette Angèle...

— Ils acceptent les cartes dans votre MK2 ?

Et comme oui, ils sont modernes, il ne reste plus qu'à régler quelques détails pratiques, mais Angèle comme Nat s'y entendent. Cette dernière n'est pas très étonnée d'apprendre qu'il vaudrait mieux qu'elle oublie son téléphone cellulaire à

Millau. Et que toutes les courses vestimentaires effectuées avec la carte devront être confiées à des sacs plastique de cent litres bien fermés et régulièrement évacuées dans les bacs poubelles, que l'on trouve alignés le long des façades, le soir, dans les rues de Paris.

H. P.

Au lycée, cours lents. Les élèves, lassés d'avoir ingéré trop d'encyclopédiques connaissances dans six matières différentes, voudraient juste qu'on leur fiche la paix. Angèle tente mollement de les initier à l'art dissertatoire : tous somnolent. Peu impliquée, Angèle s'en bat. Elle a l'esprit ailleurs.

Elle passe ensuite en salle des professeurs en espérant éviter la Perfide : hélas, Isadora Eymard de la Hurte (appelez-la Isa) est à son poste. Haute, très haute, large, trop large, imposante Perfide ! Elle dépasse tout le monde d'une bonne tête et sourit depuis son empyrée. Le bassin est puissant, des hanches de matrone. Les fesses, étrangement, s'avèrent plates comme la paume de la main, mais le ventre ne l'est guère. Les amples chemises blanches qui travaillent à occulter la masse disgracieuse ne parviennent qu'à arrondir le paquet : la Perfide, quoi qu'elle en ait, protubère. Excès de roquefort, elle n'y résiste pas, l'avoue en s'esclaffant, n'empêche que. Les femmes plutôt jolies et fines, au ventre plat et sans doute musclé, comme celui, disons au hasard, celui d'Angèle, ces femmes-là la rendent vite hargneuse. Mais une hargne concentrée dans le regard et le sourire qui se fait, l'instant d'une seconde, rictus, grimace vile qui terriblement l'enlaidit et que seule perçoit l'intéressée, la rivale.

À quoi, à qui ressemblait la Perfide avant la chirurgie esthétique ? Toujours est-il qu'elle a demandé au docteur de lui modeler la tête de Blanche-Neige. Étrange caprice d'enfant gâtée éternellement enfant : avec les rubans de velours rouge dans sa chevelure, le résultat est étonnant. On a tout de suite envie de lui offrir une petite pomme cyanurée.

La Perfide règne en salle des professeurs entourée de sept nains mâles et femelles, que dis-je sept ! de quatorze, de vingt-huit, et il y en aurait cinquante-six, cent douze et le double encore si la superficie de la salle le permettait. Déesse ventripotente dont l'effigie est Manduce, elle souffle le chaud et le froid, prend des positions de pouvoir, toujours, partout. Elle utilise, instrumentalise, manipule, règle, règne. Excommunie plus vite qu'elle n'accepte. Il faut, pour faire partie de la cour, longtemps courber l'échine. Prodiguer mainte louange. S'esclaffer aux plaisanteries, nombreuses, car elle joue les boute-en-train. Tourner le dos aux excommuniés. Tout cela fait un peu jeux du cirque, non ? Mais les nains, alentour, applaudissent. C'est la prof de maths, agrégée pourtant, mais qui ne l'est pas, qui joue le rôle de Simplet. Elle ouvre de grands yeux de ravi de la crèche, bégaie, vers son idole trébuche de bonheur, les joues en feu, et se glisse en son giron.

Angèle tente d'atteindre son casier en contournant la fâcheuse, mais Isa de la Hurte, qui marque intempestivement son territoire de femelle alpha, fait barrage de son corps. Bigre ! Bérénice, la lettres classiques, bras droit de la géante Perfide et maîtresse des basses œuvres, fournit en rescousse la masse de sa personne et sourit finement. Avec ses longues tresses qui quenouillent jusqu'à la ceinture ethnique et ses joues larges de fillette replète, elle évoque de plus en plus une vaste Gauloise tout juste sortie de sa hutte, improbable Bonemine à la recherche d'un improbable sanglier. La troisième, dont Angèle oublie encore le prénom, suit le mouvement d'obstruction, sans états d'âme (en a-t-elle une ?), et commente, avec une béate admiration, comme les deux autres, les œuvres de Maurice Druon. Mais qui lit encore Maurice Druon et l'envisage sans rire comme le fin du fin du roman français ? Le trio de Millau. Angèle tente quelques reptations latérales vers son fichu casier, de droite, de gauche, mais toujours la Perfide s'interpose, visiblement conduite à l'extase par ce petit exercice de sadisme quotidien. Angèle que cela n'amuse plus rentre chez elle sans avoir pu atteindre ses copies et son courrier, mais qu'importe désormais ? Elle s'esquive, ignorant les ricanements, l'hostilité compacte. Regardez-la, elle sourit : Annabelle, ailleurs, existe. Belle, désirable, ô ma splendeur, je te veux !

Angèle fait un tour dans Millau. Pas une seule boutique stimulante, hélas. Ah si, Clausse, bien sûr, maître gantier. Espace superbe, produits d'exception. Son choix se porte sur le modèle Saint-Pétersbourg, en agneau velours, bord lapin orylag, le modèle Lady, en agneau glacé, nœud et bord en pierre de cristal Swarovsky, les deux en noir, et un modèle marron en pécari, Meurice, bouton pression en argent. Mille sept cent soixante-cinq euros, en cash, elle se sent tout de suite beaucoup mieux.

Elle passe ensuite par la pharmacie Bel. Rentre vite : il fait froid.

Que fait-elle, ainsi concentrée sur le canapé du salon ? Elle examine la notice de la boîte d'Heptamyl, médicament en vente libre, préconisé dans le traitement symptomatique de l'hypotension. Elle est sujette à une tension basse, autour de 9/4, et Depardieu lui prescrit parfois ce médicament : efficace.

Posologie recommandée : un à deux comprimés, deux à trois fois par jour.

Elle absorbe donc, encouragée par quelques verres de whisky, la totalité de la boîte, soit vingt-huit comprimés. S'allonge en attendant que la potion agisse. Et en effet, un quart d'heure plus tard, c'est dans un état de panique avancé qu'elle se met au volant de sa Smart et se rend, sans rendez-vous ni aucun respect du code de la route, chez l'ami Depardieu.

L'apercevant écarlate et exorbitée dans sa salle d'attente, le médecin octogénaire la fait entrer sans traîner. La bave aux lèvres, elle lui résume comme elle peut les faits : la disparition de Louis, la visite du commissaire, les dizaines d'appels vains, un terrible pressentiment, les mots d'adieu de Louis sur le pare-brise, elle ne sait plus que penser, et le harcèlement pour tout dire pénible de quelques professeurs de lettres d'elle jalouses, au lycée. Elle fond en larmes. Agitée de spasmes incontrôlables et cliniquement hystériques qui la conduisent à se rouler sur un linoléum gris sur lequel s'écoule l'écume de sa salive mêlée à des vomissures, elle finit par inquiéter le praticien qui emploie toute sa force pour l'étendre sur la table d'auscultation, lui prendre le pouls, qui bat à 110, et la tension, montée à 18/9. Angèle avoue entre deux sanglots et quelques cris des pensées suicidaires récurrentes. Voilà notre Depardieu qui s'affole pour de bon, appelle une ambulance et accompagne en personne sa turbulente patiente à l'H.P. Verdier, avec un diagnostic simple et sans appel : syndrome anxio-dépressif sévère.

Hospitalisation d'une semaine, mise sous perfusion d'anxyolitiques et d'antidépresseurs, arrêt maladie de trois mois.

GANG

Libérée de l'H.P. au terme de dix jours lugubres dont nous épargnerons le récit à la lectrice et à l'éventuel lecteur, Angèle rentre chez elle à Bazeuges, où elle juge bon de rester quelque temps, où il neige continûment, où le tronc des arbres, presque noir, paraît mort. Ce paysage âpre l'atteint peu, car toutes ses pensées la conduisent vers la mystérieuse, vers l'épatante Annabelle. Cette sublime voulait lui parler, de cela elle est sûre. Que se sont-elles dit ? Elle a tout oublié, tout sauf sa bouche, ses hanches, son dos, ses cuisses, dieu de dieu, ses cuisses, sa croupe volcanique, sa voix. Elle doit la revoir. Mais point tout de suite ; il s'agit là d'une rencontre d'importance qu'il convient d'intelligemment préparer.

Elle informe téléphoniquement Javier d'Espagne et Hans de Germanie qu'elle sera provinciale quelque temps. Elle passe deux autres coups de fil européens de la même eau dans la foulée, dont on devine la teneur. John (de la City) et Marcello le Piémontais au front un peu bas sont navrés, s'inquiètent. Mais elle fait court. Elle néglige aussi un appel de Dick Horny qui voudrait bien la revoir.

Libérée de Louis, libérée de tout souci matériel et même riche, formidablement riche (et l'on n'a pas tout vu), délestée de ses amants, débarrassée du lycée, de ses routines et de ses perfidies, autorisée à toutes les dépenses d'élégance qui l'enchantent et que Louis avait sévèrement réglementées ces dernières années, légère soudain, et jeune, Angèle pense à Annabelle qui respire, quelque part en ce monde, et bientôt, Angèle ignore encore comment, elle l'approchera. Elle sent battre en elle des pulsations puissantes. Un brusque enthousiasme d'écriture la saisit. Elle jette d'abord sur le papier des mots sans suite, des expressions, des phrases en désordre. Dessine au fusain des personnages, des décors. Rédige ensuite, très vite, des portraits qui expulsent des âmes, des descriptions qui ébranlent le réel. Des perspectives de peupliers, des agencements de meubles s'imposent. Elle imagine ensuite des situations, des scènes, des coups de théâtre. Les images déferlent sur le papier quadrillé. Crainte qu'un mot de trop vienne gâter l'ensemble, elle biffe beaucoup. Mais avance vite. Son cœur bat, puissant, comme s'il s'était contracté, inerte presque, pendant des années de glaciation, et qu'il se rattrapait, goulu, euphorique. Elle est transportée d'énergie : elle vit, à nouveau. Elle note, fébrile, une liste de récits à tenter. Des dizaines, des centaines se pressent sous la plume soudain réveillée. Elle ne sait plus où donner de la tête. Elle crie de bonheur. Elle danse. Se rassied en riant pour noter. Elle remplit des carnets. Nous livrons ici un bref aperçu de ses écritures :

1. Histoire de l'anthropologue incompris
2. Histoire de l'industriel australien qui recourbait les bananes
3. Histoire du gang des nonnes nymphomanes
4. Fables criminelles, contes cruels, romans noirs (polars ?)
5. Histoire de l'avocat neurasthénique installé en Indonésie
6. Histoire du boxeur noir qui ne gagna pas un seul match
7. Histoire des trois notaires borgnes et parisiens
8. Histoire d'Hallegarde Papabœuf
9. Histoire du metteur en scène qui méprisait les grands classiques
10. Histoire de la vieille dame qui avait autrefois fauté avec M. le curé
11. Histoire du spermatozoïde de ciron
12. Histoire du pyromane qui avait peur des allumettes
13. Histoire du hamster privé de son jeu favori
14. Allégorie de la perfidie
15. Brève histoire de Céleste et de Raphaëlle
16. Anthologie de lettres de suicidés
17. Histoire du peintre qui pratiquait la nécrophilie

18. Vie de Nathalie
19. Histoire de l'acteur Gormas et du docteur Borbeille, son frère de lait
20. Histoire du zigzagueur
21. Histoire du vieux domestique qui accompagna son maître autour du monde
22. Histoire du manchot jongleur
23. Histoire compliquée de la playmate devenue agrégée de philosophie
24. Story d'Anton Voyl poursuivi par Swann
25. Histoire de la belle Italienne et du professeur de physique-chimie
26. Histoire du forestier libidineux
27. Histoire du bourrelier, de sa sœur et de son beau-frère
28. Histoire des passionnés de macaronis
29. Histoire de l'épouse bon chic qui tua ses maris et découpa leur cadavre en menus morceaux
30. Histoire du missionnaire dont la femme enseignait la gymnastique
31. Histoire de l'écrivain qui ne pouvait écrire que lorsqu'il en était empêché
32. Histoire de la trapéziste polyglotte
33. Histoire du bonobo marxiste
34. Histoire du concertiste coupé en morceaux
35. Histoire du petit flic dadais du 13e arrondissement
36. Histoire de l'homme nu et saoul retrouvé coincé dans son lave-linge
37. Blason de la blanche main, blason de la bouche, blason du beau tétin, blason de la

longue cuisse, blason de la hanche, blason de l'ongle ras
38. Histoire de la femme à hommes éblouie par une femme
39. Roman : *Petites femmes et douce moquette*
40. Autobiographie intitulée : *Marx, Freud, Saussure*

Rien ne vient troubler sa fébrile quiétude. Nat, revenue de Paris où elle est prête à retourner si on le lui propose, la fournit régulièrement en provisions de bouche, s'occupe de l'intendance, pourvoit de bûches l'âtre et le poêle, veille au potager et à la ménagerie, arrose le compost d'activateur et entraîne parfois Angèle dans son univers hétéroclite de karmas, d'enfant indigo, de tricots, de brouet à base de poudre d'ortie, de peintures grand format aux huiles essentielles, d'hindouisme, de crémation propice à la libération de l'âme, de réincarnations. Car pour être réincarné, il faut, après la mort, avoir été brûlé, elle l'affirme, le plus vite possible.

— Quel qu'ait été l'état du cadavre ? s'interroge Angèle, intéressée.

— Mais absolument ! L'essentiel est que le bûcher funéraire soit allumé avec le feu domestique du défunt.

— Évidemment, consent Angèle qui jette un œil vers la cheminée, fraîchement nettoyée de ses cendres.

Nat semble toutefois préoccupée.

— Oui ? L'invite Angèle.

— Il faut tout de même que les cendres soient répandues à l'endroit propice, reprend Nat sur le ton de l'évidence.

Et de rire.

Angèle s'amuse avec elle, lui promet de la suivre un jour en Inde, puis retourne en frissonnant à ses carnets de moleskine et à ses rêveries.

L.H.O…

Chaque fois que, après une régulière escale technique à Medellín, elle revient à Puerto Puño, Annabelle ne reconnaît rien. En l'espace de deux mois, une ville métamorphosée surprend l'œil.

Un nouveau terminal d'arrivée, plus gigantesque et plus luxueux que ses voisins déjà obsolètes, a été construit depuis son dernier séjour sur le site mouvant de l'aéroport Che-Guevara. Entièrement marbré de noir et souligné de peinture rouge, les couleurs du pays, il exhibe en son centre une sculpture figurant un poing dressé exagérément massif, doré à la feuille et se détachant agressivement devant une gerbe noire, laquelle figure selon toute évidence un inépuisable geyser de pétrole. Sur le socle, on peut lire un slogan dont l'ironie révolutionnaire en dit long sur le cynisme madré qui inspire les dirigeants du régime : « La Liberté est la richesse du peuple ».

À quelques dizaines de mètres s'effondrent

déjà les précédents terminaux construits dans la précipitation par des entrepreneurs et des responsables véreux, pas assez entretenus et happés par la voracité de la forêt vierge. En prêtant l'oreille et malgré le bruit des avions, on entend les craquements formidables des arbres qu'un peu partout l'on broie.

Annabelle arrive à l'immense rampe de dépose minute où tournent sans états d'âme les moteurs d'un flot de berlines et de Hummers, mastodontes jetables : l'essence ne coûte que l'effort de la verser.

Elle a chaud.

Trente-cinq degrés ultramoites à l'ombre. Le fleuve Milbaïoque qui dégorge ici son delta, charriant crocodiles, piranhas, pépites d'or et bouts de chair d'aventuriers, fait se lever sans cesse ses brouillards de chaleur et ses miasmes vicieux. Heureusement, une limousine l'attend. Une toute petite Cadillac blanche, flambant neuve, parfaitement blindée, sept mètres, guère plus. On a la richesse plutôt sobre à Puerto Puño. Rien à voir, se félicite-t-on ici, avec, à l'autre bout du monde, la pure frime des autres privilégiés en ressources pétrolières, Saoudiens et autres Émiratis.

Cette fois, Annabelle ne sera pas l'auteur du scénario. Elle ne sait pas ce qui l'attend, et c'est plutôt bien pour une fois : cette incertitude creuse dans son ventre un désir, une impatience. Une joie.

Elle a chaud.

Le chauffeur la frôle en l'invitant à monter, avec des gestes languides et un mystère qu'entretiennent ses Ray-Ban miroir, où l'univers se courbe, ville, mer, forêt. Il est beau. Cheveux bruns bouclés, front haut, menton fier. Nez busqué, lèvres satinées et douces, on dirait. Belle bête. Haute stature, un corps qu'elle sent jeune et puissant dans un costume kaki discrètement bosselé par quelques armes, au cas où. Leurs regards à travers les lunettes de soleil se croisent, s'immobilisent, se comprennent.

Pourquoi se presser ? Maîtresse des plaisirs du ministre du Pétrole et de la Culture, homme mûr et plutôt drôle d'ailleurs, corrompu jusqu'à la moelle et donc richissime et dangereux, elle ne doit aujourd'hui contenter que les caprices du très jeune et tout neuf secrétaire d'État à la Beauté. Le poste qui peut faire sourire vient juste d'être créé tout à fait sérieusement, rendu nécessaire par les glorieux succès internationaux des splendeurs locales et le développement économique généré par les innombrables écoles de Miss qui fleurissent un peu partout dans le pays et qui doivent être étroitement encadrées par le gouvernement, lequel, on l'a compris, encadre tout. On dit le secrétaire d'État, figure montante du régime, déjà très fortuné, et donc très exigeant.

Annabelle néanmoins, pas plus impressionnée que cela, le ferait bien attendre un peu. Un quart d'heure de liberté volée, lorsqu'on est l'esclave des désirs des tout-puissants, paraît précieux. Son honneur, ses plaisirs vrais, elle les case là, rapines rapides. Elle demande donc au chauffeur de ne pas chercher à faire vite, mais de surtout bien la conduire. Il sourit, l'observe dans le rétroviseur :

— Nous allons passer par la forêt. Le pont de la Révolution a été fermé pour réparations. Trop fissuré, paraît-il.

— La forêt, c'est parfait. Je m'appelle Annabelle. ¿ Cómo te llamas ?

— Esteban, répond-il, et il ne sourit plus.

La gravité lui va bien. Elle croise et décroise ses jambes. Elle est nue sous son tailleur blanc.

Le chauffeur l'entraîne vers l'est, longe les palétuviers de la mangrove et lui désigne, bordés de « barrios » insalubres, où s'entasse, sous des tôles, le peuple libéré, un autre monde : quelques immeubles neufs d'habitation, « pour personnes assez aisées, et aisées » qui présentent, en guise de parkings, de petits ports privés et des pontons d'embarquement personnels pour le yacht de madame et celui de monsieur. Écurie et practice de golf attenant. Annabelle songe aux parpaings, à sa Lorraine pauvre et perdue : le luxe autant que la misère, ici comme ailleurs, pue. Annabelle laisse errer ses regards et remarque les mains des travailleurs, des chercheurs d'or, déformées par la boue, les huiles de moteur et les mutilations causées par la violence des hommes autant que celle de la nature.

Puis regarde les mains d'Esteban. Peut-être

ce qu'il y a de plus racé en lui : longues, fines, baguées.

Elle a chaud. En dépit de la clim. Sur la place centrale du fond, elle écarte légèrement les cuisses et allonge le cou sur l'appuie-tête. La limousine fait une embardée. Elle reste ainsi abandonnée au regard d'Esteban, puis délaisse la place du fond et s'installe sur le siège situé derrière celui du chauffeur. Il la complimente sur son parfum. Elle lui ôte ses lunettes, lèche sa nuque. Il ne se retourne pas, ne sourit pas, respire rauque.

La limousine s'engage sur une autoroute récente et s'enfonce dans la forêt pour contourner le delta et prendre un pont plus haut. Quelques kilomètres plus loin, une intense fumée noire semble barrer le passage. Des pneus ont été incendiés, devant lesquels s'agitent des silhouettes tremblant sous l'effet de la chaleur.

Contre toute attente, Esteban dit à Annabelle de s'accrocher. Il accélère puis enfonce résolument le barrage en essuyant quelques rafales de kalachnikov au passage, impuissantes contre le blindage de la voiture.

— Dans ce cas, il ne faut jamais s'arrêter, commente-t-il en connaisseur.

Puerto Puño est une des villes les plus dangereuses au monde. Annabelle le sait et a majoré la facture de sa prestation en conséquence. Néanmoins, passé cet incident touristique, le reste du trajet se déroule sans encombre. Mais je ne sais quoi de déception tenaille Annabelle lorsqu'elle arrive à destination : une tour qu'elle connaît bien, la tour Salto Global, d'une trentaine d'étages, tout en miroirs bleutés et de forme légèrement ovale. En son sommet se trouve un étage circulaire, tournant et panoramique, d'où l'on aperçoit quelques torchères de plateformes par temps clair. Les limousines y accèdent directement par un ascenseur extérieur particulier, entièrement vitré.

La petite-fille de Lug ne connaît que le sommet. On raconte qu'à chaque étage intermédiaire se trouve un bordel à thème, plus cher à mesure que l'on s'élève. En bas sont les Africaines, dans une ambiance moite de bar postcolonial. Certaines, dit-on, ont la poitrine ravagée, mais leur vagin, leur anus et leur bouche débridés promettent aux amateurs un sabbat trinitaire à se damner. Certains clients, descendus de plus haut par curiosité, ne sont paraît-il jamais remontés. Ils y seraient encore, défigurés par les hurlements que leur arrache le plaisir, comme les damnés au bas du *Jugement dernier* de Michel-Ange, qui dans la Sixtine chutent comme on sait en enfer, quasiment à hauteur des touristes. Qui ignore du reste que l'un des damnés de la Sixtine se fait ainsi traîner dans le gouffre par les testicules ?

Peu après viennent les Indiennes enlevées à leurs tribus au fin fond de la forêt vierge, qui chiquent de vieilles feuilles froissées tout en faisant des fellations : il y a des amateurs. Puis les Thaïes et les Indonésiennes. Un pavillon de thé japonais se trouve reconstitué au-dessus, où vous attendent de vraies geishas poudrées et enrobées d'un kimono entrouvert, prêtes à vous talquer la raie en vous faisant siroter du saké dans leur nombril, sous une délicate pluie de fleurs de cerisier. Suivent deux étages d'Américaines. On change d'ambiance : du raffinement oriental à la vitalité joyeuse de l'Oncle Sam. Au premier, des putes texanes bien dessalées dans une ambiance de saloon façon Vegas, avec, on se demande pourquoi, un sosie de George Bush ricanant dans un coin, un baril de pétrole sous le bras ; et au second, dans un décor plus impersonnel de palace moderne, de splendides spécimens sophistiqués et snobs importés de New York et de Los Angeles, sensiblement plus nombreux, dit-on, depuis la crise des subprimes, et qui se font prendre là à quatre pattes parmi les dollars en friche. Mais l'avant-dernier étage, qui domine tous les autres niveaux permanents, abrite le fin du fin, la fierté nationale. Toutes les Miss locales, durement formées à leur métier dans le réseau d'écoles au maillage plus étroit que n'importe quel enseignement secondaire, échouent là au service de la patrie lorsqu'elles ont le malheur de ne pas remporter les titres les plus prestigieux de Miss Monde ou de Miss Univers. Encore doivent-elles être heureuses de n'être pas exportées : le pays compte parmi les membres les plus actifs d'une institution marginale au nom codé d'« Opep » – comprenez l'Organisation des pays exportateurs de putes.

En bas de la tour, les agents de sécurité sont plus nerveux qu'à l'accoutumée. Le secrétaire d'État à la Beauté est peut-être déjà arrivé. Aurait-il attendu ? Se serait-il plaint ? L'ascenseur lentement s'élève. Sortie dans l'ascenseur à côté de la voiture pour admirer la vue, Annabelle aurait bien la curiosité de visiter un à un ces bouges, dans un ordre ascendant ou descendant. Esteban la rejoint, se glisse dans son dos, lui susurre des insanités délicieuses. Ils n'en sont pas encore à un tiers de la tour, qu'il lui glisse trois majeurs, ornés de grosses bagues renflées en or, dans la bouche, en lui intimant l'ordre en espagnol de bien les sucer. Puis lorsqu'ils sont assez humectés à son goût, il arrête l'ascenseur entre deux étages, pousse Annabelle d'un coup sur le capot de la limousine, lui écarte largement les cuisses en relevant sa jupe qu'il maintient au niveau de la taille, la caresse, s'accroupit et suce et enconne, goulu et sans aucun souci d'être vu. D'un coup, il sort les doigts. Annabelle se retourne : encore ! Esteban sourit, extrait de la boîte à gants une bouteille de rhum ambré : ¿ Quieres ? Quiero, confirme Annabelle qui boit au goulot de longues rasades. Pendant ce temps, Esteban lui mord le cou, la plaque contre la vitre, ôte ses bagues, enfile un gant en latex sorti de sa poche et approche sa bouche de la bouche d'Annabelle : Quieres ? Si, hombre, quiero mucho, s'entend répondre Annabelle qui dans le même mouvement s'installe en levrette sur le capot de la limo. Esteban s'enduit de vaseline, elle ferme les yeux, et sent l'homme et sa main : il la pénètre en grognant, lentement, très lentement, deux doigts, trois doigts, la main, et l'emplit et la fiste, longtemps, violemment. Il va et vient. Elle se sent envahie, écartelée, violée. Elle adore. Elle suffoque. Elle exulte. Elle bave. Elle urine. Il retourne la main en elle. Va et vient à nouveau. Elle pleure. Elle hurle et jouit tout ensemble.

Elle ne sait pas très bien ce que penserait son client de ces petits à-côtés hardcore. Mais après tout, il n'est pas impossible que le valet soit au service des amours de son maître. Comme jadis les Romains qui, avant d'introduire dans leurs appartements leurs scorti, les escorts de l'époque, les faisaient passer d'abord dans une antichambre réservée aux femmes, entièrement consacrée à leur excitation et leur lubrification. Ainsi venaient-elles à eux, humides comme la rosée et chaudes comme le soir, prêtes pour l'orgie.

HARAKIRI

Angèle écrit.
Songe beaucoup à Annabelle (que fait-elle en ce moment même, est-elle avec un homme ? Dort-elle ? Mange-t-elle ?), mais s'extrait de ses rêveries et s'oblige à écrire. C'est lancé, on s'y tient, merde !
Passé les premières exultations, les affres.
Elle écrit comme un Japonais qui jouit, une fois sur deux, elle est dans le coma. Elle se jette sur la feuille comme sur un corps blanc, et parfois, dans l'effort, elle fait des bruits de bête. Elle va, elle vient, elle cherche. Au plus profond d'elle-même, elle fouille. Elle est nue. N'a peur de rien. Le monde autour d'elle peut bien s'anéantir, elle continue.
Elle est seule. Le temps passe, le temps file, elle ne s'en aperçoit guère. Parfois, la nuit est là, tiens, un jour a passé. Un jour à creuser, un jour à échafauder les phrases avec les phrases qui, mises ensemble, feront l'histoire. Car elle écrit pour raconter, pour inventer, pour mettre debout un monde, le temps d'un livre. La force nécessaire

pour que ce monde existe et de mille bruits intimes ou publics bruisse, pour que dans ce monde vivent et respirent des êtres venus d'elle, qui n'existent encore dans aucun livre, dans aucun lieu répertorié, ni dans l'imagination (ardente, terriblement ardente) d'autres écrivains, cette force-là est colossale. Assez vite, elle est en eau. Peu importe.

Elle doit être drôle à voir, ainsi tendue dans l'effort… Parfois, un miracle. Un personnage, qui sommeillait un peu, qui était souvent à la traîne derrière les autres, un débraillé et informe qui se rebiffait quand on l'approchait et faisait le zigue, ce bougre-là s'élance, pirouette, bondit, lui échappe comme un lapsus, file à toutes jambes. Alors elle course son diable. La main va toute seule. Les mots viennent, les bons, tout de suite. Les phrases s'imposent. Les autres personnages, entraînés dans la sarabande, s'animent, prennent du relief, trouvent le but qui leur manquait. Les somptuosités terrestres, les gouffres humains explosent en myriade de sons et de sens. Dans ces moments bénis, elle est légère, elle a vingt ans. Elle rit tout haut, pousse des hourras. Et allons, donc ! On avance ! Mais la grâce, hélas ! hélas ! est bien rare. Son ordinaire d'écrivain, c'est le labeur du laboureur têtu, qui continue même si la terre est basse et lourde la charrue. Elle peine, mais rien ne l'arrête. Rien ne l'arrêtera. Le livre, peu à peu, s'écrira. Elle le sait. Elle y laisse toutes ses forces, son ombre et sa lumière. Elle écrit comme un Japonais qui fait harakiri. Une fois sur deux, elle meurt.

...O.Q.
(M. D.)

Arrivée tout en haut de la tour, Annabelle rapidement rhabillée est accueillie avec grâce par le secrétaire d'État. Sa coupe radicale semble lui faire de l'effet. Comme elle lui prodigue les quelques mots d'espagnol qu'elle connaît pour les premières politesses, il la coupe :

— J'ai fait mon droit à Dauphine. Vous êtes très belle.

Ajoute :

— J'ai même été inscrit en double cursus aux Beaux-Arts, par goût. Mais n'y suis pas resté longtemps : déçu par le côté trop théorique de la formation.

Annabelle aimerait bien savoir où il veut en venir, mais attend. Elle le dévisage comme il la dévisage, sans sourciller.

— Ah, voici Perdita, mon attachée culturelle : elle va vous préparer et vous expliquer le topo. C'est elle qui vous réglera, en dollars ou en euros, à votre convenance. À tout à l'heure !

Annabelle est un peu désappointée devant

les frusques antiques qu'on veut lui coller, mais elle comprend vite, c'est son métier. Elle va, rien de moins, incarner la Joconde devant un public d'amateurs d'art. Elle a conscience de ne pas cerner tout l'enjeu de l'affaire, mais elle sent qu'elle va bientôt comprendre.

La Joconde, donc. Soit. Plutôt amusant : elle-même n'aurait pas songé à cette fantaisie. Elle doit se coiffer d'une sage perruque châtain, parfait, mais elle reste ferme quant à ses sourcils : pas question de les laisser épiler intégralement pour ressembler davantage à Mona Lisa. Perdita avait de toute façon anticipé son refus et tient en réserve un maquilleur de cinéma débauché de Hollywood pour deux jours. Perdita et le maquilleur prennent un peu de recul pour considérer leur ouvrage : « Maravilloso ! »

La grande salle est bondée : une foule cosmopolite, essentiellement composée de milliardaires du pétrole. Elle comprend l'enjeu tout symbolique de la réincarnation de la Joconde : battre enfin les Émiriens importateurs de musées occidentaux sur leur propre terrain. Nouveau défi, et de taille.

À vrai dire, ce dernier étage est méconnaissable : la dernière fois qu'Annabelle s'était glissée jusque-là, la salle était tout ornée de miroirs Louis XVI sur une toile de Jouy qui courait des murs au plafond. On avait aménagé des alcôves, et l'on pouvait passer du salon de Ninon de Lenclos à celui de Marion de Lorme pour une foutrerie grand siècle. Aujourd'hui, c'est une salle du Louvre qui est reconstituée, aile Denon. Aux murs sont accrochés des scènes de batailles, des Rembrandt, des Caravage, un Botticelli, des portraits de femmes en nombre et quelques nus remarquables.

Beaucoup d'agitation et de monde dans la salle, décidément. Du côté du mur de droite, une grappe de touristes effervescents s'est en effet massée devant une vitrine à l'intérieur de laquelle Annabelle reconnaît une impeccable copie de la Joconde. Les curieux, sans doute des figurants, parlant japonais, anglais, russe, arabe, font crépiter les flashes en se bousculant. On tire à l'écart par les épaules une femme évanouie, ses talons panthère raclant le sol.

Le gardien de la salle, en grand uniforme du Louvre avec casquette, n'est autre que le secrétaire d'État.

L'œil brillant, l'uniforme près du corps et le soulier verni, il se tourne vers Annabelle et lui enjoint de pénétrer dans une très grande vitrine encadrée d'or posée contre le mur d'en face. Elle s'exécute et se retrouve sous verre, un parquet Versailles sous les pieds. Aussitôt, prévenu par un touriste russe, tout le groupe agité se détourne de la Joconde encadrée et accourt vers le modèle vivant qui, dans cette châsse d'or, devant un décor peint représentant un paysage montagneux perdu dans son sfumato, prend la pose sage de la divine Mona. Lorsque la foule s'est agglutinée autour de la vitrine, photographiant et filmant à qui mieux mieux derrière un gros cordon rouge de passementerie tendu entre des piliers de laiton, Annabelle énigmatise son sourire et fixe longuement son public. On se déplace devant elle comme au Louvre et, comme au Louvre, on a l'intime conviction qu'elle vous suit du regard.

Va-t-on enfin déchiffrer le mystère du tableau le plus célèbre du monde ? Annabelle ferme les yeux, s'immobilise plusieurs minutes, puis se cambre et dodeline langoureusement de la tête, bouche entrouverte. Ses admirateurs ne respirent plus. Lentement elle se passe un doigt sur les lèvres, rouvre brutalement les yeux et toise le public, tout en tirant légèrement vers le bas le décolleté de sa robe de lourd velours pour révéler un peu la séparation et la naissance des seins. S'immobilise. Lents regards. Le public tape des pieds, exigeant davantage. Pour calmer le tapage avant de l'amplifier, Annabelle arrache le mouchoir de soie qui couvrait ses seins, s'aide des mains pour en pointer les mamelons vers son public, les caresse lentement, les enduit de salive, les pince, yeux fermés. Les attrape à belles mains, les malaxe, les triture. Des hommes tapent sur les vitres. Annabelle commence alors à faire onduler tout doucement son corps souple, d'abord sous les riches étoffes florentines, puis de moins en moins couverte à mesure qu'elle redresse avec lenteur le sombre drapé classique jusqu'en haut des cuisses et jusque sur son ventre blanc.

Autour du gardien travesti s'empressent deux

créatures très caressantes qui lui font boire de la romanée-conti : Annabelle se concentre sur son strip. Le secrétaire d'État ordonne depuis la foule qui a tôt fait de reprendre en chœur :

— *L'O-ri-gine du monde ! L'O-ri-gine du monde !*

Annabelle improvise, se déhanche et prend appui en arrière sur la balustrade en bois, calant vers l'avant ses chaussures à talons contre la vitre, en écartant large pour faire admirer sa vulve naturaliste et moderne, encadrée d'un pubis taillé, mondrianesque. Sous les vivats et les encouragements, elle crache dans sa paume et humecte son sexe qu'elle branle. Pour son plaisir.

Elle prend tout son temps, s'abandonne au plaisir qui monte. D'un claquement des mains, elle interpelle ensuite Perdita. L'attachée culturelle lui tend un large gode réaliste qu'elle lubrifie. Tout doucement, la Joconde se pénètre, s'active. Halète. Accélère. Se l'enfile couilles comprises. Les touristes fascinés se branlent, personnellement ou mutuellement. Enchantée par l'ambiance d'orgie généralisée, Annabelle envoie valser le sex-toy et en réclame un plus moderne. Perdita fournit, avec les piles, un multirabbit rose, dont l'habile système de billes rotatives stimule Annabelle-Mona (elle ne sait plus très bien qui elle est, à ce stade) au creux de son intimité, tandis qu'un petit lapin titille son clitoris et qu'une autre bestiole vibrante pénètre tout aussi bien dans le secret de l'anus. Là encore, elle prend son temps. Va et vient. S'amuse carrément. La foule est déchaînée. Les regards qui la caressent, qui la happent, qui l'insultent parfois, l'excitent, tous. Lorsqu'elle jouit encore sans réfréner ses cris, de longs jets, qui ne sont pas de l'urine, éclaboussent la vitre de son alcôve : voilà peut-être la clé du mystère. Mona Lisa était une femme fontaine.

Ce squirt est le signal du sabbat infernal et de la damnation joyeuse. Le plafond s'ouvre sur le ciel azuré, et dans des balancelles d'or descendent des vestales escortées d'éphèbes nus porteurs de plats de vermeil : des mets succulents viennent étonner les papilles les plus blasées, des volailles grasses, des tétines de truie, des lièvres aux truffes, des verrines aux trois caviars, du mignon de porc braisé en crème de tomates, des huîtres chaudes dans leur sauce de champagne, un duo de hoki et Saint-Jacques sauce mousseline, des magrets de canard farci au foie gras poêlé sauce bordelaise, puis suivent grives aux morilles, canetons dans leur jus et de belles fricassées de ris de veau à l'ancienne. Les meilleurs bordeaux, les meilleurs bourgognes, les meilleurs champagnes : chacun éclate en applaudissements et ripaille avec ardeur.

Pendant que l'on banquette, un jeune et bel esclave indien, nu aussi et couronné de pampre et de lierre, porte une corbeille de raisins à la ronde, et déclame les cours du pétrole sur les différentes places boursières.

Surgissent alors du plancher par des trappes insoupçonnées, telles des dea ex machina, une flopée de girls nationales visiblement louées à l'étage inférieur, des biftons encore coincés dans la raie et entre les dents. Toutes les nationalités présentes se lèchent et sucent et s'entrebaisent et enculent et enfournent et empalent pour la plus grande joie de l'ancien haut dignitaire d'un organisme international de régulation financière, grand amateur de femmes et de partouzes, qui passait faire au Panama une de ces conférences qui le sauvent désormais de la misère où l'a jeté son divorce et qui, bon voisin, est venu observer la scène en fin connaisseur des bienfaits de la mondialisation énergétique et orgiaque.

— Mais c'est le *Jardin des délices* de Bosch ! s'exclame-t-il ravi, ça nous change du puritanisme amerloque ! Des tracasseries franchouillardes !

Un sourire complaisant aux lèvres, et sous l'œil intéressé d'un dirigeant de la CIA à peine incognito, il se laisse désaper (la scène se passe quelques mois avant sa castration chimique), désaper donc par une jeunette, qu'il accroupit d'un geste sur le crâne. Avec un accent ma foi convaincant, il ordonne :

— À blow-job, babe, hurry up !

Il lui gicle très vite dans les narines et se rebraguette aussi sec, avec un soupir d'aise. Puis continue à circuler dans la bacchanale, bras croisés sur le ventre comme un notaire, à fureter entre les baiseurs, toujours à l'affût d'une curiosité ou d'une nouvelle bonne fortune. Et justement, deux miss du peuple entreprennent un sympathique soixante-neuf, ces petites cochonnes. Il se débraguette aussi sec, sort sa queue, mais c'est le moment que choisit le secrétaire d'État pour entrer dans la vitrine et honorer sa Joconde devant un public ravi d'amateurs d'art. Il branle tendrement sa Mona Lisa et lui suce à petits coups de langue rotatifs l'anus enduit de miel attique. Puis, jouant avec le voile transparent qui coiffait sa perruque et qu'alternativement il arrache et laisse retomber sur elle, il la coince et prend ses reins, comme un satyre furieux, elle-même s'accrochant aux montagnes bleues de la toile peinte et tirant le ciel à elle…

Varions les plaisirs : What else ? Un happening. Mettre Annabelle à prix. L'heureux gagnant disposera d'une semaine, pas moins, avec la Joconde et ses talents. Tous fantasmes autorisés.

Parlons fric. Jusqu'où n'ira-t-on pas ? On installe des chaises couvertes de velours incarnat, une estrade, un pupitre, une bergère sur laquelle s'installe nonchalamment Annabelle nue et pleine d'énergie, toujours. Perdita rafraîchit l'escort avec une serviette de toilette Frette après avoir rajusté sa perruque et retouché son maquillage. On introduit maître Fornouille de Saint-Cuir avec son petit marteau en bois de térébinthe, suivi d'un crieur habillé de vert et ceint d'une écharpe cerise. Le commissaire-priseur salue l'assistance de l'air mi-sérieux mi-plaisantin à qui sa réputation doit tant, puis s'emploie à faire monter les enchères en détaillant très professionnellement, très détaché, les beautés mythiques de la Joconde ici présente, qui prend quelques poses pendant le cérémonial.

Après la débauche des corps, celle du fric. Ça bataille ferme entre plusieurs émirs, Wall Street, le FMI, des Indiens, des Russes et des Chinois. Aucun Européen ne franchit le cap des cent mille dollars. Les ego du vieux monde trinquent.

Adjugée ! Grâce à l'habile ministère de maître Fornouille, la prochaine semaine tarifée d'Annabelle lui rapportera un demi-million de dollars. C'est un Chinois qui a remporté l'affaire, ayant ferraillé longtemps avec un milliardaire de la Silicon Valley. Nouvelle donne économique, là, dans les odeurs de foutre.

GAY4U

Angèle écrit donc beaucoup, jour et nuit. L'histoire d'une comédienne, méditerranéenne sophistiquée, filiforme et notoirement anorexique, une comédienne à césar et film primé à Berlin, forte poitrine siliconée, et non moins fort caractère. On lui propose de jouer la Callas. Sean Penn sera probablement Onassis. Gros budget. De l'excitation outre-Atlantique. La comédienne est flattée, enthousiasmée, mais les choses se corsent vite lorsqu'elle découvre, alors que le tournage a démarré, bizarrement par les dernières scènes du film au cours desquelles elle erre, poétique et anesthésiée par les barbituriques, dans son grand appartement de l'avenue Georges-Mandel, elle découvre donc qu'à la demande du réalisateur dans un coin du contrat à peine lu, signé dans la hâte et pour tout dire l'euphorie, elle doit s'alourdir de trente kilos. Trente ! Mais enfin, c'est monstrueux, mais voyons vous voulez me défigurer, me couvrir de vergetures, me tuer. L'actrice fluette et abusée donne de la voix, mais non pour vocaliser *La Traviata*. Après une grosse colère, quelques gifles distribuées indistinctement aux équipes de production et de réalisation, après des larmes, des grossièretés, quelques imprécations, deux semaines de jeûne et de prostration, elle disparaît. Tournage en stand-by, affolement de la production, hystéries, clash, intervention d'un privé au nom italien évoquant un empereur. On en est là, une douzaine de personnages gravitent alentour, ça prend forme, un peu.

Mais Nathalie constate comme moi qu'Angèle n'est pas à ses écritures comme on l'y trouve parfois, lorsque c'est lancé. De plus en plus elle s'interrompt, sourit, prend des bains prolongés. Elle se remémore les yeux d'Annabelle, son corps vêtu de clair mordoré se silhouettant sur le béton pâle, sa présence dense. Ses cheveux si courts. La nuque qui se courbe comme la tige d'une fleur. Quel parfum portait-elle ? Que lui a-t-elle dit ? Que lui a-t-elle fait ?

Les hommes, en somme, étaient un agréable divertissement. Surtout les jeunes, dont toujours elle a goûté la présence animale, la chaleur, les caprices, les gamineries. La vigueur au service de la fantaisie.

Mais Annabelle ! Voilà qui déflagre tout. Annabelle l'obsède. À tout instant, elle lui parle tout haut. Sans cesse et en extase, elle s'imagine lovée dans sa chaleur. Mais pourquoi donc, foutredieu, s'entiche-t-elle de cette cocotte infréquentable ? Serait-ce sa vénalité qui, romanesque, l'attire ? Non, car le charme a opéré bien avant qu'elle sache à qui elle avait affaire. Gardait-elle en mémoire, comme une image subliminale, le visage d'Annabelle, souvent observé sur Internet ? Non encore, car c'est du corps de la jeune femme qu'est venu l'appel impérieux qui la visse, là, à Millau, sur sa chaise.

Mais pas du corps seulement : l'expression du regard, le grain de la voix.

L'explosion de la libido s'accomplit dans un déploiement de sentiments tendres, et là encore, Angèle s'observe avec surprise : elle, tendre ? Dans une sorte d'oraison, elle chuchote, elle chantonne le prénom d'Annabelle.

Elle aime.

Jusqu'à présent, l'amour était une notion abstraite. Elle n'a jamais aimé Louis, par exemple. Elle l'appréciait beaucoup, au début : l'admirait, plutôt. Éprouvait de la camaraderie, l'envie de le prendre dans ses bras. Pouvait passer des heures à l'écouter travailler son piano. Elle était Hécate, une bienveillante. Mais il ne s'agissait pas d'amour : rien de ce manque, de ce frémissement, de cette folie toute nouvelle.

A-t-elle aimé ses précédents maris ? L'intérêt n'a jamais été l'unique motivation. Elle les voulait riches, bien entendu, et généreux, pour assouvir ses compulsions dépensières. Mais il y a toujours eu autre chose. Une sorte de bonne entente. Elle les prenait comme ils étaient, aimait leurs qualités, leurs passions. Évidemment quand ils étaient ruinés, c'était une autre affaire.

Elle n'a jamais connu l'amour. Elle a quarante ans et découvre la passion. Elle se croyait au-delà de toute sentimentalité idiote. Avait lu les *Fragments d'un discours amoureux* comme un texte piquant. *Anna Karénine* l'avait ennuyée à mourir. Jamais elle ne s'était engluée dans tout le sirop racinien. La moderne autofiction d'amantes délaissées couinant leur amour (déçu, perdu, malheureux, hésitant, instable, interminable) la consterne.

Elle reconnaît toutefois en elle tous les symptômes de l'amour naissant décrits dans les opus qu'elle méprisait, tout le délire du sujet amoureux – et elle accepte de s'y conformer : folie heureuse, obsession, émotions, balbutiements, griserie, chaud, froid, frisson, folie sacrée, et concrètement la tête qui lui tourne comme en une valse rapide, et tout le corps qui exulte, et la crainte qui se mêle aux envies d'audace. Besoin de s'entrelacer, de se blottir. Va-t-elle se convertir à l'autofiction ?

Elle aime et veut, rien de moins, se faire aimer. Elles ont quinze ans de différence, Annabelle se vend, et Angèle ignore tout de la gymnastique subtile qui unit deux corps de femmes. Mais n'est-ce, comme avec les hommes, qu'habile gymnastique ?

Elle google Annabelle Mansuy, retrouve les photos. Louis, à ses côtés, béat. Elle, étonnante en cheveux longs. Mais féline, déjà, et piquante et mystérieuse, et sculpturale, un peu salope peut-être, mieux : inaccessible.

Mais l'Inaccessible entendait fermement lui parler, et de cela Angèle s'enivre. Elle sait déjà ce que veut lui dire Annabelle, bien sûr, toutes les étapes de son plan se déroulent sans heurts. Mais jamais elle n'aurait imaginé que cette confrontation prendrait ce tour si désirable.

Lui parler, soit. Mais après, comment lui signifier l'intérêt très particulier qu'elle lui porte ? Comment la séduire ? La contenter ?

La convertir ?

La retenir ?

Quels gestes ? Quels mots sont ceux des femmes ? Les femmes entre elles ont-elles des jeux strictement clitoridiens ? Dans le cas inverse, doit-elle s'équiper d'un godemiché ? Saura-t-elle inventer les baisers qui lui donneront du plaisir ? Elle saisit dans la fenêtre du moteur de recherche « Lesbienne novice cherche initiatrice ». Tombe sur des propositions de films à caractère pornographique qui la rebutent. Elle préférerait du concret. Un training avec trois ou quatre monitrices en alternance lui paraît la meilleure solution. Il doit bien exister un site de rencontres pour les femmes, non ?

Elle dégote Gay4U, site réunissant en France six cent quinze mille sept cent quatre-vingt-neuf membres, pas moins, mâles et femelles confondus. Se dirige vers la page « Entre filles ». Découvre des centaines d'annonces. Un miracle, une profusion, un supermarché de l'offre lesbienne. Se fait un profil, choisit une photo, hésite pour le descriptif. Avouera-t-elle son inexpérience ? Après tout, non ; on se lance, on verra bien.

CUT

Si le Chinois a remporté l'enchère, le secrétaire d'État est le vrai gagnant de l'opération. Le film du strip-tease d'Annabelle, discrètement tourné sous divers angles, sera bientôt monté et précieusement conservé. Performance artistique de premier choix, l'œuvre dormira des années dans son coffre, avant d'être à son tour vendue à des prix faramineux un jour – lorsque le pétrole ne rapportera plus autant. Ainsi se constitue, sous les réserves d'hydrocarbures, des réserves d'art. Il faut bien assurer l'avenir de la Révolution, l'indépendance du peuple, et tenir en respect les émirs et autres cow-boys méprisants.

Le brouhaha retombé, le musée fermé au public, Annabelle en se faisant une petite toilette intime dans un *Ready-made* de Duchamp félicite son client sur la taille de son pénis et ses divers arrangements :

— Votre copie de la Joconde est très convaincante.

— Mais ce n'est pas une copie.

— Ne me dites pas…
— Nous pouvons tout.

Dans la limousine, qui l'attend toujours dans l'ascenseur, le chauffeur n'est malheureusement plus le même. Le nouveau, malingre et sec, lui fait malgré tout des politesses en lui indiquant sur le siège un cadeau supplémentaire laissé à titre de souvenir par le secrétaire d'État. Toujours ces attentions délicates : un collier monté avec une pépite brute du Milbaïoque sans doute ou, plus banalement, une montre Bulgari qu'il faudra penser à porter la fois prochaine.

La limousine amortissant les nids-de-poule, Annabelle se laisse emporter vers l'aéroport, légèrement grisée de romanée, de débauches, de fric mirobolant : elle est riche, ou presque ! Elle regarde filer, le long de la route, la surprenante mangrove aux abords de la ville et ses palétuviers grouillant de petits crabes. Dans le paquet qu'elle ouvre avec un sourire blasé, repose paume ouverte l'élégante main droite d'Esteban, coupée ras à la naissance du poignet, reconnaissable à ses larges bagues d'or.

— La prochaine fois que je m'amuse, ce sera peut-être ma tête, coupée ras, dans le paquet.

Bon. Faire gaffe, tout de même.

EGO

Le Grontec appelle Angèle, toujours dolent.

Le commissaire Césari a perquisitionné chez lui, non mais tu te rends compte, on croit rêver. Il a même emporté des partitions, des relevés de comptes bancaires, divers effets personnels. Ce type-là est un dingue, un brutal ! Et l'impresario de remettre son disque : Louis va le rendre fou.

— Et toi, toujours rien ?

— Niente de niente, mon pauvre Jacques. Césari ne t'a pas caché que Louis a laissé un message ?

— « Je m'en vais. » Ça ne veut rien dire. Il nous fait la crise des soixante-dix ans, il va revenir.

— Rêve, mon grand.

— Mais tu m'agaces, à la fin. On dirait que ça ne te fait ni chaud ni froid.

— Mais si, ça me fait.

— Ben alors ?

— Ben alors, quoi ? La terre a-t-elle tremblé sur son socle ? Louis est-il ton seul instrumentiste ? Et cette petite pianiste pittoresque, blonde aux yeux extrêmement bleus ?

— Louis est le plus grand, ne me raconte pas d'histoires. Et puis tu sais bien, c'est plus que professionnel. Je l'aime, ce con.

Angèle le sait bien. Elle aurait presque envie, tout à coup, de s'aventurer à des confidences amoureuses, elle aussi ; mais se souvient à temps qu'elle parle à Le Grontec, et de son mari.

— Il faudrait trouver le moyen de le faire sortir fissa de son trou. Le truc qui le fait bondir, tu vois ?

Silence. Angèle entend l'impresario cogiter.

— Tu es géniale, tu es unique, déclare-t-il. C'est ça, piquer son ego. Le pousser à sortir du bois. Mais comment ?

— À toi de trouver. C'est toi qui palpes, non ?

PILAR

Provisoirement débarrassée de ce raseur sentimental qui, elle connaît l'oiseau, va se battre les flancs pour inventer de périlleux stratagèmes de nature à titiller l'amour-propre de Louis et le faire subséquemment ressurgir du néant (où il se trouve très bien, constatons-nous, est-ce qu'il proteste ?), Angèle retourne fiévreusement sur Internet, menant de front plusieurs conversations électroniques avec des femmes qui aiment les femmes.

La voilà donc qui entreprend de chatter avec des poulettes jolies.

Et d'autres moins jolies, mais qui ont quelque chose dans le regard qui promet. Qui promet quoi ? Elle ne sait pas au juste, mais elle clique.

Elle écarte d'emblée celles qui manquent d'orthographe, ça la refroidit. Elle privilégie les étudiantes : autant se faire la main sur une population comparable à la cible visée. Son désir, son instinct la guident vers des beautés androgynes. Cheveux courts, toujours. Grandes, petites, minces ou musclées. La taille des seins importe finalement peu : généreux ou graciles, ils l'intéressent.

Quelques échecs lui enseignent qu'avec les femmes mieux vaut éviter le style pétroleuse. On ne parle pas tout de suite de sexe. Sans quoi, on se retrouve blacklistée comme une bêtasse par une superbe à qui l'on ne voulait, vraiment, que du bien.

Angèle, donc, change de style : y met les formes, se fait désirer, flirte. Toutes ces jeunesses sont un peu surprises de se faire courtiser par une femme de quarante ans – elle n'a pas menti sur son âge, à quoi bon ? Mais sa photo, un noir et blanc artistique, promet pas mal. Certaines sont assez partantes. L'une d'elles, même, une petite Madrilène très caliente, veut, quasiment sans préambule, la voir dans l'heure, prendre un verre dans le Marais et vérifier ce qui doit l'être. Angèle est bien désolée, elle trouve Pilar et sa coupe toréador sincèrement estupendas, mais elle est actuellement en déplacement. Est-ce que vendredi soir conviendrait ?

3 D

Confortablement installé sur une chaise longue Le Corbusier – dont le cuir noir a accueilli le dos et les affres intimes de combien de patients ? de combien de coupables ? de criminels repentants ? il se le demande parfois –, Césari associe librement. Il s'interrompt un instant pour s'étirer, bâille, peste. Il prend ses aises, trop, mais Desdevises du Dézert aime bien ce grand bougre bougon, ce taiseux devenu prolixe au fil des séances. Droite, lunettée et barricadée derrière les livres reliés en pile sur son bureau XVIIIe, elle rit, silencieusement on s'en doute, lorsqu'il sursaute comme sous l'effet d'un électrochoc chaque fois que, avec une malice jamais démentie, son inconscient, sa libido, ses vieux secrets affleurent. L'affaire Guillometaz l'occupe beaucoup depuis début février.

— Je n'arrive pas à savoir si cette femme me promène.

— Vous promène. Associons.

— Promène. Mène. Mène par le bout du nez. Mon nez est laid. Je boite.

— Ne vous jugez pas, associez.
— Laid, affreux, cette femme est belle. Putain de merde, qu'est-ce qu'elle est belle.
— Hum ?
— Je la soupçonne d'un crime de sang, m'entendez-vous. Je sais, je sens qu'elle a tué et débité son mari.
— Débité.
— Dépité, débité, bite. Elle s'enfile, excusez ma vulgarité docteur, mais elle s'enfile, au point où j'en suis de l'enquête, au moins quatre jeunots.
— Hum ? Quatre ?
— Oui, les trois mousquetaires du plaisir de Madame.
— Et ?
— Mais enfin, vous ne trouvez pas ça choquant ?
— Hum ?
— Mais enfin, à quarante ans, ça s'envoie du minet, et en série !
— Du minet.
— Et pas que. Elle a eu trois maris. Et je vous le donne en mille...
— Monsieur Césari, quel est le problème des maris. Maris, associons.
— Les maris ont tous les trois disparu, docteur. Tout simplement envolés ! Non mais vous vous rendez compte ? Je tiens une tueuse en série.
— ...
— Qui tue ses vieux riches et s'envoie de l'éphèbe.

— Et ?

— C'est une nymphomane, une salope, une truie.

— Une truie. Associons.

— Truie, truisme, truite, mouche, hameçon. Dedieu que je voudrais la ferrer cette drôlesse.

— La ferrer ?

— Fers, menottes, fouet. J'ai envie de la fouetter. (Césari sursaute comme une ablette argentée jetée hors du ruisseau.) Je. Je. Elle. Je.

— Avançons. Je ?

— Je n'ose pas.

— Écoutez, Césari, on est là pour quoi ?

— Fouet, fouetter, fesses, cuisses, con.

Desdevises du Dézert, appelons-la, pour faire court, 3D, acquiesce. Césari embraie.

— Je voudrais la menotter avec les menottes de l'inspecteur Gibbon, lui ôter sa culotte, lui écarter largement les cuisses, et fouetter sa chair blanche et tendre avec un martinet.

— Hum ?

— Un tout petit martinet qui laisserait des traces roses.

Et 3D d'émettre intérieurement des hypothèses ; de manière plus audible ces borborygmes d'encouragement dont elle a le secret.

— J'ai honte, je suis un pervers, je vais me faire pincer par les mœurs, je vais avoir Marquiseaux sur le dos, ouh là, je suis mal, très très mal.

— Monsieur Césari, tempère l'analyste, et le ton de sa voix se fait maternel, consolateur et taquin tout à la fois. Monsieur Césari, tout le monde, peu ou prou, est parfois animé de fantasmes sadomasochistes. Absolument tout le monde. C'est ainsi.

Et de développer que ce qui importe est de bien distinguer le fantasme, phénomène normal et même souhaitable de la vie psychique, du passage à l'acte. Là, évidemment, c'est une autre affaire, entendons-nous bien.

Oui, concède le commissaire, mais là je ne sais plus trop où j'en suis, car j'ai déjà acquis, près de la gare de Lyon, des menottes plumes volupté, un coffret regard indiscret, un bustier féminin en vinyle clouté seins nus, un bâillon à boule motif python, un crochet anal acier, une contrainte dorsale neck-to-wrist, un harnais femme Spartacus, une cravache en cuir noir courte et très large pour jeux humides, une cravache de cocher, une cravache rigide type badine, un collier trois anneaux, une laisse et une poupée.

Desdevises est un peu pâlotte, vous ne trouvez pas ? En tout cas, elle se racle rapidement la gorge avant de proférer le trop attendu : hum ?

— La poupée était blonde comme Angèle Guillometaz, mais.

— Mais ? sollicite 3D.

— Dix-huit heures, interjette le fonctionnaire, c'est la fin de la séance, non ?

— Voyons, Césari ! proteste-t-on de derrière le bureau, tapant presque du poing le plateau d'acajou gainé de cuir céladon. Courage ! On est ici pour tout dire.

— J'ai percé la poupée avec la pince à seins.
Silence méditatif, de part et d'autre.
Desdevises, finalement ravie :
— Un acte manqué est un acte réussi pour l'inconscient.
Césari tousse.
— Dixit Lacan, le rassure 3D.

HU

La soutenance de thèse d'Annabelle se déroule classiquement dans la salle de réunion située au troisième étage du 199, boulevard Saint-Germain. Outre le jury, choisi en accord avec l'affable Roger Fuchs, directeur de thèse, et strictement constitué de mâles dans leurs cinquante ans (D'Anduze, Pépin, Meyer, Kern et Baudouin), se laisse observer un public d'une trentaine d'individus, petite assistance sympathique où se pressent sans se mêler des groupes nous l'avouons plutôt hétérogènes : quelques condisciples d'Annabelle cravatés de bleu et en fin de thèse, deux sommités silencieuses de l'EHESS, Léopold, qui s'est mis en frais et qui drive Colloré et le petit Froggio, deux PDG cotés au CAC et proches du pouvoir qui ont beaucoup entendu parler de l'étudiante. Et même, si nous le reconnaissons bien, mais peut-être rêvons-nous, sans doute hallucinons-nous, un chef d'État asiatique de toute première importance venu là incognito et accompagné d'un traducteur perpétuellement courbé dans un geste d'oblation idolâtre (on nous affirme que l'Élysée et le Quai ne sont au courant de rien). Le jury se frotte pas mal les yeux, mais conclut *in petto* qu'il doit s'agir d'un sosie et d'une blague potache des condisciples cravatés. Ajoutons quelques proches parents et amis de parents d'Annabelle, notamment Fred, blouson noir clouté, casque au bras et sourire fier. Et Lug-la-Tresse suivi de Papa Mansuy qui pour l'occasion se sont fait beaux et s'installent modestement au fond de la salle, entourés du pit Merlin et de la boerbull Brocéliande, fort sages. Incontestables relents d'alcool : ils se sont donné du cœur au ventre.

Nous ne sommes pas surpris de découvrir aussi le commissaire Césari qui, lorsqu'il ne s'épanche pas chez Desdevises et ne dépense pas ses deniers dans les sex-shops spécialisés SM, mène son enquête sur tous les fronts. Les portables d'Annabelle et d'Angèle sont sur écoute, on s'en doute.

À l'issue de l'exposé de thèse d'Annabelle, qui, dans ses petits souliers, aborde les aspects les plus marquants des effets de la mondialisation sur l'organisation politique de l'État dans les pays de l'Opep, Meyer pose diverses questions pointues et parfois madrées, suivi de Baudoin, assez redoutable. L'attention semble se focaliser sur l'analyse du rôle des nouveaux réseaux sociaux (Facebook, Twitter) lors des révolutions du monde arabe de 2011. Annabelle possède le sujet, assez rebattu il est vrai, et après quelques bégaiements et autres propos asémiques se reprend, compare les travaux statistiques et détaille les commentaires émerveillés que le phénomène a suscités dans les presses du monde entier, presses revenues de tous les enthousiasmes depuis. On ne peut plus l'arrêter, elle redevient brillante. Le président du jury, visiblement satisfait, interroge d'un ton suave et conformément à la tradition : une personne qualifiée du public souhaite-t-elle poser une question à la candidate ? Un ange passe, on va bientôt aller se restaurer, tout va bien. Mais non, en fait. Lug le Papy tapi au fond se dresse sur ses pieds, prend posément appui sur son déambulatoire d'acier, lève haut un bras, et, découvrant dans l'élan son abdomen et le tatouage à première vue celtique qui orne ce dernier, tonitrue :

— Ah dedieu de merde, moi, moi, moi, que oui ! Moi, j'ai plusieurs questions à poser à ma Petiote. Enfin, ma reine ! Depuis que tu fréquentes le Paris des beaux parages, tu nuances, tu fignoles dans les dentelles... Tu encugalailles les moumouches ! J'avais bien compris que tu pactisais, depuis que t'as filé de not' Lorraine française. T'as peut-être oublié la mouise où se débat notre beau pays de France ! Balivernes, ta thèse ! Rigolade ! Boniments !

Annabelle frémit, croise les bras dans un mouvement de défi, dévisage Lug et s'apprête à lui répondre lorsque :

— Renégate ! vocifère l'ancêtre.

Merlin et Brocéliande, dans le même mouvement, grondent.

Le président tousse et se gratte lentement la calvitie, Annabelle blêmit, le timonier chinois se penche vers l'interprète qui interprète ce qu'il peut, le public d'abord tétanisé se retourne dans un bel ensemble et bouche bée examine l'olibrius qui, ravi de son petit effet, tonne en se grattant furieusement les poils de l'abdomen :

— Puisque tous ces mahométans, ces sarrasins, sont libres désormais de faire la bamboula chez eux, pourquoi c'est-y que tous les mauresques qui colonisent le sol français retournent pas dans leur beau pays ? Pourquoi c'est-y qu'ils continuent rien qu'à nous envahir par hordes compactes, ces ratons, et qu'à grignoter le trou de la Sécu de nous autres autochtones ? Et à nous gangréner notre belle race françoise ? Et moi je vous dis, je vous affirme qu'on a perdu une bonne occasion de les foutre dehors, tous ces bougnoules. Par containers entiers. Ah mes enfants ! Vivement que Marine nous reprenne tout ça en main.

Un temps.

— Et j'vous parle que des couscous, j'vous dis rien des négros, ces singes qui violent nos femmes et pillent nos richesses, ça vous heurterait le petit politikly correk. Quant aux deux Sémites tous bouillonnant de judaïsme qui pérorent dans le jury, faut pas le prendre personnellement, mais je constate. T'es qu'une corrompue, plus rien qu'une dégueulasse.

Meyer se lève, blême. Le vénérable Lug le foudroie du regard en faisant claquer trois fois son déambulateur sur le parquet. Jappements des clebs, silence, toussotements.

— Bref, j't'avais vue descendre, mais j'te savais pas si bas, Petiote. Tu m'as déçu. Tu viendras plus aux parpaings.

Puis émane de l'homme un son difficile à identifier : hoquet ou rot ?

Après quelques secondes d'hésitation, un blanc de banquise, des raclements de gorge douloureux, le président du jury estime en chevrotant qu'en se gardant de tout propos à caractère racial, la question des flux migratoires se pose certes avec pertinence dans une problématique politique de la mondialisation, mais qu'il vaut peut-être mieux poursuivre agréablement le débat au Café de Flore, où la candidate a prévu, sans doute ne l'ignorez-vous pas monsieur, une collation.

Papa Mansuy tire Lug-la-Tresse par la manche, le patriarche se rassied à contrecœur, déclarant audiblement qu'il ne va tout de même pas se laisser impressionner par quelques pingouins.

Lug faisant enfin mais provisoirement silence, nous pouvons respirer un peu et laisser le jury pas mal secoué sortir pour délibérer. La demi-heure qui suit paraît infinie à Annabelle, qui tue le temps en passant d'un groupe à l'autre, bavardant quelques instants en anglais avec le chef d'État qui la couve de son regard asiatique et semble presque exprimer un début d'émotion, échangeant quelques répliques mondaines avec les PDG, faisant parfois un détour par les

Mansuy et leur intimant de la boucler sans quoi elle pourrait bien se fâcher, les ficher dehors, ne jamais les revoir, et que ce soit bien clair ne plus jamais envoyer de mandat, elle ne plaisante pas et ne répond plus de rien. Bref, le jury enfin est là, qui vient rendre ses conclusions : Bruno Kern annonce sans surprise, au vu de la qualité de la thèse et du brio de l'exposé, et sans évoquer l'incident pittoresque que l'on sait, la mention très honorable avec les félicitations du jury et ce, à l'unanimité.

On se lève, on s'ébroue discrètement. Le Chinois, sanglé dans un costume de coupe anglaise, très raide toujours, véritable monolithe, se lève et marche. Léo le précède, cornac officieux et compassé. Voilà le bloc qui s'anime et s'approche à petits pas d'Annabelle pour lui faire en aparté et derrière ses lunettes un bref discours que traduit religieusement l'interprète courbé. Puis un baisemain parfait. On s'incline, on sort. La scène est observée par les yeux toujours ahuris du jury et de quelques éminences de l'EHESS, qui s'interrogent pas mal, après tout la Chine est évidemment la première bénéficiaire de la mondialisation, elle en est le cœur, d'une certaine manière, elle l'incarne, synthétise Baudouin. Bof ! bougonne Meyer. Vui, vui, pépie Pépin. Il s'agit bien d'un phénomène qui affecte le politique, puisque la mondialisation marchande a fait passer le pays du messianisme révolutionnaire au cynisme économique le plus assumé, développe D'Anduze. Il n'est donc pas tout à fait improbable que, analyse donc Baudoin. Sciences Po, c'est Sciences Po, asserte en retour et tautologiquement D'Anduze, qui est aussi vice-président. Mais enfin, vous êtes sûr ? Écoutez, franchement, j'ai bien regardé et j'en jurerais. Décidément, que d'émotions, ricane Kern qui assure n'avoir jamais vu un binz pareil et s'en taperait presque les cuisses.

L'aréopage bigarré descend ensuite le boulevard Saint-Germain en direction du Café de Flore, où Léo a fait les choses en grand.

Ce n'est pas un vulgaire mousseux de pot de thèse qui accueille la petite troupe au premier étage, réservé pour la circonstance, mais une Veuve Clicquot – Léo qui a bien perçu qu'il fallait détendre l'atmosphère veille à ce qu'elle coule à flots. On prend place sur les bancs en moleskine, on bavarde. Annabelle et le Papy se sont réconciliés, Merlin lèche les mains de la Petiote, Lug a même accablé d'une étourdissante grêle de baisers sa petite-fille dont il s'est dit au bout du compte très fier :

— Tu iras loin, mouflette, tu sais causer ! Mais méfie-toi de tes relations.

Fuchs paraît enchanté. Il aurait un petit faible pour sa doctorante que nous ne serions pas surpris, disons même qu'avec ses cheveux très courts et ses cils blonds, longs et courbes comme des faux, son air réfléchi parfois démenti par un rire d'enfant joyeuse, elle est tout simplement exquise. Et puis, il est moderne, cet homme, et considère qu'il faut envisager en termes pragmatiques l'ouverture de l'enseignement supérieur en général et de Sciences Po en particulier aux jeunes issus de milieux défavorisés. Plus le champagne coule et plus les langues se délient, phénomène universel et finalement très agréable. Les deux PDG se poussent du coude pour arriver au plus près d'Annabelle qui, sans les snober, les tient vaguement à distance. Léo lui a appris à faire monter les enchères et, en toutes circonstances, elle applique ses saints principes. Le petit Froggio dit Bulldozer, connu pour préférer les brunes, tente toutefois une OPA agressive, agite la Rolex, joue des coudes. Mais Colloré dit PittMan ne s'en laisse pas conter, les raids inamicaux, il connaît : il enveloppe du regard, roucoule des superlatifs. Annabelle sourit, polie, inaccessible et se laisse entraîner vers les toilettes pour dames par Fred, un rapide instant.

Césari, pour se faire oublier, boit lui aussi, se fait vaguement passer pour un ancien professeur d'Annabelle, bavarde avec les camarades gourmés de la fraîche diplômée, les fait un peu parler. Les étudiants étant déjà fin saouls, il en apprend de belles. Léo suit l'affaire du coin de l'œil et ne trouve rien de mieux pour l'instant que de remplir le plus souvent possible la flûte du flic. Mais notre Césari n'est pas né d'hier et tient par ailleurs fort bien l'alcool.

Ce petit jeu n'échappe pas à Annabelle, qui interrompt un instant sa conversation avec Roger Fuchs, s'approche du Gros, lui demande qui est ce type au grand nez, là-bas, tu sais, ce jeune zigue plus ou moins bossu, vêtu comme un clodo et qui se siffle des Clicquot sans désemparer en interviewant assez peu discrètement mes petits camarades. Tu connais ?

— T'inquiète, ma biche, je me renseigne. Retourne donc avec Fuchs, il m'a glissé qu'il voyait pour toi une très belle carrière dans la diplomatie. Tu vois un peu le potentiel ? Je commencerais bien par les States.

— J'aimerais autant que le monde vienne à moi, déclare Annabelle, décidément requinquée.

A 5

Quitte à se retarder un peu à Roissy, Angèle a fait, contrairement à ses habitudes, enregistrer sa nouvelle valise (fuchsia) et vole pour l'instant au-dessus d'une mer de cumulus suggestifs vers la capitale. Elle potasse un livre dont elle surligne régulièrement certains passages, et dont le titre *(Les Plaisirs de l'amour lesbien)* semble aimanter le regard de ses voisins de droite et de gauche, qui délaisseraient bien leur *Figaro*, mais qu'elle n'entraperçoit même pas. Le sommaire (jeux de seins, jeux clitoridiens, la pénétration vaginale, la pénétration anale, les partouzes, les gadgets) lui a paru suffisamment complet pour qu'elle en fasse l'achat à la librairie Plume(s) de Millau-centre, définitivement bien mieux pourvue qu'elle l'avait espéré.

Une affirmation la laisse pensive : « Le godemiché de votre douce amie est authentique. C'est un véritable pénis lesbien. » L'imagination enflammée, elle fouille son sac à main, à la recherche de son carnet en moleskine dans lequel elle entend noter quelques idées d'histoires. Et zut ! Elle est partie si vite qu'elle l'a oublié. Mais après tout, peu importe : elle n'est pas à Paris pour écrire, mais pour apprendre.

On récupère la valise, puis taxi jusqu'à la rue Peter. On vérifie qu'aucune intrusion n'est venue troubler la quiétude du lieu : tout paraît en place, mais rien ne l'est. Césari le bougre a inspecté de fond en comble. A même piqué un déshabillé perle. Pas de commission rogatoire, un peu gonflé mais de bonne guerre. Sans se démonter, on fait glisser sur ses roulettes la valise jusqu'à la cuisine, on en extrait le tupper, qu'on ouvre et dont on inspecte le contenu. Huit minutes au micro-ondes permettent d'obtenir un résultat parfait.

Gantée de latex blanc, Angèle s'empare d'une des dix-huit clés USB qui ont échappé à la vigilance de Césari (bien celées, il est vrai, sous la baignoire, dont il aurait juste fallu songer à ouvrir la trappe, gros benêt de Césari, va, tu ne m'attraperas pas comme ça), pose ensuite sur ses propres mains les grandes mains de Louis décongelées à point et anime icelles de mouvements divers : la clé posée dans la paume gauche est ainsi malaxée par les deux accommodantes paluches, puis saisie par le pouce et l'index droits qui effectuent classiquement, bien qu'avec un peu d'aide, leur geste habile de préhension ; la main gauche se saisit ensuite d'une enveloppe kraft de format A5, tandis que la dextre y glisse précautionneusement l'USB. La fermeture auto-collante facilite la fin de l'opération.

Angèle se déleste un instant des mains aristocratiques autant qu'obéissantes et se dirige d'un pas rapide vers l'atelier de Louis. Elle extrait, entre les pinceaux et les brosses, l'un de ses célèbres marqueurs rouges. Revient à la cuisine, où elle inscrit – reproduisant l'écriture scripte du pianiste qui n'est pas bien difficile à imiter, mais elle s'est amplement entraînée et ne marque aucune hésitation – une adresse. Les trois timbres lui posent à vrai dire plus de problèmes, allez donc les décoller de leur carnet sans les déchirer avec les grands doigts du Louis puis les disposer régulièrement sur l'enveloppe... Avec un peu de concentration on y parvient toutefois et, d'un coup de paume morte bien senti, on scelle le pli. Après quoi, sans traîner et en prévision de services ultérieurs, on range celles qu'on sait dans leur boîte hermétique, laquelle est accueillie par le compartiment congélateur du réfrigérateur un peu vieillot.

C'est en alternant bus, taxi et métro qu'Angèle se rend ensuite du côté de Bastille, rue Sedaine, où elle glisse le bref paquet dans la boîte aux lettres de la poste, du côté réservé à « Paris uniquement ». Elle fait quelques frais d'épicerie non loin, au Monoprix de la place Voltaire, trente-cinq euros environ qu'elle règle avec la Mastercard de Louis, code 1935, son année de naissance, facile à retenir, non ? C'est ensuite avec la même méthode d'alternance rapide taxi-bus-métro qu'elle rentre chez elle, trimbalant les provisions. Retour rue Peter où il est temps de se faire couler un bain chaud et de s'apprêter pour la soirée.

NAT

Nous retrouvons M. le commissaire quelques heures plus tôt au commissariat du 13ᵉ, plus négligé qu'à son ordinaire, arborant sans honte un costume maculé de ce qui semble être de la boue et peut-être même, mais sans doute nous méprenons-nous, peut-être même pire. Puant comme un porc, fatigué par un aller-retour en province, pressé, très, il s'évertue donc à bouter hors Le Grontec, Le Grontec qui certes peut délivrer d'intéressantes informations et qui dans cette affaire n'est pas tout blanc, tant s'en faut, mais qui franchement devient collant, Le Grontec chez qui la disparition et la possible réapparition de Louis prennent un tour littéralement obsessionnel.

— Détendez-vous, mon cher, prenez des vacances. Pourquoi pas les îles, hein ?

— Que non, que non, monsieur Césari. Il me le faut pour fin mars. Le Japon, vous comprenez ! Depuis que son absence a fuité sur le Net, les Japonais ne me lâchent plus. Une pression !

On joue à guichets fermés, rendez-vous compte. Qu'est-ce que je peux faire, moi ?

— Très simple : dire qu'il fait une pause dans sa carrière. Ça s'est vu, vous savez.

— Impossible. Les assurances ne suivront jamais.

— Elles le feraient s'il était mort.

— Vous voulez me tuer.

— On se calme, Le Grontec, on se calme. Il est peut-être bien mort, votre zigue.

— Vous plaisantez ?

— À peine.

— Mais enfin, merde. Toujours pas d'avis de recherche ?

— Surtout pas.

— Vous avez enquêté sur Malis ?

— J'ai.

— Pas net du tout, vous savez, très mauvaise réputation dans le métier. Un faisan.

— Nous investiguons, nous investiguons, monsieur Le Grontec, assure Césari en s'éloignant de son interlocuteur qui empeste furieusement l'alcool fort, pour cette heure encore matinale.

Mais Le Grontec continue à maugréer : et qu'il aime son Louis, et que ce n'est pas qu'une question d'argent, si on savait. On sait, et on connaît la chanson.

Césari regarde de biais le suspect, soulève conjointement les deux bras en signe d'impuissance, ou peut-être d'exaspération, ou peut-être les deux. Mais il est bon bougre, s'approche de l'impresario affalé sur le siège en skaï gris, le prend aux épaules, le secoue fraternellement et lui glisse à l'oreille : « Lâchez prise ! » Et je crois reconnaître dans le conseil et le ton choisi pour le proférer la douce voix de Desdevises du Dézert, chez qui, justement, nous avons rendez-vous.

Nous abandonnons donc Le Grontec reniflant sur son siège et nous dirigeons vers la rue Beethoven, où Desdevises considère que tous les retards font sens et que celui-ci est à analyser. Elle est tout ouïe et de mauvais poil.

— Angèle a quitté Bazeuges-sur-Cirq ce matin très tôt, je suis arrivé en fin de matinée avec Ubersfeld, de l'Institut national de la police scientifique. La gendarmerie locale m'attendait.

— Pas de récit, monsieur Césari, pas de récit. On associe.

— Ces gendarmes sont des butors. Ils ont défoncé la porte d'entrée, Angèle ne verra que ça en arrivant.

Un temps.

— Cela dit, elle nous promène. Elle mérite d'être punie.

— Punie. Associez. Développez.

— Punie. Fessée. Ligotée. À ma merci. Il me faudrait un lieu dédié à sa punition. Un grenier ? Une cave ? Oui, une cave.

Et comme Desdevises monte sur ses grands chevaux et réitère d'un ton sec ses habituelles mises en garde au sujet du passage à l'acte, Césari lève les yeux au ciel, émet un petit rire méphistophélique, garde pour lui ses noirs projets et embraie sur ce que la thérapeute appelle bien un récit, mais qu'elle ne peut endiguer, relation tumultueuse et circonstanciée au cours de laquelle elle apprend qu'après l'examen infructueux de la rue Peter, la semaine dernière, Césari ayant appris par les services des douanes que Mme Guillometaz s'envolait pour Paris s'est précipité le matin même vers le premier vol en partance pour Montpellier, qu'il était accompagné d'Ubersfeld qui n'a pas décroché un mot, que les poulets du coin lui ont confié une 207 bleu marine qui l'a conduit à Bazeuges-sur-Cirq, magnifique, Bazeuges, très sauvage, où, aidé d'un important effectif policier dirigé par Eusèbe Polisson, il a passé au crible la villa et ses abords.

Ajoute qu'un individu de sexe féminin se trouvait à l'intérieur de ladite villa, une certaine Nathalie, petite blonde toute de rouge et de soie vêtue qui œuvrait dans les étages supérieurs et se trouvait reliée à son iPod distillant de la techno (The Zombie Kids et Flux Pavilion, si nous entendons bien). Ne les ayant pas entendus entrer en disloquant la porte, ladite a donc poussé quelques courcaillets d'effroi lorsqu'elle a aperçu la petite troupe. N'a interrompu son ménage que sous la menace. A distribué sans faiblir et avec une célérité surprenante des baffes sifflantes aux six malabars qui avaient entrepris de vider à même le sol le contenu des armoires, placards, tiroirs, et tout le tintouin. A tenté d'atteindre avec des intentions agressives et avec une double pique à poulet l'entrecuisse de Polisson lorsqu'il a voulu vider le dressing d'Angèle. Y est parvenue, laissant le flic à terre et en larmes. Et n'est sortie de la villa que de très mauvaise grâce et à dire vrai au prix de quelques menaces d'anéantissement gueulées à ses oreilles par les gendarmes excédés.

D'une toute petite voix, Césari ajoute :

— Angèle porte des bas.

— Hum ?

— Des bas gris perle, des bas noirs et parfois des bas blancs.

— Bon, on associe. Des bas.

— Elle porte beaucoup de satin.

— Satin.

— Elle a trois guêpières. Et même une rouge.

— Hum ?

— Cette garce.

Césari se tait, rêve, sans nous, ou avec. C'est tout de même une meurtrière de sang-froid, notre donzelle. Il n'en doute pas.

Bref le flic rêve et reprend.

— J'en ai pris une.

— Pris, on associe, nom d'un petit bonhomme !

— Pour les besoins de l'enquête.

— Monsieur Césari, au fait.

— Gris perle.

— Césari, si vous me racontez votre vie, je vous flanque dehors, c'est bien clair ? Retrouvez-nous plutôt vos rêves, mon grand, reformulez-les et tâchons de les analyser. Les rêves, ajoute-t-elle comme un mantra, sont la voie royale de l'inconscient, vous n'êtes pas pour l'ignorer. Elle tape ensuite dans ses mains comme une institutrice qui rappelle à l'ordre des écoliers étourdis et prononce, pleine d'entrain : On y va.

On y va certes, mais ailleurs, à Bazeuges toujours et encore, le commissaire restant, en dépit de toutes les injonctions, intarissable sur le sujet d'Angèle. Il la suspecte, et elle s'entête à le prendre pour le con de service. Il apprend ainsi à Desdevises qui, derrière ses protestations de pure forme, il le sent bien, cache mal un intérêt de lectrice de polars pour la suite de l'histoire, elle n'attend que ça, la friponne, lui apprend donc qu'il a découvert sur le bureau d'Angèle un carnet en moleskine noire donnant à lire une liste titrée « livres à écrire », et dans laquelle était mentionnée, en trente-quatrième position, l'« histoire du concertiste découpé en morceaux », et en trente-cinquième, l'« histoire du petit flic idiot du 13e arrondissement ». En gros.

3D suspend son souffle.

Les six techniciens d'investigation criminelle sous les ordres d'Ubersfeld ont passé au crible le cellier, la chaufferie, l'ancien poulailler transformé en remise à bois, l'ancien four à demi effondré, les toilettes sèches badigeonnées de lait de chaux, le jardin et le potager. Pour ces deux derniers lieux, la pelleteuse de l'agriculteur Ricou a été réquisitionnée. Nathalie, la microscopique blonde déterminée, a essayé de faire barrage de son corps lorsque les gendarmes ont entrepris d'excaver le carré de topinambours, où ils n'ont, de fait, trouvé que des tubercules rougeâtres en abondance, horribles racines informes constellées de protubérances qui font penser à des verrues hypertrophiées. Ainsi que des restes de crottin de cheval que ladite Nathalie a entrepris de leur faire bouffer en traitant ces muscles de petites taffioles, et un os, de poulet a précisé Ubersfeld sans tiquer et en remplissant quelques fioles de l'humus environnant. Il a fallu la ligoter, cette forcenée, ce dont Césari s'est chargé personnellement, il le précise en gloussant. Desdevises lui demande s'il a mené à bien l'opération avec les menottes plumes volupté, Césari enchaîne.

Les brigades cynophiles ont fait leur apparition sur ces entrefaites. Césari n'était pas trop pour car il a peur des chiens, cet homme, une trouille monumentale et incontrôlable, c'est à peine s'il ne s'est pas perché fissa tout en haut du noyer, au cas où. Une phobie dont DDD ne vient pas à bout et au sujet de laquelle elle semble même s'être résignée.

Les bergers belges malinois, robe beige, oreilles et museau noirs, très imposants, très énervés, très loups en appétit reniflent avidement Césari, blême et néanmoins stoïque, puis un pull tricoté main ayant appartenu à Louis Guillometaz, avant de s'égailler dans le potager pentu et de descendre au trot enlevé vers le compost, en bas, à gauche, autour duquel ils font grand tapage. Ricou, invité à descendre la pelleteuse jusqu'au lieu où les clebs trépignent, hésite : le jardin étant terrassé avec des murets de pierre, montés à la main par M. Guillometaz qui y a passé un été entier, vraiment il n'est pas très chaud. Il risque de laisser un champ de ruines. Ruinons, ruinons, barrit Césari qui entraîne la troupe, planqué derrière Polisson requinqué et Ubersfeld finalement impliqué, je sens que nous sommes près du but. Au compost, toute ! Il y a là-dessous du monde, les amis, ouh là là. Je le sais, je le sens.

Ricou et son engin descendent, épargnent de justesse les poules et leurs amis les petits lapins mais saccagent le ravissant potager fleuri, tandis que Césari en personne gambille jusqu'au bas du jardin où il joue les Hercule, virant dans un rugissement de joie les cloisons à claire-voie du composteur, qu'il brandit bien haut avant de les expédier d'un geste auguste dans le jardin du voisin. Il désigne d'un coup de menton le tas d'immondices ainsi livré au regard et ordonne qu'on le fouille. Les techniciens d'investigation criminelle, les brigadiers cynophiles, Gérard le farineux, Ubersfeld le pas souriant et Polisson conciliant s'activent. Césari cesse de respirer tandis que Nathalie sifflote insolemment assise en tailleur près des framboisiers et que la horde disperse du crottin, encore, puis du purin d'ortie, terriblement malodorant, des excréments d'herbivores et de granivores, des pelures d'agrumes et de fruits, des tontes de pelouse, des feuilles de chêne et de kiwi, des sédimentations nombreuses d'épluchures, coquilles d'œufs, etc.

Et rien. De la terre souillée, mais peut-être fraîchement remuée. Il faut creuser ! s'enivre Césari.

Les chiens grattent du pied, bientôt chassés par la pelleteuse qui fouille, excave et décaisse avant de laisser agir les brigadiers armés d'outils de jardin glanés ici et là. Toujours rien. Alors Césari, Gérard le sapeur, Ricou, Ubersfeld et Polisson itou, tout ce monde s'y met, fouit avec les mains, se casse les ongles, on couine, s'énerve, on se blesse, ça empeste, ça pullule de lombrics, de cétoines cuivrées, courtilières duveteuses, scutigères véloces, cloportes, acariens pulluleurs, diverses saloperies larvesques, on se gêne, on se bouscule, on s'engueule, on creuse encore, mais non, rien. Pas le moindre petit bout d'os, de cartilage, ou même d'ongle. Pas un cheveu. Les clebs hurlent à la mort.

On pioche encore sur un mètre, au cas où, puis on tombe sur le rocher. En eau et tartiné de terre et de compost, on est bien obligé de concéder que le corps n'est pas là. Les chiens miaulent. L'un d'eux, de dépit, lève la patte sur le jean de Césari.

On procède à quelques prélèvements pour vérification au labo, tout de même. On remplit quelques nouvelles fioles, qu'on étiquette. Ubersfeld va nous regarder tout ça de près et sans tarder.

Et on libère Nat qui s'en retourne à la villa, sereine, souriante, olympienne.

3W

À vingt heures, le 3W, rue des Écouffes dans le Marais, s'avère être un bar très coloré et de dimensions modestes uniquement peuplé de femmes qui préfèrent les femmes. Parmi elles, Angèle identifie facilement, sise au fond, Pilar, déjà en grande forme et à sa troisième piña colada. Cheveux noirs de jais gominés et plaqués en arrière, prunelles chocolat à pépites d'or, grande bouche très rouge et très souriante qui s'exprime avec un fort accent, elle est installée à côté de Lucia, vêtue d'une étrange pelisse et qu'elle présente comme un écrivain de renom, et accessoirement comme son ex, et devant Maria José, coupe au carré, chemisier blanc impeccable, séduisante mais très sage, sa presque ex. Angèle comprend plus ou moins qu'elle est autorisée à s'asseoir à côté de Maria José, sur la banquette où elle n'a qu'une vague chance d'être la future ex de la pétulante Pilar. Évidemment, elle n'avait pas prévu cela. On parle plus espagnol que français, Angèle un peu déroutée commande une double vodka, qu'elle absorbe tel un Vittel-menthe.

Les petites sont belles et parlent haut, Pilar lui fait parfois un clin d'œil difficile à interpréter (taquin ? amical ? d'excuse ? flirt ?), bref les filles communiquent du verbe et du geste sans trop s'occuper d'Angèle, qui observe la faune du lieu. Son regard glisse sans les voir sur toutes les filles, toutes les femmes à cheveux longs, et maquillées et bijoutées. Et, elle le sait d'avance, trop parfumées. En revanche, il est aimanté par les femmes qui ont… autre chose. Quoi, au juste ? Elle ne sait pas. Une grâce dans le regard, le geste, le vêtement. Une ambiguïté. Un mystère. Une allure. Un mélange de détermination et de fragilité. Un charme. Oui, c'est cela, un charme irrésistible et qui la transporte.

Deux brunes aux cheveux courts, au bar, se parlent à l'oreille. Champ, contrechamp, elles oscillent lentement l'une vers l'autre. Leurs regards ne se quittent pas. Les bouches glissent le long du cou pour atteindre l'oreille. Scène hypnotique. La petite en Doc Martens glisse sa main dans la ceinture de la grande, l'attire à elle, hanche contre hanche. Leurs corps se frôlent, s'éloignent doucement, s'effleurent à nouveau. Angèle groggy se lève, s'approche du bar, commande un bloody mary et tend l'oreille. La plus grande arbore, malgré la saison, un marcel très moulant, noir avec un élégant liseré argent, et l'on découvre sur ses épaules exquises tout un entrelacs de tatouages sombres d'inspiration ethnique. Elle ne répond pas au sourire d'Angèle, qui observe ses différents piercings et qui se surprend à trouver ça vraiment très bien, en fait, les piercings. Et les tatouages, encore mieux. En a-t-elle en bas du dos ?

Angèle écoute sa voix, délicieusement grave, susurrer des phrases inaudibles à l'oreille de sa voisine. Qui rit, souvent, tête abandonnée en arrière. La grande ébouriffe rapidement les cheveux de son amie. Qui se rapproche à nouveau. Les corps se meuvent en harmonie, dans une chorégraphie ralentie par le désir, la musique tape, la main de l'une caresse le bras de l'autre pour remonter une bretelle de débardeur qui s'échancrait vers l'épaule. Vont-elles s'embrasser ? Angèle le voudrait mais ne le voudrait pas, son regard se brouille, elle commande un mojito.

La plus petite visse sa casquette, zippe son bomber, effleure des lèvres les lèvres de la grande, disparaît. La grande est seule et semble déterminée à le rester. Angèle aperçoit une petite cicatrice blanche sur le velours de la joue, jolie comme une larme. Que faire, s'interroge-t-elle, que faire sans brusquer les choses, mais sans trop s'éterniser, je la sens prête à s'expatrier, cette sublime.

— Un mojito pour madame, demande-t-elle à la serveuse bouclée.

La bouclée sourit et glousserait presque en levant les yeux au ciel, tandis que la grande brune sursaute, sans qu'Angèle parvienne à déterminer si c'est le madame, le mojito, ou son initiative qui déplaît. Mais notre Angèle ne se démonte pas, c'est le moins qu'on puisse dire, la voilà qui sans sourire élève son verre en direction de celui qui arrive et dont se saisit la brune, la brune qui porte une bague en argent, large, aux deux pouces. Angèle prononce « À tes yeux » et sent bien, au regard retour, que ça va être beaucoup, considérablement, infiniment plus compliqué qu'avec les hommes. Qu'il va falloir en rabattre sérieusement.

Ne pas baisser les armes pour autant. Trouver le passage. Déchiffrer.

Dans son dos se glisse une main, une main chaude qui remonte la colonne vertébrale et caresse la nuque : voilà la vibrante, la pétillante, l'épatante, l'horripilante Pilar qui vient voir comment ça se passe, si tout va bien par là, qui la tire vers elle, qui lui dit dans son sabir et d'un air de reproche, mais alors, je ne te plais plus ? Angèle la prend par la taille de la droite, la rapproche d'elle en glissant sa gauche au creux des reins, la regarde, si belle, regarde au loin les ex qui suivent attentivement la progression des opérations, la rapproche encore d'un cran, et rit. Nous voilà bien. Pilar est franchement despampanante campée sur ses talons, pantalon moulant taille très basse, nombril offert, cambrure ibérique, il ne nous manque que les banderilles et la cape pour s'écrier Olé, mais vraiment, non, c'est l'autre qui plaît, maintenant, l'autre au bar, qui, hélas, reste distante, et n'émet aucun signal lisible d'encouragement.

— À ta bouche, s'obstine Angèle qui se dégrafe de Pilar. Et de trinquer à nouveau avec le mojito de la grande brune.

Laquelle condescend à se dévisser de quinze degrés sur son tabouret et à jeter un regard en coin sur l'imprudente. Et voit la rivière des cheveux, l'orgueil du nez, le charme des yeux verts, la classe folle, merde, et l'émotion qui lui humecte les yeux. Marque un temps. Se concentre sur le mojito. Pilar se fait câline, murmure aux lèvres d'Angèle : tu me rejoins bientôt ? Avant de chalouper sa croupe hardie vers le fief des ex.

À ce point de l'affaire, Angèle se fumerait bien une cigarette, et même un petit pétard pourquoi pas, et en fait part à la silencieuse. Qui a tout ce qu'il faut, qui propose qu'on sorte un instant. Enfile son blouson bleu marine très près du corps, glisse du tabouret comme une mouflette d'un toboggan et sort du famous Woman With Woman, toujours mutique. Angèle suit. Dans la rue, saisie par le froid, elle grelotte le moins possible, laisse la brune rouler ce qui doit l'être, l'allumer, en aspirer quelques bouffées, lui refiler le joint du soir.

— C'est la première fois que tu viens ici.

Ce n'est pas une question. Angèle convient à contrecœur que.

— C'est la première fois tout court.

Angèle boude aussi discrètement que possible.

Tu as vraiment tout, mais tout à apprendre

Évidemment, c'est odieux, c'est humiliant.

Mais prononcé avec cette voix dans les graves qui vous prend au ventre…

— Tu connais pas les codes, tu fais toutes les gaffes et tu ressembles à une hétéro.

Angèle alors proteste :

— Qu'est-ce que t'en sais ?

— Et tu meurs de froid en plus, souffle la brune qui ôte dans le mouvement, et comme si ça allait de soi, son étroit blouson froncé à l'encolure et entreprend d'en revêtir Angèle.

Et ce geste, ce geste que tant d'hommes ont accompli par un effet de galanterie convenue, et qui la laissait froide, ce geste devient soudain formidablement érotique, et la nuque d'Angèle ploie sous l'effet de l'émotion.

Un regard, ensuite, un vrai. Angèle se rapproche, frictionne doucement les bras dévêtus, les bras fuselés, les bras finement musclés, les bras tatoués, les bras déjà tendres et qui l'enlacent timidement. Regarde, la bouche, les yeux, la poitrine menue, les yeux d'encre, encore. Glisse les mains derrière la nuque, approche la bouche de la bouche et murmure : montre-moi.

S.C.

— Bien monsieur, je vous ai laissé le courrier sur la desserte de l'entrée.

Kimiho, la fille de la concierge, est partie, la gentiane est finie, Le Grontec gémit. Puis s'affale sur le dos, s'endort une heure. Se réveille avec un mal de tête à pleurer, ce qu'il fait. Se dirige en hoquetant vers la desserte, se demandant comment il va affronter les nouvelles factures. Et comme prévu, EDF, syndic et son opérateur téléphonique. Il abat un poing furieux sur le tas et se fait mal à l'index, doigt replié dans le geste de colère. Farfouille dans le tas de lettres et tombe sur une enveloppe kraft sur laquelle il reconnaît, mais peut-être hallucine-t-il, peut-être est-ce l'effet de la gentiane, mon dieu, ce n'est pas vrai : l'écriture de Louis.

— Louis, mon Louis ! C'est toi ?

Et Jacques de baiser l'enveloppe, de l'ouvrir précipitamment, ivre de joie, d'en extraire une clé USB topaze, sur laquelle figure une petite étiquette ornée de deux lettres et deux points : S.C.

Sur l'ordinateur, l'agent découvre un fichier son, qu'il ouvre puis écoute. Écoute encore, ébahi. Branche ses enceintes Logitech X-530 – Home Cinéma PC 5.1 sur le laptop et écoute à nouveau, cinq, dix, vingt fois. S'agenouille, lève haut les bras, remercie le Tout-Puissant et appelle Césari.

Le flic ignore le pyjama poussin, les relents d'alcool, la clé USB et exige l'enveloppe. Comme Le Grontec ne sait plus très bien ce qu'il a pu en faire, M. le commissaire se fâche très fort. Jacques n'en a cure, qui lui répond, qui lui chante, lui barytonne « Écoutez ça ! », tout en introduisant la clé dans son Toshiba d'un geste de prestidigitateur inspiré.

Une cascade de notes déferle, puissante, subtile, étrange. Césari ne joue pas les mélomanes, ne s'extasie pas, observe sans la toucher la fameuse clé et continue à se fâcher en furetant partout :

— Trouvez-moi l'enveloppe, bordel de m…

— C'est sublime, c'est parfait, ça enterre une deuxième fois Rachmaninov. Le Florestan est tout simplement fabuleux. Et dire que ça fait quinze ans, peut-être vingt ans que je lui souffle qu'on doit l'enregistrer, que je le supplie, que je le tanne, et voilà, il disparaît, il s'isole, et il donne tout.

Césari finit par trouver la fichue enveloppe glissée sous l'oreiller de Le Grontec, comme un doudou. Enfile des gants de latex blanchâtres et s'en saisit avec précaution. Comme il s'étonne que le nom et l'adresse du destinataire soient quasiment illisibles, Le Grontec confesse : j'ai pleuré de bonheur. Les bras de Césari en tombent.

— Je vous préviens, Le Grontec de mes deux : si vous recevez un autre paquet de ce fou, pas touche. C'est bien clair ?

On n'entend pas bien ce que Jacques maugrée.

— S.C., c'est un code ?

— Non, enfin, oui, si vous voulez. Schumann, le *Carnaval*. Rendez-vous compte que Louis a toujours refusé de l'enregistrer, c'est magnifique, c'est un miracle, c'est le plus beau des cadeaux.

Et le Jacques de fondre à nouveau en larmes.

— Vous êtes sûr que c'est Guillometaz ? grogne le commissaire que ces effusions commencent à agacer sévèrement.

— Mais enfin, commissaire, s'indigne-t-on, vous m'insultez. C'est du Louis, du meilleur Louis. Le toucher, l'intensité, les pianissimo, tout y est.

Césari regarde ses pieds, attend.

— Sur un Steinway, évidemment, si c'est ce que vous voulez savoir.

— Le Steinway de la rue Peter ?

— Un Steinway des années 1980. Comme celui de la rue Peter. Comme des milliers d'autres. Je ne peux rien affirmer de plus.

— Qualité de l'enregistrement ?

— Excellente, un son impeccable, pratiquement pro, on n'y verra que du feu, débite Le Grontec avec une faconde de bonimenteur de foire, et le voilà qui tape des deux talons : Deutsche Grammophon va nous faire un pont d'or, non mais vous imaginez, l'artiste se retire du monde pour livrer le meilleur de lui-même à son public, où donc se trouve l'introuvable anachorète du clavier ? C'est romanesque en diable, c'est époustouflant, c'est mieux que les pin-up à Cannes et à Saint-Barth, c'est du meilleur Louis. On va se l'arracher.

Peut-être, mais pour l'instant, c'est M. le commissaire qui s'empare de la clé de l'ordinateur, sans avoir pris la peine de la déconnecter, l'associe à son couvercle et la glisse dans un petit sac en plastique transparent, qu'il zippe, avant de procéder de même avec l'enveloppe. Il s'attend à ce que le prévisible Grontec se récrie, s'effondre, ou lui torde le cou. Mais l'autre reste fort digne tandis que Césari le salue sans le voir et disparaît.

Jacques Le Grontec paraît un peu niais, comme ça. Mais il a sauvegardé le fichier sur son Toshiba et a déjà envoyé un mail avec dossier joint à Deutsche Grammophon et Warner Classics International. On est sentimental, on est très ému, on est fin saoul, mais les affaires sont les affaires.

KRO

La femme de Louis Guillometaz s'est enfin décidée à l'appeler comme elle le lui avait naguère demandé, galerie Wapler.

Angèle lui a paru beaucoup plus à l'aise au téléphone que lors de leur rencontre, où divers indices lui avaient donné à penser que cette personne était un peu simplette, la pauvre. Ou peut-être sous le choc de la disparition de Louis ?

D'une belle voix chantante, Angèle a derechef proposé un dîner : prenons le temps de parler. Et comme Froggio, franchement, ça ne la tente que fort peu, même s'il offre volontiers, paraît-il, de très belles bagues, Annabelle a accepté avec plaisir.

— Où ? s'est-on interrogé.

— Chez vous ? a risqué Angèle. Je passerai chez un traiteur, je m'occupe de tout. Nous serons plus tranquilles pour parler, n'est-ce pas ?

Et après tout, pourquoi pas, s'est dit Annabelle, ça la changera des restaurants où on l'exhibe. Ce soir, elle ne sera pas un signe extérieur de richesse.

Elle reçoit Angèle en toute simplicité : nul maquillage, un débardeur blanc, pas de soutien-gorge (ô bonheur, voir ses seins ravissants bouger sous le coton), les pieds nus, un jean slim taille basse, déchiré, et qui laisse apercevoir un tout petit peu le satin de la peau. Les cheveux, lavés, encore mouillés, sont plaqués en arrière. Angèle la trouve donc à se damner, féminine mais garçonne que c'en est un miracle, encore plus belle et plus grande et plus tout que la dernière fois, et comme la dernière fois, et sans trop savoir dans quel ordre, elle entreprendrait bien de la renverser, sans lui demander sa façon de voir ni son opinion, là, sur la moquette et immédiatement, de la dévêtir en profitant de l'effet de surprise, de la retourner, de la mettre à quatre pattes, de la lécher, de la caresser, puis de la faire rouler sur le flanc droit, puis sur le dos, les jambes remontées battant l'air, et par diverses pénétrations déclencher un orgasme multiple et peut-être même simultané, mais elle tient le choc ce coup-ci, ayant anticipé, et reste neutre. Gestes déliés, respiration calme, sourire bienveillant : elle dispose, sur la table d'Annabelle, sushis, saké et canettes de Kronenbourg.

De quels lieux communs peut-on débattre avec une pute ? Quelles banalités échanger avec la bourgeoise de son amant ? Les deux femmes, grignotant le poisson cru, se regardent silencieusement sans trop savoir par où commencer.

Mais Angèle, là encore, a étudié le terrain et tout prévu, et engage la conversation sur le rail des études d'Annabelle. Laquelle lui en sait gré, voilà un sujet qui plaît, et de développer à grand train sur son sujet de prédilection (tenants et aboutissants politiques de la mondialisation), de faire étape par quelques exemples (son quotidien rue Saint-Guillaume, sa thèse, récemment soutenue), de dresser quelques perspectives en envisageant plusieurs destinations professionnelles, journalisme, diplomatie, mais aussi, pourquoi pas, consulting finances. Puis, très courtoisement, la voilà qui oblique et arrive en gare de Millau : est-ce qu'Angèle enseigne toujours en province, est-ce que tout se passe bien, a-t-elle la vocation ? Angèle s'avoue un peu perturbée par la disparition récente de Louis, indique que suite à son congé maladie elle envisage de prendre du champ et une disponibilité pour se consacrer un peu, pourquoi pas, à l'écriture. Annabelle s'enthousiasme, passionnant, vous avez à nouveau quelque chose en cours, mais oui, plusieurs pistes en fait, bref on cause. On boit aussi du saké. Et de la Kro, beaucoup. Et du champagne, Annabelle a sorti une bouteille : on alterne.

Pendant qu'elle parle, Angèle s'entend parler : ses mots articulés résonnent, elle ne sait plus très bien si ce qu'elle dit est organisé ou chaotique, elle est comme détachée d'elle-même, de son corps qui paradoxalement est très présent, très pesant, qui lui paraît brûler et rougir. Sa conscience plane au-dessus d'elle, dans l'éther du doute. La tête tourne, entre ivresse et peur panique. Elle ne sait qu'une chose, c'est qu'Annabelle est là, enfin, mais que ce miracle ne durera qu'une heure ou deux, et la perspective du néant que sera son absence lui humecte les yeux. Qu'elle ferme, concentrée sur l'instant. Sous l'odeur du parfum elle perçoit celle de la chair. La voix un peu voilée, chantante, parfois hésitante, est un enchantement. Rouvrir les yeux. Il est clair que sa façon de pencher le cou vers la droite avant de préciser une idée la bouleverse. Mais qu'elle est belle ! Comment fait-elle pour être aussi gracieuse sans presque bouger ? Angèle regarde battre une veine claire au creux du cou. Elle rêve qu'elle ose approcher ses lèvres de celles d'Annabelle. Une sorte de sortilège la cloue sur place.

La petite tient admirablement l'alcool, se boulotte les sushis dorade et les thon spicy, les makis chèvre frais tomates séchées et les tekamis au tartare de saumon comme un rapide apéritif, tout est englouti en cinq minutes. Elle savoure ensuite lentement le gingembre présenté en lamelles en gloussant de satisfaction. Elle avoue alors en riant avoir une faim de gueuse – elle a enchaîné les clients aujourd'hui, du tout-venant. On se dirige vers le frigo, Angèle à la suite d'Annabelle dispose d'une vue privilégiée sur sa nuque (vous avez vraiment encore faim), son dos (cela dit, moi aussi), ses fesses (j'aurais dû prévoir quelque chose de plus consistant), ses cuisses (la prochaine fois je n'y manquerai pas), ah ses cuisses, et là encore, envisage divers ébats sur le carrelage blanc (mais la prochaine fois, je vous invite chez moi), sur le lave-vaisselle (je vous ferai une truffade aux cèpes, vous allez adorer), accrochées au lustre (avec du cumin c'est irrésistible), autant que sur et sous la table (accompagné d'un côtes-de-bourg ce sera parfait).

Mais rien. Corps tétanisé. Elle joue donc les épouses sages et se concentre sur le contenu du Smeg. Qui recèle, entre autres merveilles, un petit carré d'agneau qu'Annabelle avait prévu pour le lendemain (elle reçoit Léo à qui elle souhaite exposer le plus discrètement possible quelques importants projets immobiliers), mais que son appétit exige dès ce soir.

Pendant que le four s'emploie à saisir ce qu'on lui a confié, les deux femmes devisent sur le canapé, assez favorable à diverses manœuvres de rapprochement, on note d'ailleurs qu'Annabelle semblerait dans cette atmosphère gourmande et amicale s'alanguir, mais Angèle, qui se sent fondre à quelques centimètres de la splendeur, rosit puis blêmit, regarde les yeux puis la bouche d'Annabelle, frissonne et se contente en authentique idiote d'entretenir gaiement la conversation. La jeune femme paraît, pour sa part, assez troublée, lorsque après diverses considérations culinaires, elle enchaîne sur Louis, vous aviez compris, bien sûr, que c'est de lui que je souhaitais vous parler.

Elle aurait, pour reprendre ses mots, des révélations à lui faire.

— Eh bien, quoi, au juste ? interroge Angèle.

— Il n'a pas pu disparaître. Impossible.

Angèle, perplexe, parfaitement crédible à mon sens, répond :

— Mais si, il a filé, ce con !

Sur ce, la belle s'empourpre, bat des cils. Des larmes perlent.

— Vous vous étiez disputés, c'est ça ?

— Oh, non.

— Mais alors ?

— Angèle.

— Annabelle.

— Je crois qu'il est mort.

— Non ? (Angèle écarquille les yeux.) Mais enfin, pourquoi ?

— Une lettre. Que voici.

Comment la missive a-t-elle pu entrer dans la poche du slim si près du corps, Angèle se le demande, mais prend la peine de la lire, ou plutôt de la relire – la dictée avait duré deux heures, le Louis condamné résistait (jamais, jamais je n'écrirai ! Chienne ! Monstre ! Mon amour !), il avait fallu se montrer persuasive, elle avait cru ne jamais y arriver. Elle le revoit, avec ses airs de chien battu... Ligoté jusqu'à la ceinture, le visage tuméfié, un œil crevé et comprenant enfin l'issue. Décidant avec philosophie d'écrire pour abréger ses souffrances. Puis se ravisant, suppliant, promettant encore... Il avait bien fallu couper court. D'abord une main, la gauche... Le sang avait giclé, tachant la missive. Il avait fallu tout reprendre à zéro. Bref, souvenir pénible.

Les propos, tracés d'une écriture chahutée et à l'encre bleue de l'habituel Montblanc, sont assez confus, Louis parle de lui à la troisième personne et se désigne comme Dieu, Angèle feint de découvrir le tout et soupire en commentant d'un ton de connivence : nous voilà encore face à un délire du vieux. Ledit vieux évoque avec force détails les cavaliers de l'apocalypse galopant pour faire périr les hommes par l'épée, la famine et les bêtes sauvages de la terre : la fin du monde, à le lire, est proche et certaine. Si l'on comprend bien, il est aussi question des efforts surhumains par lui accomplis pour endiguer le processus mortifère, de ce qu'il faut bien appeler un échec, d'un fort sentiment d'absurde, d'une mélancolie profonde, d'un dégoût infini pour les choses du monde, pour la musique, pour la viande, pour les corps, pour la société de consommation, pour la vieillesse et pour tout ce qui, en lui, bat de l'aile. Le texte se conclut sur la volonté d'en finir. De se fiche à la Seine. Marre de tout. Suivent quelques mots attendris et des formulations redondantes de demande de pardon.

Angèle revoit la main restante, la main secouée de tremblements mais encore solidaire du corps, puis se replonge dans la lecture. Elle ne peut s'empêcher de penser que sa prose est bien tournée, dans le genre. Elle regarde Annabelle en secouant la tête dans un geste de refus :

— Mais c'est pas vrai ! murmure-t-elle. Il s'est tué ! Le pauvre, ô le pauvre !

La petite fond en larmes. Comme elle est belle, ainsi secouée par les sanglots… Le cœur d'Angèle bat dans sa gorge, elle voudrait s'approcher, lécher ses larmes, caresser ses joues ses lèvres son cou, mordiller ses oreilles mais non. Annabelle pleure toujours, Angèle suit le mouvement, on tombe dans les bras l'une de l'autre. On pleure plusieurs minutes, l'une contre l'autre. Il faudrait que ça ne finisse jamais, il faudrait que le visage d'Annabelle reste ainsi lové contre celui d'Angèle, c'est si doux, mais Annabelle se redresse hélas, pour aller arrêter le four. Vous l'aimez rosé ?

Pendant les agapes, Angèle convient, très émue, qu'elle avait trouvé Louis vraiment changé ces derniers mois, anormalement taciturne. Il était devenu invivable.

— Qu'est-ce que je dois faire, demande la petite.

— Prévenir Césari, commissariat du 13e. Il est chargé de l'enquête.

— Je suis sincèrement désolée, Angèle.

Je ne sais pas pourquoi Angèle n'a pas besoin de se forcer pour fondre à nouveau en larmes. Et ne trouve pas très surprenant qu'Annabelle, bouleversée, se lève, la prenne par la main, la conduise jusqu'au canapé et la console très tendrement.

ADN

Césari a annulé son rendez-vous chez Desdevises, c'est tout dire. Il est aux cent coups. Perplexe. Il souffre de nuits agitées. Est travaillé par des cauchemars récurrents : en général, un orchestre entier constitué de membres disloqués et sanguinolents interprète furieusement le *Tannhauser* de Wagner. Le pauvre bougre se réveille en sursaut, en sueur et en rage, car enfin Angèle le balade. Elle lui a planqué le corps. Elle a aussi planqué d'autres corps. Cela suffit.

M. le commissaire a par ailleurs commis ce que 3D, qu'il fuit depuis, désignerait comme un premier passage à l'acte avec une « chupa chups » de la rue Saint-Denis qui a accepté les menottes plumes volupté et a gémi sous quelques coups de martinet – c'était, il faut bien l'avouer, exquis –, mais vers quelle pente glisse-t-il ? Il pense obsessionnellement à Mme Guillometaz qu'il aimerait honorer de quelques petits coups de badine, il dort, lorsqu'il dort, blotti contre sa guêpière. Il est donc énervé.

Il est huit heures, le café est tiède, et il s'agit de faire un point.

C'est la main de Louis Guillometaz qui a écrit qu'il s'en allait sur le mot laissé en évidence dans sa voiture : les empreintes et l'expertise graphologique concordent. Le relevé de sa carte bancaire fait apparaître des dépenses régulières, notamment des achats probablement alimentaires tous les quatre ou cinq jours, depuis sa disparition survenue le 3 janvier 2012, après son concert à Pleyel. L'individu paraît évoluer dans le quartier réputé bourgeois bohème de Bastille, secteur débraillé que ce grand bourgeois de droite n'a pas vraiment de raison de fréquenter, sauf que. Sauf qu'il y est né et y a passé sa tendre enfance, rien n'échappe aux vérifications de Césari. De ce quartier il a posté un enregistrement apparemment récent d'une œuvre de la période romantique exigeant une virtuosité rare : Chopin ayant déclaré que ces pièces étaient injouables, ce serait Liszt qui s'y serait collé. Les empreintes fraîches relevées sur la clé et sur l'enveloppe ne laissent aucun doute : Louis, et personne d'autre, est l'auteur de l'envoi, qui a eu lieu avant-hier.

Mais il y a un mais. Césari en voit même plusieurs. Il a jugé opportun de mettre une patrouille de la BAC sur l'affaire, si bien que les enquêteurs, porteurs d'une photographie du Louis, ont passé au crible le quartier de la Bastille et ses environs : personne n'a vu de près ou de loin Louis Guillometaz, personnalité connue et dont la grande carcasse et les airs de vieux beau ne passent pas inaperçus, a priori. Se terrerait-il dans un appartement obscur et enverrait-il un factotum faire ses courses ? Ce n'est pas à exclure, rien n'est simple.

Deuxième objection : le petit carnet de moleskine, cueilli sur la table de nuit d'Angèle Guillometaz à Millau, faisant apparaître la mention tout de même décoiffante d'une épouse sage devenue meurtrière, d'un concertiste coupé en morceaux, suivie de celle du petit flic qu'on roule dans la farine. Desdevises considère que la fiction a tous les droits et lui, Césari, qu'il y a tout de même des coïncidences bizarres.

Troisièmement : Angèle. Andrieu, qui a enquêté, a découvert que la larronne a été mariée trois fois, et non pas deux, comme elle le lui avait affirmé. Les deux précédents maris ont disparu dans la nature. Avec aucun des deux Angèle n'a eu d'enfant. Elle a chaque fois été l'unique héritière. Les affaires (1985, à Bordeaux, 1991, à Nice) ont été classées sans suite.

Quatrièmement : la dame collectionnait les amants du vivant de Guillometaz (s'il nous dit « du vivant » comme si l'autre était mort, c'est qu'il est de ce point intimement convaincu). Quatre ont été recensés, on n'est pas sûr d'être exhaustif. Elle change de cap peu de temps après le drame et se dévergonde dans tous les lieux lesbiens de Paris : le Rosa Bonheur, les Bains d'Ô, le Nix, le 3W, le Unity, le So What, la Péniche, les Ginettes armées, on ne s'ennuie pas. On ressort souvent accompagnée, d'une, voire deux, et jusqu'à trois jeunes personnes, cela s'est vu, bref tout cela fait un peu pastiche moderne de *La Veuve joyeuse*.

Césari ôte ses lunettes, se caresse rêveusement l'arête du nez, va et vient en boitillant, s'assied, se relunette avant de s'absorber dans la relecture d'un document de première importance posé sur le sous-main gris de son bureau gris. Ubersfeld a étudié les prélèvements effectués dans la villa, le carré à topinambours, le potager en général et la fosse à compost, en particulier. Il a rendu un verdict surpris. Il y aurait un peu partout dans ledit potager des traces de ce qui pourrait faire penser à l'ADN de Guillometaz, mais enfin, comment dire, l'affaire se présenterait bizarrement. L'amplification des microsatellites par PCR et par électrophorèse ne permettrait pas un séquençage affirmatif de l'ADN recherché, l'azote piégé par du sulfate d'amonium, un activateur de compost surpuissant et abondamment utilisé ayant probablement modifié la donne. Plusieurs anomalies conduisent donc Ubersfeld à se montrer réservé, très réservé. Mais après tout, conclut-il, il n'y a aucune raison de perdre espoir.

Il recontactera Césari dès qu'il aura avancé.

Il en est là lorsque retentit le téléphone gris à cadran rotatif assorti au bureau et datant comme ce dernier des années 1980 : Le Grontec, dans les aigus et toujours euphorique.

— Venez vite, l'ami, j'ai du nouveau.

Césari, bougon, se déclare très occupé et veut savoir ce qu'il se passe encore.

— Un paquet, un tout petit paquet de Louis, chantonne l'autre clown.

Césari devrait prononcer bigre, mais c'est bordel, déjà, qui sort.

— Vous ne touchez à rien.

On s'en doute, Jacques Le Grontec a touché, mais rien qu'un peu, il a juste écouté.

— Les *Variations Goldberg*. C'est, comment vous dire, je n'ai pas assez de mots, c'est sublime, ça pulvérise Glenn. Fabuleux. Je vous jure.

— Aucun mot ?

— Rien. La musique est un langage. La musique…

— Vous m'enquiquinez Le Grontec. Vous m'apportez tout cela très vite, c'est-à-dire, tout de suite.

— J'ai rendez-vous avec le Russe. Il double la mise sur trois tableaux, depuis qu'il a entendu Schumann. Tout cela est absolument extraordinaire, monsieur le commissaire, tellement inattendu.

— Vous rappliquez fissa ou je vous envoie des copains pour vous embarquer, mon grand.

Il n'a pas raccroché que simultanément retentit à nouveau le téléphone et apparaît dans l'entrebâillement de la porte le nez d'Annabelle Mansuy. Mais qu'est-ce qu'elle lui veut, la pute ? Il se lève, la congédie provisoirement d'un mouvement rapide de la main, et décroche : Ubersfeld.

Eh bien en fait, Uber ne voit qu'une explication : toutes ces traces de Louis éparpillées de haut en bas du potager proviendraient de ses toilettes sèches.

— Vous voudriez dire que c'est.
— De la merde, monsieur le commissaire.

GHÂT

C'est la deuxième fois en peu de temps que Nat se rend à Paris. De sa propre initiative, cette fois. Et puis, ce ne sera qu'une simple escale. Arrivée de Millau par la gare d'Austerlitz en milieu de matinée, elle s'offre un thé au jasmin rue Buffon, elle n'est pas très pressée. Elle se trouve ainsi à cinq minutes à pied du commissariat du 13e arrondissement, ce qu'elle ignore, et ce qu'ignore tout autant Césari toujours très affairé. La blondinette n'aurait de toute façon aucune intention de rendre une visite de courtoisie au flic, elle a vraiment d'autres projets en tête.

Une heure plus tard nous la voyons glisser en escalier roulant vers les profondeurs du RER, qui, en un changement, neuf stations, et vingt-sept minutes, la conduit à l'aéroport Charles-de-Gaulle. Elle a tout son temps, muse dans le terminal, observe les êtres pressés, les êtres affolés, les êtres seuls ou plus rarement en couple, ou plus rarement en famille, ou plus rarement encore, et c'est heureux, en groupe, mais tous, finalement, profondément seuls, et qui vont et viennent affairés à ne rien faire et bardés de bagages. Elle médite assise sur un siège métallique, récite tout bas le *Sutra du Lotus*, Nam Myoho Renge Kyo, tout s'agite autour d'elle tandis qu'elle atteint très vite la sphère de l'harmonie, où elle demeure trente minutes.

Embarquement sans heurts. Fidèle à son vœu de silence, elle répond par hochements de tête expressifs aux questions qu'on s'avise de lui poser, n'enregistre pas son sac à dos, neuf heures plus tard on est à Bombay. On se plonge dans la nuit, dans la moiteur, dans la foule, dans le brouhaha des radios, des Indiens loquaces, des vaches, des cochons, on dort comme une souche et à même le sol dans un hôtel peuplé de grabataires et de cafards, on dégote à l'aube et gare Victoria un fantôme de train en partance pour Bénarès où, sans traîner, on s'achemine en bus puis à pied au ghât de Manikarnika. On sinue dans la cohue calme jusqu'au Gange, on s'accroupit, on extrait du sac à dos une urne biodégradable en carton recyclé orné de fines cannelures, et on disperse avec un sourire tendre les cendres dans le fleuve sacré, où ce bon vieux Louis va trouver le repos mérité, la paix éternelle et probablement le nirvana.

ROC

Ubersfeld a le don. De la merde ! Ça y est, Césari est en colère, très. Il tient toutefois à se maîtriser, la journée sera longue. Un café serait le bienvenu, et qui croise-t-on dans le couloir gris ? Le Grontec et Annabelle Mansuy qui confèrent avec animation et, faisant des oh et des ah, semblent partager la même stupéfaction. Les deux pénètrent dans le bureau sans y avoir été conviés, prennent place sur les chaises dans les mêmes conditions, parlent fort et concomitamment, le ton monte, quatre bras s'agitent dans les airs brandissant des objets de toute première importance.

— Silence, gueule Césari, silence ou je vous fous au trou tous les deux, vous me fatiguez.

Annabelle quitte sa chaise et, impériale, s'avance vers Césari :

— Monsieur le commissaire vous m'épuisez vous aussi et je vous prie de lire ceci.

Le Grontec la boucle, hisse une jambe désinvolte sur l'accoudoir, croise les bras et sourit largement dans une posture qui mime la patience bienveillante : allez-y les amis, j'ai tout mon temps, j'ai du lourd, moi.

Césari enfile des gants en latex, s'empare en grimaçant de la lettre, remonte ses lunettes sur l'arête du nez, plisse les yeux, lit, sursaute, s'absorbe, examine le papier, l'écriture, abaisse les commissures de ses lèvres dans une expression de perplexité, fait virevolter son nez de droite et de gauche, renifle l'objet, le tourne en tous sens, relit plusieurs fois, son front calé entre ses longues mains. Appelle le placide Uber, le prévient que ce n'est pas fini, quand y en a plus y en a encore, je vous envoie une lettre délirante annonçant le suicide de Guillometaz dont il faudrait m'authentifier l'écriture, et puis tout le toutim, empreintes, ADN, c'est reparti.

— Vérifiez si le papier provient du bloc-notes que vous avez consigné.

— Écoutez les amis, interjette notre Grontec, tout cela est absurde, Louis est vivant, il est parmi nous, non loin, et la preuve, la voici la voilà.

Et l'agent de se lever puissamment et de s'approcher d'un pas élastique du bureau de Césari avant de jeter, je dis bien jeter, et avec un sourire triomphant, un petit paquet blanc sur icelui.

Césari, stoïque, examine l'enveloppe et en sort, on s'en doutait, une clé USB. Dans le même temps, Le Grontec s'occupe de la bande-son de notre petite scène, extrait de sa poche revolver son iPhone 4 blanc, hausse au maximum le volume et murmure : écoutez ça.

Et tandis que Le Grontec savoure les yeux fermés, en battant la mesure, la sarabande de l'aria introductif des *Variations Goldberg*, frémissant à chaque note, pleurant silencieusement d'un bonheur contrapuntique, Césari plisse le front à la vue du cachet de la poste. Mais qu'est-ce que c'est que ce truc, encore ?

Un coup de fil, à Amato cette fois :

— Dis donc, le code Roc 15434A, le code postal, quoi, c'est quel arrondissement, déjà ?

— Le 17ᵉ, claque Amato sans hésiter. Secteur Monceau.

Césari regarde sans les voir Annabelle et Le Grontec, et annonce, un peu accablé dirait-on :

— Notre oiseau, qu'il soit mort, qu'il soit vivant, a changé de secteur.

R.A.S.

Durant les semaines qui suivent, l'enquête piétine. La lettre de Guillometaz est bien de sa main, mais quand fut-elle écrite ? Nul ne le sait. L'a-t-elle été sous la contrainte, rien ne l'indique formellement, mais on peut se poser la question quand on connaît les écrits d'Angèle. N'oublions surtout pas son projet de livre numéroté 29 : « Histoire de l'épouse bon chic qui tua ses maris et découpa leur cadavre en menus morceaux. »

La Seine inspectée par trente-cinq plongeurs recèle plus de sympathiques silures, poissons-chats, tortues et moules zébrées que de cadavre de musicien. Certes, on a pêché une tête et un pied d'origine humaine ayant appartenu à un même individu, mais les expertises ont révélé une dentition de femme. Et même un nez, humain, en mauvais état. Rien ne permet d'établir qu'il a appartenu à Louis.

D'autres affaires occupent Césari, le tout-venant de l'été. Quelques meurtres avec ou sans violence, une déferlante de cambriolages, du trafic de stupéfiants dans le quartier chinois. On s'ennuie un peu. Ah si, tout de même : à nouveau, des viols surviennent nuitamment dans le couvent de la rue Broca, entre trois et quatre heures. Les malheureuses sont bâillonnées, leurs mains ligotées, leur corps dénudé. Les religieuses sont ensuite traitées en levrette mais sans violence, lentement même et avec égards, une forme de tendresse. Leur assaillant, cagoulé, porteur de baskets et de deux cornes rouges, chantonne, ou sifflote c'est selon, le frais générique de *Totoro* pendant l'action. Son forfait accompli, il dépose une rose blanche sur le corps nu de ses victimes et les endort avec du chloroforme. On a découvert quelques traces de talc, mais en quantité infime, sur le corps des victimes. Aucune effraction n'a été décelée et la presse commence à frémir.

Par ailleurs, du côté de Le Grontec, les clés pleuvent. Toutes les deux semaines environ, un chef-d'œuvre parvient dans la boîte aux lettres, qui capitalise ainsi un répertoire des plus exhaustifs : les *Impromptus* de Schubert, puis des sonates (de Haydn, de Mozart, de Ludwig), des sarabandes (Honegger, Debussy), du Mendelssohn, du Chopin en veux-tu en voilà et notamment la *Fantaisie-Impromptu*, du Ravel, du Franck et du Poulenc. Et tout l'œuvre pour clavier de Bach. De quoi voir venir en somme. Césari passe au crible chacun des paquets, rien de bien nouveau ne se dessine : les empreintes de Louis toujours authentifient le cadeau, toujours envoyé depuis Paris, où le zigue, invisible, paraît désormais hanter le quartier Monceau, d'où sont envoyés les petits paquets. Hanter, vraiment : personne ne l'a vu.

PIC

Il fait chaud à Paris, les sentiments d'Angèle s'emballent. D'où vient l'élan qui l'ébranle, d'où vient la langueur qui la saisit, d'où vient l'amour ? Pourquoi le désir devient-il cadence ? Les deux femmes s'appellent souvent, d'abord toutes les semaines, bientôt tous les jours, parfois plus. Angèle s'interdit de rappeler aussitôt la communication terminée. Et pourtant… Chaque fois qu'elle vient à l'entendre, de deux cents ans son âme rajeunit.

Elles font parfois du shopping ensemble. C'est toujours Annabelle qui le propose, pour se changer les idées, dit-elle. Tu sais, a-t-elle confié, je n'ai qu'une amie, et elle vit loin, en Lorraine. Et déteste le shopping. Avec toi, c'est si drôle…

Étrangement, depuis qu'Angèle aime, ses compulsions dépensières se sont évanouies, en même temps que son attrait pour l'argent frais. Dieu, comme on change ! Mais un shopping avec Annabelle, évidemment, cela ne se refuse pas. Elle propose à Angèle d'essayer des tenues importables, des atours de poule de luxe. Angèle proteste pour la forme, Annabelle insiste, et son amie achète tout à condition de voir ce que ça donne, porté par Annabelle. Les deux femmes se retrouvent parfois dans la même cabine d'essayage, à demi nues. Rient comme des enfants.

Mais par ailleurs, pas de progrès notable. Voir Annabelle ôte à Angèle tous ses moyens amoureux. Dès qu'elle envisage de, elle rougit. Elle bégaie. Se contredit. Tremblote. Se ridiculise, elle en est sûre. Se maudit. Imaginez une situation intime, le calme d'un intérieur douillet éclairé par un demi-jour de lampe, le confort du sofa blanc crème et de ses coussins bleu ciel, la moquette claire douce sous le pied, la proximité des corps, le champagne frais, la voix glamoureuse de Pink Martini en musique de fond, la conversation fluide d'Annabelle qui visiblement goûte la présence d'Angèle, la sollicite, la fête. La sollicite presque tous les jours… Toutes les conditions ne sont-elles pas réunies pour une petite reptation vers le corps de la déesse ? Non, car les déesses, fussent-elles descendues de l'Olympe pour se métamorphoser en icônes vénales de la mondialisation décomplexée, sont par définition inaccessibles aux mortelles.

Elle est si jeune, si jeune, que son cœur doit être indifférent.

Une question surtout, qui est déjà presque une réponse, accable Angèle dans ses moments noirs : y a-t-il une chance, une infime chance pour qu'Annabelle ait du goût pour les femmes ?

Un début de curiosité à leur endroit... Elle met tant de bonne humeur dans le commerce de ses charmes auprès d'une clientèle, à en croire ses confidences circonstanciées, strictement masculine, qu'il est peu probable qu'elle ait un quelconque penchant pour les femmes.

Hélas ! Aucun signe, si l'on excepte les cheveux rasés – démarche assez radicale pour une escort, convenons-en.

Elle n'ose pas oser, elle se consume. Son récent savoir acquis lors des afters du Marais ne la sert en rien. À quoi bon l'expertise acquise auprès des Évelyne, des Pilar, des Julie, des Soraya ? Elle se retrouve au bout du compte tout aussi démunie que quelques semaines plus tôt. Le sentiment paralyse, les conventions accablent, les griffes de la timidité enserrent les gestes dans une comédie de froideur qui masque mal la confusion, le tumulte. Elle n'est pourtant que désir, que désirs, tellement plus que pour les tribades du Marais. Elle rêve de l'effleurer, Elle, d'arrêter dans sa course la main qui va et vient tandis qu'elle parle, et de l'embrasser, cette main, ou d'y verser des larmes. Ou de caresser la bouche, le nez, les paupières. Blottir sa tête entre ses seins. Sentir sa peau. Murmurer des aveux à son oreille. Retrouver toute l'universelle chorégraphie de l'amour en découvrant les stratégies secrètes d'une séduction singulière... Mais elle, qui a su plaire à quelques femmes et à des dizaines d'hommes, en a aimé certains, en a épousé trois et décimé autant, ne sait pas prendre dans ses bras celle qu'elle aime et, tous les soirs sauf jours de relâche, comme au théâtre, joue au féminin le rôle tragicomique de l'amoureux transi.

Césari pourrait toutefois confirmer que les deux femmes se rencontrent de plus en plus souvent pour dîner, quelle que soit l'heure où Annabelle abandonne ses heureux amants à leur destin. Angèle pourrait nous faire remarquer que la belle porte de plus en plus souvent des shorts en jean très échancrés et que sur sa peau cuivrée par le soleil s'irisent à la lumière des poils blonds qui paraissent infiniment doux. Elle ne sait pas si elle rêve, mais il lui semble qu'à chaque nouvelle rencontre les décolletés sont plus profonds. Parfois, un regard d'Annabelle s'attarde sur les mains d'Angèle, sur sa bouche.

Angèle aime son rire, son rire franc, son rire d'enfant. Le menton se renverse brusquement, la nuque dans un élan gracieux ploie, la tête s'abandonne, roule à droite, à gauche, les yeux se closent et jaillit une mélodie de joie qui roule en cascade dans l'air soudain léger. Le rire calmé, Annabelle reprend son souffle, pose la paume de sa main sur son ventre, regarde Angèle dans les yeux, s'attarde parfois et toujours reprend d'un ton sérieux le fil de la conversation, jusqu'au prochain rire.

Un soir, tard, alors que les deux femmes conversent blotties l'une contre l'autre sur le canapé, Annabelle qui par exception n'a pas éteint son portable (tiens ? c'est étrange, évalue

Angèle) reçoit un rapide appel qui semble la réjouir : mais non, tu ne me déranges pas, et que oui, que oui, tu peux passer. Angèle subodore un rendez-vous impromptu avec un client, et quitte à regret le sofa et ses coussins tendres et bleus. Un geste d'Annabelle lui indique de ne pas bouger tandis qu'une coupe de champagne l'invite à poursuivre la conversation. Ce qu'elle fait, assez bien ma foi. Elle apprête sa jupe de soie sauvage qui était légèrement remontée sur ses genoux. Le client aurait-il besoin d'une spectatrice ?

Fred de Lorraine surgit comme un cow-boy dans son saloon texan, santiags en lézard pointées vers Annabelle, chemise rouge à carreaux noirs relevée sur les tatouages des bras. Dans ces bras musculeux court se lover une Annabelle roucoulante, à qui Fred glorieuse caresse les cheveux avec un sourire satisfait, là, là, ma grande, je suis là. Elle ignore totalement sa rivale qui s'étrangle. Sous ses yeux, là, à trois mètres d'elle, les deux femmes s'enlacent, babillent, se frottent, gloussent, se caressent, se flattent les flancs, s'effleurent les seins, jusqu'au moment où Fred, hissée sur la pointe de ses santiags, saisit d'un geste impérieux les courts cheveux d'Annabelle, lui renverse la tête, immobilise ainsi son visage qui semble vouloir se tourner vers celui d'Angèle et lui ouvre la bouche d'un baiser vorace, dominateur, interminable.

De la bave s'écoule sur les joues d'Annabelle qui, mais peut-être Angèle rêve-t-elle, adresse un clin d'œil complice à son invitée.

Le cœur d'Angèle tonne, une sueur âcre perle sur son front et obstrue ses yeux, qu'elle essuie d'un poing tremblant de rage. Un nouveau baiser lie le corps des deux femmes, qu'un même élan a jeté au sol : sa patience est à bout. Mais elle n'a pas tout vu. Fred, visiblement adepte de l'*instant sex* et peut-être pas mécontente de marquer son territoire, ôte son jean et sa culotte dans le même mouvement, sort de son sac à dos un gode ceinture bleu avec un chibre énorme, se harnache et se jette sur Annabelle. Il faut arrêter tout cela. Il faut qu'immédiatement cette monstresse cesse de dévorer la bouche d'Annabelle, dont s'échappent d'effarants gémissements de plaisir. Qu'elle cesse de la toucher, de la pénétrer, de la faire couiner. Qu'elle cesse d'occuper le terrain. Qu'elle cesse de respirer. De vivre. Y a-t-il un couteau long et pointu sur la table basse ?

La torturer avant toute chose serait bon : fourches patibulaires, pilori, roue. Non, plutôt un corps à corps, et lui rompre les orteils et jongler avec, et lui faucher une fesse, et lui arracher la mâchoire inférieure, lui défoncer l'abdomen, lui démettre un bras, puis deux, lui briser les jambes, l'une puis l'autre, et enfin, héroïquement appliquer les pouces sur le cou, les y maintenir d'une bonne prise, jusqu'à l'asphyxie.

Aviser ensuite.

Les baisers continuent. Le va-et-vient de même.

Angèle file dans la cuisine sur la pointe des

pieds, constate avec satisfaction qu'Annabelle est convenablement équipée, hésite en connaisseur entre un éminceur et un couteau à désosser, un étrogneur à ananas ou un bon gros couteau à steak, et pourquoi pas le pic à glace, n'importe quoi qui puisse arracher les yeux et les oreilles, percer le cœur et éviscérer la rivale. Puis se ravise, ne salissons pas la claire moquette de notre douce amie.

Retour donc vers le sofa, d'où elle constate que ce qui avait commencé dégénère, on ne s'ennuie pas à ce que je vois, Fred apparaissant en pleine action et Annabelle parfaitement réceptive, ses jambes relevées battant l'air au rythme de chaque poussée. Les deux sont désormais allongées sur la table oblongue de la salle à manger. Comme Angèle le redoutait, Fred fourrage Annabelle qui clame sa satisfaction et encourage même de la voix l'assaillante : plus fort, c'est ça, vas-y… Elle voudrait provoquer Angèle qu'elle ne s'y prendrait pas autrement, non ?

Angèle tremble de rage et d'excitation mêlées, ce qui ne l'empêche pas de remarquer que les deux moelleux coussins bleu tendre sont à leur place. Il est temps de passer à l'action. S'emparer de l'ignoble… se propulser vers elle, la jeter à terre d'une prise de judo approximative mais somme toute efficace, lui appliquer deux coussins sur le visage ahuri et s'asseoir sur le paquet : comme dit l'adage, il faut moins de temps pour l'écrire que pour le faire. Fred assommée par l'impact de son crâne contre le sol mais vivante encore gigote, tape rageusement des deux bras et des deux jambes sur la moquette comme une marionnette folle, produit des sons, s'essaie à des rotations-reptations de droite et de gauche, ce qui imprime au phallus factice quelques mouvements aussi cocasses que fous, tente ensuite d'assommer son agresseur avec les pieds projetés en avant, la bougresse, puis de l'étrangler de toutes ses forces, mais laissons Angèle rire, Fred donc se montre frénétique, convulsive, apoplectique : rien n'y fait, Angèle est installée. Fesses fermement calées sur le nez de l'ennemie, sereine enfin, elle attend l'asphyxie.

Ose ensuite un regard, par en dessous, vers Annabelle.

Laquelle, impressionnée, un sourire satisfait aux lèvres, se garde bien d'intervenir. Enfin...

BIDIS

Particulier vend cave saine sept mètres carrés, sol cimenté, porte blindée trois points, entrées sécurisées, bel immeuble haussmannien, située rue Abel-Hovelacque, Paris 13 (métro Gobelins ou Place d'Italie), tél : 01 47 23 04 00, heures de bureau. Treize mille euros à débattre. Urgent.

Eh bien, c'est parfait, Césari cherchait une cave dans le quartier pour entreposer quelques affaires et se livrer à d'intéressants passe-temps. Les deux hommes se retrouvent tôt un samedi matin, visitent la cave qui se trouve tout au fond d'un dédale humide, Césari tapant poings refermés à plusieurs reprises sur les murs en moellons. Tout cela paraît solide et raisonnablement sain, on mesure avec un mètre ruban rétractable, on note les cotes, on discute du prix, on signe une promesse de vente fournie par le service juridique du PAP sur la table imitation marbre de L'Entregent, bar-brasserie qui a la bonne idée de faire l'angle avec l'avenue des Gobelins. L'affaire est conclue en moins d'un quart d'heure.

On passera devant le notaire dans les trois mois réglementaires, mais d'ici là, Césari est ravi de l'apprendre, il peut disposer des lieux.

Le vendeur est un Muletin Jovanovic massif : chapeauté d'un étroit béret noir, balafré horizontalement sur le front et les deux joues, il grisonne du cheveu et du mince collier de barbe. L'homme honore notre Césari d'un demi-sourire oblique et commande des cafés. À sa droite, à sa gauche, en retrait, sont assis sur une fesse deux jeunes Noirs qui vont garder le silence pendant toute la conversation. Jovanovic, d'une voix onctueuse presque murmurée, en effet cause, jouant de son accent. Évoque, nostalgique, son pays, où l'on ne peut plus vivre, après les événements. Présente affectueusement ses acolytes adolescents, Ousmane et Aboubacar, évoque leur honnêteté, leur discrétion autant que leur ardeur au travail. Leur décapsule au passage des boissons énergisantes qu'ils absorbent aussitôt sans commenter. Ils sont adorables, n'est-ce pas, s'attendrit Muletin. Très serviables. Efficaces.

Césari opine vaguement, il a la tête ailleurs notre homme, déjà investit la cave de ses curieux fantasmes. Puis :

— Efficaces ? Vous voulez dire…

— Polyvalents. Vous demandez, ils se mettent en quatre.

— Ils sont bricoleurs ?

— Ils peuvent tout faire.

Césari déjà s'est levé, a enfilé son trench, réglé les cafés :

— Je suis un peu pressé, monsieur Jovanovic, vous ne m'en voudrez pas.

— Vous les voulez ?

— Écoutez, je devrai aménager cette cave sans tarder. Je me mets au free jazz, vous voyez ? Je m'achète une batterie, et la vie est belle. Il me faudrait insonoriser les lieux. Ils peuvent faire ça ?

— Aucun problème, l'ami. Affaire conclue. Quand ?

— Lundi matin, huit heures. Gardez un double des clés.

Et Césari serre la main du Serbe, d'Ousmane et d'Aboubacar.

Ensuite, il ne traîne pas et retrouve stationnée devant le commissariat la fourgonnette blanche de six mètres cubes louée pour le week-end. Le samedi se passe dans la proche périphérie de Paris, et notamment dans les rayonnages d'un vaste entrepôt dédié au bricolage. Concentré et devancé par un chariot dans le labyrinthe des travées le flic mesure les barres résilientes métalliques, et ne lésine pas sur les plaques de mousse alvéolée, les panneaux acoustiques de 7/8, la laine insonorisante. Et bien sûr les anneaux, chaînes, agrès, barres et barreaux métalliques. S'équipe de marteaux, de clés, de pinces, de forets, de mèches, de tournevis, d'une perceuse à percussion, d'une scie sauteuse, d'une scie à métaux, d'un chalumeau soudeur, et fait le plein de clous et autres vis à gypse. Il pense aux sacs à gravats.

Les emplettes se poursuivent à Paris, dans le 9ᵉ, plus précisément à La Boîte aux rythmes, qui promettait dans ses pages publicitaires « toute la percussion ». Et en effet, Césari se dégote une grosse caisse, une caisse claire, des cymbales sur pied et un jeu de baguettes. Là encore, mieux vaut régler en cash.

Au 17 de la rue Abel-Hovelacque règne l'agitation joyeuse d'un week-end ensoleillé. Rentrent ou sortent une femme en robe légère et légèrement transparente, puis une autre précédée d'une poussette sur laquelle s'agite un marmot lunetté de montures rondes et rouges, individu tonique qui zèbre l'air de seaux, pelles et râteaux en matière plastique également colorée. On croise ensuite un couple énamouré, deux couples indifférents, une grappe d'adolescents. Tout ce petit monde gentiment bourgeois salue Césari, lui tient même ouverte la haute porte vitrée lorsque, chargé de rectangles de Placo d'un mètre vingt sur deux mètres, il se trouve un peu encombré.

— Vous emménagez ? s'enquiert un vieux beau fumeur de bidis que Césari attendait et qui prononce haut et clair : Dumont ! en tendant une main de propriétaire tandis qu'on franchissait le seuil avec la grosse caisse.

— Un tout petit studio de répétition, au sous-sol, le rassure Césari en désignant du menton des rouleaux de laine de verre empilés sous les boîtes aux lettres. J'isole, bien sûr. Vous n'entendrez rien.

— Bien sûr, fait Dumont, sévère et attentiste comme un président de conseil syndical qu'il est, ce que Césari n'ignore pas. Un coup de main ?

— Ce n'est pas de refus ! Si vous vouliez bien m'attraper les cymbales, sous le porche.

On cause un peu, on se flaire. Dumont s'éclipse : l'alerte est passée. Le message aussi.

Deux heures plus tard, son matériel rangé dans la cave, les percussions calées dans un coin, un monticule de courroies et lanières de cuir noir trônant au centre, et la fourgonnette restituée à l'officine de location, Césari s'assied, et rêve.

CRIS

    Annabelle s'est propulsée vers Angèle, que nous retrouvons assise sur Fred, probablement trépassée. Elle saisit la meurtrière frénétique et visiblement expérimentée par le dos, enserre ses bras dans ses propres bras, avant de la faire basculer d'un coup ferme sur la gauche, par surprise. Les deux femmes sont à terre, on roule, on se débat. Dieu que cette enfant filiforme a de la force, s'extasie Angèle, qui remarque aussi que son parfum a quelque chose de vanillé sur un fond de verveine et de muguet fraîchement coupé, une merveille. Plaquée au sol, sous Annabelle cul nu cavalièrement assise sur elle et qui lui maintient les poignets de la main gauche, Angèle oublie de se défendre, s'abandonnant aux initiatives hardies de la jeune femme qui :

— la gifle du revers de la main droite, très violemment et trois ou quatre fois (au moins) ;

— soucieuse de maintenir ferme sa position, équilibre l'axe vertical de son corps en appuyant avec une saine vigueur ses cuisses largement ouvertes sur la partie inférieure du bassin d'Angèle, dont la jupe de soie est remontée dans le mouvement de l'action jusqu'à la taille ; l'assaillante découvre que l'assaillie porte un slip tanga blanc en coton doux rebrodé avec petit nœud de satin sur le ventre ;

— demeure dans cette position, immobile, pendant des secondes qui deviennent des minutes. Les deux femmes se regardent et se taisent. Reprend-on son souffle ? Envisage-t-on une poursuite des hostilités ? Autre ? Fred peste dans la salle de bains où elle semble se défaire de son joujou bleu et faire le constat de divers dommages sur son visage tuméfié ;

— dans cette même position, écartelée à califourchon sur Angèle, Annabelle effectue pour des raisons que pour l'instant je ne m'explique guère des mouvements du bassin de droite à gauche et de haut en bas. Fred claque la porte ;

— Annabelle s'avise qu'Angèle a les joues roses ;

— que son corps s'est recouvert d'une mousse de sueur ;

— constate que la même a le souffle court et les yeux hagards ;

— reprend d'inexplicables mais intéressants mouvements rotatifs du bassin, faisant subséquemment rouler ses cuisses contre celles d'Angèle. Il est incontestable que dans cette position, le clitoris d'Annabelle se presse contre celui d'Angèle ;

— se penche vers le buste qui sous elle frétille

tout en persévérant dans les mouvements rotatifs, si bien que ses seins à leur tour se pressent contre ceux d'Angèle ;

— se rend compte qu'Angèle sous elle fait de l'hyperventilation, qu'elle ferme les yeux, ouvre la bouche, émet des feulements, des gémissements, de petits cris, des couinements, des chouinements, des halètements, des jurons, des clameurs, des encouragements, puis une sorte de chant, bref que selon toute probabilité, elle va jouir, elle jouit.

SADE

Sœur Eva, la nouvelle victime du couvent de la rue Broca, déverserait bien sa faconde, mais Césari en ce début de semaine a l'esprit ailleurs et demande à Vandenesse de prendre sa déposition. Rien ne le retenant par ailleurs au commissariat, il se rend en chantonnant au 17 de la rue Abel-Hovelacque, compose d'un index véloce le code qu'il connaît déjà par cœur, descend en sautillant jusqu'aux caves. Césari est gai, Césari est heureux. Il frétille. Où en sont-ils ?

Le sous-sol paraît animé. Du fond on entend monter les lents accents jazzy de *Smooth Operator*. Un rai de lumière filtre sous la porte de sa cave. Les deux gamins promis par Muletin sont au boulot.

Sans s'occuper plus que ça de Césari, les jeunes musclés calfeutrent les murs de mousse alvéolée, avec une habileté et une célérité qui laissent le flic pantois. Ousmane découpe les plaques d'un cutter précis comme un scalpel de chirurgien, un vague sourire aux lèvres, tandis qu'Aboubacar, qui sifflote sur la voix suave de Sade, les dispose d'équerres, improvisant une sorte de patchwork gris sombre qui bientôt recouvre les deux tiers de la surface.

Muletin Jovanovic sinue entre ses esclaves et avance vers Césari. Il murmure comme à son habitude des politesses. À voix basse, il s'extasie, considère respectueusement l'œuvre accomplie, contourne avec un sourire mutin la pile des courroies en cuir noir, ou serait-ce du carton bouilli ? Il tapote paternellement l'épaule des deux artistes et susurre à l'oreille de Césari :

— Je vous avais bien dit que c'étaient des champions ! Prêts toujours à rendre service. Vous vouliez insonoriser ? Muletin l'a fait. Ne cherchez pas : vous ne trouverez pas mieux dans tout Paris.

Indifférents, et sur l'air désormais de *Is it a crime* Aboubacar et Ousmane poursuivent. Gambillant gaiement d'un mur à l'autre de la cave, ils entreprennent de visser les profilés en alu à intervalles réguliers et d'y fixer le Placoplâtre. Du boulot impeccable, comme le reste, mais les petits marquent un peu le pas. Muletin observe l'avancée des travaux, l'état de ses troupes, grattouille ses balafres frontales, dégage la grosse caisse des sacs qui en encombrent la surface circulaire, répand de la poudre blanche, dresse à l'aide d'une carte de fidélité Flying Blue deux rails parallèles, pince affectueusement les fesses d'Ousmane et d'Aboubacar, et leur désigne le tableau d'un coup de menton.

Ensuite, à voix basse, l'homme passe divers coups de fil – en serbe ? en monténégrin ? en bambara ? en soninké ? en bété ? en sénoufo ? Césari l'ignore et voit surgir un quart d'heure plus tard trois autres jeunots, tout aussi noirs, discrets et musclés que leurs prédécesseurs, et porteurs de tréteaux en tubulures métalliques orange. Les trois nouveaux venus tapent dans les mains de leurs camarades, ôtent leur tee-shirt et leur jean, se retrouvent en slip, et toute cette laborieuse et juvénile troupe dénudée installe horizontalement des traverses sur les montants des tréteaux. L'un des nouveaux arrivants, après une petite ligne sniffée sur la grosse caisse, grimpe sur l'échafaudage. Un deuxième le suit dans les mêmes dispositions, en chantonnant sur l'air de *Soldier of love*. Ousmane et Aboubacar s'unissent pour hisser les plaques jusqu'à eux ; bref, en une petite demi-heure, le plafond est tapissé de bandes de laine insonorisante Quiet'n'Safe et doublé de plaques de plâtre. Mansour et Olawale démontent l'échafaudage tandis qu'Ousmane et Aboubacar emplissent les sacs à gravats des différentes chutes de boîtes d'œufs, de mousse alvéolée, de matières isophoniques diverses et de tubes de colle vidés. Ibrahim, le plus mouflet et le plus chétif, s'en sniffe une petite dernière, balaie le sol du chantier en contournant la montagne d'articles de domination, la grosse caisse et les cymbales au fond à droite, et s'empare du lecteur de CD portatif. Chacun ensuite se rhabille, chacun serre silencieusement la main de Césari, chacun retire ses effets personnels de la surface de la grosse caisse pour les caser sagement dans un coin de la cave, charge deux sacs à gravats sur le dos et quitte les lieux sans façons.

Césari observe le chantier miraculeusement bouclé.

— Alors, monsieur le commissaire ? murmure Muletin dans un mouvement de rotation rapide du corps, mains largement déployées désignant la cave transformée.

— Combien je vous dois, l'ami.

— Deux mille. Prix d'ami.

Césari, heureux, sort les billets. Muletin compte et fixe Césari :

— Si vous avez besoin de moi, pour nettoyer… Mes petits sont là.

— Bien reçu, Muletin.

ELLES

La porte, donc, a claqué sur le dos de Fred déconfite. Les deux femmes sont seules enfin et se regardent sans parler. Annabelle desserre doucement l'étau de ses cuisses. Angèle qui a repris son souffle n'hésite plus à la faire basculer à ses côtés. Mordille ses seins à travers la marinière moulante qui laisse pointer les mamelons. Annabelle saisit le visage d'Angèle, approche sa bouche de la sienne, entoure ses épaules de ses bras frêles, rampe à nouveau au plus près d'elle. Elle et elle. Elle gémit. Elle sourit. Elle respire. Elle a peur. Elle a envie. Elle est ivre de désir. Elle murmure. Elle caresse. Elle caresse. Elles caressent. Elles s'enlacent. Elles roulent. Elles s'enroulent. Elle pénètre. Elle gémit. Elle s'abandonne. Elle va et vient. Elle aime. Elle en redemande, elle en redonne. Elle embrasse, elle lèche, elle suce, elle aspire, elle ouvre, elle s'ouvre, elle coule, elle pénètre encore et longtemps, elle pleure, elle, elle crie, elle, elle rit, elle, elle. Elles.

Elles le jour, tout entier, puis la nuit. Elles longtemps. Elle découvre qu'avec les hommes, avec le Louis, avec Xavier, avec Hans, et tous les autres, l'acte était si bref, si limité, si prévisible.

Elle découvre que ce qu'elle prenait pour une simple attirance porte un autre nom.

Elle appelle Léo et décommande ses rendez-vous du lendemain.

Elles.

Elle appelle Léo et décommande ses rendez-vous pour le mois prochain. Tous ? Tous.

Léo vitupère, comprend vite qu'on ne négociera pas, abdique. Pour un temps.

ZOLA

Tout change quand on aime. Tout. Chaque gorgée d'air qu'on inspire contient concentré le bonheur qui se diffuse dans les plus infimes et secrètes parties du corps. Le temps s'arrête, le temps s'accélère, rien d'autre ne compte, ou si peu, si peu qu'on en rit. Angèle reçoit des lettres du rectorat lui intimant de reprendre son poste dans les meilleurs délais, sans quoi elle sera radiée de l'Éducation nationale. Radiez, les amis, radiez... Je suis radieuse, je suis riche, j'aime, et jamais plus jamais on ne me verra au lycée polyvalent de Millau. Drop dead, Perfide !

Tout ce qu'aime l'autre plaît. On veut le découvrir, le partager.
Tout est délice.
On veut tout savoir de l'autre. Annabelle raconte, pour la première fois de sa vie, la vie dans les parpaings, Lug fou de Le Pen, l'époque où elle ne se lavait pas et puait comme un sanglier... Angèle, fascinée, l'interrompt :

— Je peux prendre des notes ? C'est passionnant.

— Prends.

Annabelle enchaîne sur le lycée de Metz, le stop, les confidences des conducteurs qui lui ont fait découvrir le monde en dehors des parpaings et des délires celtiques de ses vieux. Le monde normal, quoi. Et puis, les premiers michetons, le Concours général, l'inscription à Sciences Po.

— Mais ta vie est un roman !
— Écris-le.
— Je peux ?
— Bien sûr.
— Je t'adore.
— Je veux cinquante pour cent.
— Tu es sérieuse ?
— Ça vaut de l'or.
— Impossible.
— Pardon ?
— Mon agent me pique déjà quinze pour cent. Si tu me prends cinquante, il me reste une misère.
— Je serai bonne. Trente-cinq pour cent. Il te reste cinquante pour cent.
— TTC ?
— Soit. Passons.
— Tu es dure en affaire, chaton.
— Tu n'as pas tout vu. J'aurai des exigences.
— Genre ?
— Un droit de veto.
— Explique.

— Ma vie en Lorraine, tu es d'accord, c'est du Zola.

— Je suis d'accord.

— Tu ne fais pas du Zola.

— Promis.

Angèle sourit à cette idée. Non, elle ne fera pas du Zola…

Annabelle passe des heures sur Soundcloud. Angèle qui ne pratiquait pas se passionne et compose des play-lists. Se passionne aussi pour les jeux vidéo, pour la Wii, la Kinect de la Xbox, bref rajeunit de vingt ans.

Parfois, elles lisent : Annabelle fait découvrir *La Pensée straight* à Angèle. Parfois aussi, elles sortent. Il fait beau, les Parisiens sourient, les Parisiennes portent des robes légères. Elles déjeunent en terrasse, vont voir des expos, flânent. Angèle fait découvrir la fontaine Médicis à Annabelle, dans le jardin du Luxembourg. Enlacées dans un fauteuil vert, elles passent des heures à contempler le plan d'eau qui paraît s'incliner vers les statues de la grotte. On passe aussi beaucoup de temps dans les sex-shops, évidemment. Annabelle a fait valoir que ses sex-toys étaient réservés au service. Qu'il en faudrait d'autres, de nouveaux, pour elles deux. Ne mélangeons pas tout. Angèle d'abord vaguement gênée puis franchement intéressée suit son amie aux Halles, à Pigalle, sur les Champs.

Le temps se passe ensuite à expérimenter, à comparer. Tu préfères ça, ou ça ? Et là, ça te plaît ? Oh non, là tu exagères. Mais tais-toi !

Laisse-moi faire. Annabelle se laisse faire. Et entreprend de surprendre à son tour son amie. Elle en a tellement vu... Comment faire ? Elle finit par trouver.

OSER

Quand on est amoureux, on est idiot. Ainsi va la vie. Croit-on.

Il y a des exceptions, rares. Ainsi, Angèle, amoureuse, follement, gaiment, euphoriquement amoureuse d'Annabelle, semble garder intacte l'intelligence que nous lui connaissons. Elle pourrait, comme le fait Annabelle, se confier, tout confier. Mais à quoi bon risquer d'impressionner son amour en évoquant sa tendance mariage-équarrissage-héritage ? Non, elle en dit, sur cet aspect qui appartient de toute façon au passé, le moins possible.

Elle pourrait aussi vouloir dissuader son amante de monnayer ses faveurs : lui offrir suffisamment de confort matériel pour que ses activités socialement stigmatisées cessent en raison de leur inutilité. C'est, remarquons-le, ce que font traditionnellement les hommes qui s'amourachent d'une fille perdue. Ils la sortent de l'ornière, l'épousent, lui pardonnent de bon cœur ses juvéniles errements, sur lesquels ils font toutefois silence en société : ils l'embourgeoisent.

Les sots ! Angèle veut garder Annabelle comme elle est, pute sublime, artiste du corps et des plaisirs, performeuse aguerrie. Elle aime sa créativité, sa combativité, sa déviance, son vice. Elle a toujours admiré les êtres qui osent ce qu'elle-même n'ose pas oser. Elle aurait pu, autrefois, se prostituer. Les propositions n'ont pas manqué, à vrai dire. Mais, corsetée par les convenances, inquiète des éventuels dommages collatéraux, elle ne l'a pas souhaité. Elle aime donc l'audace putassière d'Annabelle. La conviction qu'elle a d'être une artiste, à sa façon, une performeuse qu'on paie cher. Sa façon de rire de ses clients, de les chérir aussi parfois. Elle aime sa liberté farouche. Elle vivra donc, aux yeux de tous, avec une escort notoire.

La prendrait-on pour une maquerelle que cela l'amuserait beaucoup. D'ailleurs, elle a constaté qu'Annabelle s'emporte souvent, ces derniers temps, contre son Léo, qui devient tyrannique, en veut toujours plus tandis qu'il ne propose plus grand-chose de nouveau. Angèle a hérité, en même temps que de la fortune du défunt Guillometaz, de son carnet d'adresses, très jet-set. Elle peut assurer un intérim. Les négociations sur le montant de sa collaboration, on n'en doute pas, seront l'occasion de débats délicieux dans un lit profond.

VIENS

Annabelle amoureuse n'est pas sotte, loin s'en faut. Mais elle est jeune, si jeune, que son amour est impétueux. Il exige Angèle. Qu'Angèle soit là, le plus souvent possible, dès qu'elle-même est libre, qu'ont cessé les cours et les missions érotiques. Que tout le temps on soit ensemble, pour se parler, se caresser, s'aimer, se regarder, se sentir, pas loin. Là. En silence, parfois, on n'est pas obligées de parler tout le temps. Mais ensemble, le plus possible. Je ne suis bien qu'avec toi. Je te veux toute à moi. Je t'aime. Je t'aime, je t'aime, je t'aime. Viens t'installer chez moi, mon cœur, viens.

Angèle sourit tendrement : à cela elle reconnaît en Annabelle une authentique lesbienne. Elle est fusionnelle. Cela pourrait l'effrayer, mais non.

— Chez toi, non. Laisse-moi un peu de temps, je réfléchis.

ZICMU

De toute façon, la rue Peter est sinistre. Appartement vieillot, confortable mais ennuyeux. Saturé de Louis. Ça devenait insupportable, même en son absence. Il est temps de tourner la page, non ?

Deux cent cinquante mètres carrés, dans le bon 13ᵉ proche 5ᵉ, ça se vend vite, surtout quand on accepte d'être un peu au-dessous des prix du marché. Le temps de la transaction, Angèle contracte un prêt-relais qui permettra l'acquisition de l'appartement qu'elle occupera avec Annabelle, prête à cofinancer – elle a de quoi et autant faire les choses en grand.

De conserve et activement, elles se mettent en chasse. Font les annonces du PAP, contactent des agences. C'est fou tout ce qu'on peut trouver en ce moment, quand on cherche dans le haut de gamme. Les riches ont migré, à Bruxelles ou à Londres : il y a pléthore de belles choses littéralement bradées, du coup. À Neuilly surtout. Mais Neuilly est trop loin. Près du Luxembourg, ce serait bien pour ton jogging, non, mon amour ?

Oui mon amour.

Leur choix se porte sur un duplex atypique, deux derniers étages, rue Guynemer. Vue sur le jardin du Luxembourg, espace, calme et un chic moderne. Les propriétaires vivent déjà en Belgique, les malheureux, et ravis de la rapidité et de la facilité des négociations acceptent de laisser la jouissance des lieux dès la signature de la promesse de vente. Tandis qu'un décorateur s'active à préciser l'esprit du lieu, les deux amantes passent leurs journées chez l'une, chez l'autre, à mettre leurs affaires en cartons. Annabelle ne prend aucun appel de Léo. Angèle refuse tous ceux de Césari, qui voudrait, semble-t-il, lui poser quelques questions de routine. Pour boucler l'affaire, affirme-t-il suavement sur le répondeur du portable. Boucle, Césari, boucle sans moi. Boucle-la, surtout.

Évidemment, un Steinway de concert, ça ne se met pas en carton. Qu'en faire ? Les deux femmes se regardent. Il y a du pour et il y a du contre.

Le contre est évident : la bête est immense, encombrante. Où qu'on la case rue Guynemer, on ne verra qu'elle. Elle, porteuse de la mémoire de Louis.

Le pour est difficile à exprimer et fait l'objet d'un débat. Les deux femmes en sueur sont assises à même le sol et pensent tout haut. Louis avait des défauts, certes.

— Des tares, dirais-je, avance Angèle.

— Tu exagères.

— Que non. Tu n'as pas, bichette, subi comme moi sa lubie de déconsommation. J'ai été nourrie de racines du potager pendant les trois dernières années de son existence.

— Affreux.

— J'ai dû faire des heures sup' pour m'offrir des tenues convenables.

— Je compatis.

— Tu peux. Pendant qu'il déconsommait avec moi, il surconsommait avec toi. J'ai vu passer une facture de chez Chopard, une autre du concessionnaire Ferrari de l'avenue de la Grande-Armée. Tu lui prenais gros.

— C'est un fait.

— Salope.

— Je t'aime.

— Je t'aime.

Et l'on observe en silence le mastodonte.

— Il avait des défauts, mais il jouait admirablement du piano.

— Il était tout simplement exceptionnel.

— Unique.

— Historique.

— C'est même pour ça qu'on l'a aimé, non ?

— Tu m'ôtes les mots de la bouche.

— ...
— Tu joues ?
— Du tout.
— Je t'apprendrai.

LÉO

Léo laisse plusieurs messages par jour. Il y a des fortunes qui se perdent. Il y a aussi des baffes qui se perdent, a-t-il fini par ajouter, d'un ton menaçant. Il convient donc de le remettre à sa place.

— Tu es fou, ou quoi ?
— Non. *Tu* es folle. Complètement perchée. Tu te grilles. Et moi avec.
— Je me fais rare. Je serai plus chère, c'est tout.
— Dangereux.
— Bref, tu m'oublies, mon gros Léo, c'est clair ?

Le mac s'égosille au bout du fil, c'est pas Dieu possible, elle veut sa ruine, elle piétine sa crédibilité, elle veut fiche en l'air tout ce qu'il a construit ! Mais enfin ! Liu, Liu le magnat hongkongais de l'immobilier, attend Madame au Ritz, le virement bancaire a déjà été effectué, pourrait-elle prendre connaissance du montant de l'opération en consultant sa banque en ligne ? Nope. Avis de tempête au bout du fil, que nous abrégeons. Annabelle, nue sur le lit qu'elle ne quitte guère, rit de bonheur et raccroche.

Le mac rappelle, profil bas, et plaide la cause de Tapinov.

— Ah, Polia, évidemment... Combien ?

— Tu connais ses tarifs, non ?

— Bon. Dans trois semaines, et pour un week-end. Tu doubles le tarif.

— Qui est Polia ? veut savoir Angèle.

— Un Russe. Pétrole et autres. Gros poisson. Énorme et généreux.

— Non. N'y va pas.

— ?

— Écoute, je ne le sens pas. N'y va pas.

— Chuuut ! Polia est fou mais inoffensif. Je reviendrai vite.

CO_2

Il y a des limites à la vénalité. Annabelle, qui n'a rien contre le commerce inéquitable (de sa beauté) ni monopolistique de fait (de ses talents scénaristiques), tient néanmoins à pratiquer une sorte de commerce *éthique* (pour le client bien sûr). Pas question donc de jouer les pièges à miel – comme on le lui demande à longueur de jour dans les milieux de pouvoir où elle évolue. Compromettre un haut dirigeant politique, un opposant, un journaliste, un concurrent : très peu pour elle. Le chantage n'est pas son fonds de commerce. Dieu sait pourtant qu'on lui propose gros. Mais elle reste inflexible. Annabelle n'est pas une donneuse : c'est une pute à principes.

Ajoutons en passant que bavarder serait le meilleur moyen de se griller auprès d'une clientèle en or chez qui tout se sait vite. Et puis, il y a des espionnes professionnelles pour cela, ou des idiotes jetables. Il faut savoir respecter la division du travail.

L'oligarque russe chez qui elle se rend aujourd'hui, à une centaine de kilomètres de Moscou, tient par exemple tout particulièrement à cette discrétion. Guetté, attaqué, harcelé par le Premier ministre et ses hommes qui n'y regardent pas à deux fois pour se débarrasser des milliardaires trop audacieux en les serrant au frais dans quelque geôle, l'homme devenu non sans raison paranoïaque se terre la plupart du temps dans sa lointaine datcha. Construite au bord d'un lac privé, elle se cache au milieu d'un domaine très Catherine de Russie, modernisé par des clôtures de fil de fer barbelé, des caméras, des miradors, et même, bien cachées, quelques batteries sol-air de défense antiaérienne à titre dissuasif.

On débarque là en hélicoptère, en priant pour que les gardes mercenaires n'aient pas la vodka et la gâchette trop faciles.

Apollinari Mikhaïlovitch Tapinov – c'est le nom du propriétaire des lieux – ne baise plus qu'Annabelle, qui a su gagner sa confiance. Elle connaît ses goûts, ses rêves, ses relations, et même les codes de la datcha : elle est sa seule amie.

Pérestroïkiste de la première heure, il a vu ses ennuis commencer, comme souvent en ce pays, avec sa fortune. À l'époque de l'éthylique Boris, il s'est lancé dans le commerce du bois, rachetant des milliers et des milliers de kilomètres carrés de taïga en Sibérie orientale, réputés inexploitables avec le déclin du goulag. Non seulement il est parvenu à multiplier les coupes claires dans des régions semi-désertiques et à alimenter ainsi l'insatiable demande du marché occidental, mais il a été l'un des premiers à comprendre le lien entre son activité de déforestation et le réchauffement climatique mondial. Lorsqu'il se mit à racheter pour rien, plus au nord depuis Krasnoïarsk jusqu'à Vladivostok, des pans entiers de toundra sans aucun arbre et soumis à un froid allant de moins trente à moins soixante-dix degrés, on le prit pour un fou. Mais lorsqu'il apparut que, grâce au tristement célèbre effet de serre auquel il s'activait, ces terres allaient lui permettre de pomper des réserves de pétrole jusqu'à présent inaccessibles, les cours en Bourse de sa société firent un bond record, suivi d'une hausse jamais démentie. Il capitalise trois fois ce que posséda le pauvre Khodorkovski avant que Poutine l'emprisonne pour « vol par escroquerie à grande échelle » et « évasion fiscale », accusations qui commencent à être évoquées régulièrement dans la presse officielle en ce qui le concerne. Ce mauvais citoyen a réussi bien entendu à scandaliser jusqu'au faîte du pouvoir russe, qui, faisant chorus avec les écologistes du reste du monde, trouve désormais cette tentative de prédation des ressources collectives bien égoïste, et cherche à nationaliser l'entreprise pour mieux en contrôler les agissements et, accessoirement, les finances. Il veille au grain, et emmerde Poutine et le reste du monde en participant au forum de la Sun Valley, sommet réunissant les plus grands patrons de la planète : il est actuellement le seul Russe à jouir de cet honneur.

Fort de ces succès financiers, Tapinov rachète aujourd'hui à tour de bras des forêts partout dans le monde, de l'Indonésie à l'Amazonie en passant par l'Afrique équatoriale. Bien évidemment, le saccageur décomplexé de la biodiversité ne replante jamais, installe sur ces friches des troupeaux de bovins dopés à la rétaline qui sont d'effrayantes usines à péter du CO_2, espérant ainsi hâter le dégel de ses terres, la réduction de la calotte glaciaire en bonne bouillasse et l'exploitation de son pétrole septentrional.

La datcha en bois noirci par le temps est superbe dans son écrin de verdure. Le joli mois de mai est là, les étoffes de voile et dentelle blanche virevoltent aux ouvertures de la maison. Le vaisseau paraît prêt à appareiller. Un peu plus bas, au bord du lac, la cheminée du sauna fume discrètement.

DEUS

Annabelle est loin, Annabelle est en Russie, Angèle tourne en rond. Et pour tout dire, s'inquiète. Le pays est peu fréquentable, et le client pour lequel sa belle va faire, comme elle dit, une performance est mal vu du pouvoir, elle s'est renseignée sur le Net. Tout cela est-il bien raisonnable ?

Non, mais elle n'y peut rien. Que faire ?

Écrire.

Sa comédienne s'est déjà amplifiée de vingt kilos et peut raisonnablement faire penser à la Callas boudinée des débuts, lorsque Angèle s'avise que ce roman l'ennuie, que le roman en général lui paraît une forme obsolète et qu'elle pourrait essayer autre chose. L'ode, par exemple :

L'enchantement provoqué par un sexe de femme saisi par la bouche alors que le désir le fait fondre, rien ne l'égale. Le cœur cogne dans la bouche, les doigts se mêlent aux lèvres et à la langue et aux dents pour aller cueillir là le plaisir.

Tout est délice. Tant de charmes enivrent, le sang dans les veines tape, la tête tourne. La douceur de la peau, la saveur, le goût, l'odeur de sel, de mer, de ciel, d'origine, de mystère. Odeur d'océan, goût de Monde… Car le miracle d'un sexe de femme est qu'il ensorcelle tous les sens, la vue, l'odorat, le toucher, le goût. Le sexe d'homme, tout faraud et bien brandi qu'il se montre avec sa muette verve de phallus glorieux, est certes agréable à saisir et à enfourner, mais il n'a, le pauvre, ni goût ni odeur – les deux viennent après, après le plaisir, goût douceâtre et odeur puissante de lentilles cuites à l'eau ou de marronniers au printemps. Mais pendant, rien. Alors qu'un sexe humide de femme recèle mille trésors capiteux offerts tout le temps du jeu amoureux. À voir de tout près, il est étrange, nullement obscène, plus allongé qu'on ne l'aurait cru, et sa géographie ravissante, sinueuse, ses plis et ses monticules, sa grotte secrète, ses symétries et ses ruptures en font tout un univers courbe en miniature.

Pris dans la bouche dès que monte le désir, il semble une pulpe de fruit, pulpe glissante, luisante et tiède qui sécrète un jus léger si enivrant qu'il appelle impérieusement la caresse et le baiser, toutes les formes de baisers, baisers effleurés, baisers rythmés, baisers tendres, baisers avides, baisers affolés, baisers et caresses tout ensemble. Cette saveur qui guide et aimante l'amante, cette saveur si délicate et puissante à la fois, il faut un dieu pour l'avoir inventée.

VROUM

Annabelle n'est pas entrée dans la vaste datcha qu'elle entend déjà Tapinov la réclamer bruyamment depuis sa chambre.

— Suzeeeeette !

Ah, Suzette ! Douce, inoubliable Suzette… La nourrice française de Tapinov était montée de Bretagne à Paris dans les années 1960, où elle avait été engagée pour veiller sur cet enfant unique né dans une famille aux activités interlopes, exilée en France et spécialisée pour sa survie dans la vente à la diaspora russe d'une quantité invraisemblable d'alcools frelatés, baptisés au petit bonheur et en fonction des couleurs obtenues vodka, armagnac ou whisky noir d'Odessa. Les prémices de la fortune et des méthodes Tapinov.

Outre les crêpes au beurre et au miel de sureau, Suzette faisait divinement bien les omelettes, d'un leste poignet qui leur conférait la consistance nuageuse qui hante aujourd'hui le gros Tapinov. Le même poignet n'avait pas son pareil pour procurer ses premières branlettes à l'enfant. Bonne infiniment, elle autorisait même parfois le petit Polia, dans le riche et profond décolleté dont la nature lui avait fait la grâce, à faire mouillette. À condition qu'au préalable il beurrât généreusement sa tendre petite queue. Tapinov coula là, près du parc Montsouris dans son 14ᵉ arrondissement natal, des jours heureux, mais connut brutalement le vrai désespoir russe lorsque, à trente-cinq ans révolus, son père voulut le faire grandir. Il renvoya brutalement Suzette par le premier rapide gare Montparnasse dans sa Bretagne, où elle mourut presque aussitôt d'un double cancer du sein. Le jeune Tapinov s'exila alors à Moscou et se jeta à corps perdu dans les affaires en profitant de l'ouverture de la Russie au capitalisme, mais jamais n'oublia le poignet de Suzette.

Annabelle entre dans la chambre et trouve comme convenu l'oligarque au lit, en pyjama-barboteuse bleu layette, battant des jambes sur un mode frénétique et envoyant promener à travers la pièce oreillers, draps et joujoux :

— Je ne veux plus faire la sieste, Suzette, j'en ai assez de la sieste, je suis trop grand pour ça !

— Sois sage, petit Tapinov !

Annabelle enfile une blouse de nurse et glisse discrètement son téléphone portable dans sa poche droite. Polia, déjà en transe, ne s'aperçoit de rien.

— Non ! Je veux être vilain.

— Comment ça, Polia, petit coquin ? Tu ne vas pas recommencer !

— Si !

— Que non ! Quand tu ne fais pas la sieste, tu es trop excité le soir. On ne pourra plus s'amuser ! Comme quand tu as fait une colère au restaurant du Ritz à ton plus gros client brésilien, qui avait pourtant eu la gentillesse de venir accompagné de ses amis présidents Lula et Dilma.

— Ne me parle plus jamais de Lula. Viens me talquer.

— Mais enfin, Polia, ils étaient prêts à te céder des pans entiers de l'Amazonie pour quelques millions de roubles !

— Je les déteste !

— Je puis t'assurer qu'ils ont trouvé que tu n'étais pas du tout sage quand tu as tiré la nappe d'un grand coup et que toute la belle vaisselle a été cassée. Méchant galopin, va !

— Mais ils voulaient m'empêcher de couper tous les arbres !

— Chut, mon bébé…

— La plus belle forêt du monde ! Svoloch de Lula ! Il veut tout m'interdire, ce Kozel ! Comme si j'étais un petit enfant ! J'ai pourtant la cinquième fortune de Russie selon *Forbes* !

— Oui, mon Polia ! Arrête de déchirer ton pyjama. Sois sage. Fais areuh à Suzette.

— Areuh, areuh !

— Qu'il est mignon, mon petit Polia. Viens là que je te talque.

— Areuuuuuh…

On se dirige vers une table à langer grandeur adulte et on officie. Polia pisse de joie.

— On fait popo ? réclame le gros bébé.
On fait.

— Et puis d'ailleurs, je suis sûr que je bande plus fort et plus haut que le tout petit Lula !

— Tu crois ? Voyons voir tout de suite, mon Polia !

D'un geste leste, la nounou rieuse agite un orteil d'Apollinari Mikhaïlovitch Tapinov et remonte en faisant la petite bête le long de la jambe.

Elle palpe.

— Mais oui ! Elle est é-norme ! Je n'ai jamais vu un engin pareil !

Et Annabelle d'envoyer valser le drap.

— Ma parole, est-ce possible ? Elle n'aurait pas encore grossi depuis la dernière fois ?

— Il faut me mesurer ! embraie aussitôt Tapinov ravi qui bat des menottes et des pieds.

Annabelle affecte un air grave et l'installe debout face au mur, à l'endroit habituel où sont inscrites toutes les marques avec leurs dates. Notre pute cherche un crayon, trouve son téléphone, envoie un micro texto (je t'm), puis plaque le pénis de Tapinov contre le mur pour tracer juste au-dessus du gland le petit trait historique.

— Voyons, dressons-nous bien pour Suzette, commande Annabelle qui se penche et le suce un peu pour améliorer la posture de l'engin... Voilà, c'est très bien. Ah ! Coquinou ! On ne triche pas en décollant les talons...

— Promis !

— Dieu de Dieu ! Un mètre soixante-cinq au garrot ! Ma parole, Polia, tu as encore pris deux centimètres depuis la dernière fois. Bientôt ta queue dépassera ma tête : je serai obligée de grimper sur un tabouret pour te gâter !

— Écris mon âge, requiert Tapinov tout fier.

— Six cent quatre-vingt-onze mois, s'exécute Annabelle. C'est vrai que tu grandis. Il faut noter cela tout de suite sur ton carnet de santé et compléter la courbe de croissance.

— D'abord, il faut me peser aussi, fait valoir l'oligarque.

— Ah oui, où donc est la balance à testicules ?

Elle la déniche dans la salle de bains, rutilante et parfumée à l'huile de jasmin. Tandis qu'Annabelle lui tripote les couilles, Polia ferme les yeux de bonheur. Le moment ou jamais d'envoyer un nouveau SMS, non ? « Je pense à toi, j'ai envie de toi, Polia m'em… »

— Trois cent dix grammes pour la droite, et cinq cent vingt grammes pour la gauche. Mais c'est énorme, mais c'est phénoménal, mais c'est mondial ! On a passé la barre des huit cents ! Que je suis fière de mon grand bébé !

— Et si on jouait au Meccano maintenant ?

— Prépare le matos, mon Lapinou, j'arrive, promet-elle en s'enfuyant vers les toilettes.

Elle prend son temps. Vérifie les messages reçus. Deux ou trois du Gros, qu'elle ne lit même pas, et… dix d'Angèle. Elle rit de bonheur et les lit un à un. Répond à tous. Polia peut bien couiner… Il paiera, de toute façon.

Bien sûr que je t'aime (suivent des développements). Bien sûr que tu me manques (développements itou). Mais non, on ne m'a pas ennuyée à la douane (circonstances). Surtout ne touche pas aux cartons, les déménageurs s'occupent de tout (je t'aime). Etc.

Elle retourne ensuite à son art, mais l'inspiration est en berne. De toute façon, elle a déjà tout réglé avant d'arriver : elle n'a plus qu'à se laisser faire. Polia fait mumuse avec son Meccano parti à l'assaut des orifices d'Annabelle, vroum, vroum ! Elle lève les yeux au ciel, roucoule et gémit et crie. Il est heureux. Il jute sur ses joujoux. Et banque.

BAM

L'ode, ou alors le texto.
Parfois aussi, la confession érotique.
« Jusqu'à présent, le plaisir avait un rythme dont je connaissais par cœur chaque pulsation. Caresses, baisers, pénétration(s), re-caresses, re-baisers pendant les pénétrations, devant, derrière, c'est vraiment très bien, derrière, quand la chose est menée avec tact. C'est-à-dire avec suffisamment de douceur, d'intelligence, je dirais même de quasi-réticence au début : comme sans trop savoir. Et là les cris, les miens. D'étonnement, de frayeur, de douleur. Il y a un cap à franchir. De douleur, puis de plaisir. De plaisir de plus en plus fort, évident, de plus en plus profond, la sodomie-à-fond, voilà qui est bon, voilà qui fait fondre, et crier, vraiment.

Mais tout cela est bien beau, tout cela vous explose le cul mais ne mène pas, avouons-le, à l'extase.

Alors, on suggère, l'air de rien : par-devant, maintenant ? Et l'amant, ou le mari, ou les deux, ne sont pas contrariants, un trou est un trou, et dans le mouvement enconnent. Enconnent et labourent, lentement, puissamment, patiemment, et c'est bon, c'est très bon avouons-le, qu'y a-t-il de meilleur au monde, ça prend aux tripes, ça pulse dans le cœur, ça pulse dans le ventre et probablement dans le cerveau, ça raidit les jambes et les orteils, ça produit toutes sortes d'effets que nous détaillerons un jour dans un roman un peu hard, mais tout cela, vraiment, malheureusement, ne mène pas où l'on voudrait.

Alors, parce que l'extase est l'extase, et qu'à ce point de l'affaire tout tend vers elle, et le corps et l'esprit, on accompagne. On accompagne les longs coups de boutoir d'une petite caresse personnelle et que l'on connaît bien, si bien, on se branle l'air de rien (ça ne t'ennuie pas, je me caresse), on se caresse donc comme on sait faire, tout doucement, presque sans toucher le clito, il faut que ce soit absolument léger, un effleurement, une circonvolution, une lente acrobatie, et là, tout lentement, on trouve, c'est là, ça monte, les cris s'échappent de la gorge, les cris et le plaisir montent, et la machine s'emballe, c'est de plus en plus fort c'est une folie, et le phallus continue à fourrager, entendons-nous bien, il est là pour ça, et on continue, caresse, effleurement, et ça monte, ça monte, et ça éclate d'un coup, je suis surprise chaque fois comme si c'était la première, le plaisir est intense, et le foutre vient arroser et couronner et prolonger et amplifier le tout, c'est parfait.

Tout cela, c'était BAM, c'était Before Annabelle Mansuy.

Depuis qu'Annabelle m'a prise, tout a changé : un univers s'est ouvert.

Annabelle m'a pelotée, embrassée, bisouillée, chauffée, branlée. Good. Bien partie vers les sommets, j'ai laissé faire, avec en tête et dans les mains une certitude : au moment opportun, quand les choses prendraient une tournure en quelque sorte irréversible mais insuffisante, quand on y serait presque, je prendrais les choses en main et me branlerais, comme de bien entendu. Je me branlerais et me mènerais au ciel. Mais Annabelle, dont grande est la science de l'amour, dont grands sont l'humour et l'esprit d'à-propos, Annabelle a mordillé mes doigts qui se glissaient vers les zones glissantes, Annabelle a fait fuir les intrus, pas touche minouche c'est moi qui décide et tu vas voir ce que tu vas voir, et avec sa langue, et avec ses doigts, et avec son nez qui roulait partout où c'était bon, et avec son front qui s'entêtait de droite et de gauche et de haut en bas sur mon con écartelé, Annabelle avec ses doigts en moi, Annabelle avec ses dents, Annabelle avec ses lèvres et avec ses mots (il n'y a que moi qui peux te caresser comme ça, il n'y a que moi qui ai le droit de te caresser comme ça), Annabelle m'a fait monter, monter, monter là-haut, si haut que je ne savais pas que cela existait. Elle a mêlé ses cris aux miens, puis m'a prise dans ses bras, j'étais une enfant je pleurais, et j'étais enfin une femme je riais. »

FSB

À l'aéroport de Moscou, une petite délégation attend Annabelle. Ça ne sourit pas. On la conduit dans une salle borgne où un homme au regard bleu l'attend. Lui non plus ne sourit pas. Son jeune front est griffé de rides précoces. Visage triangulaire presque sans lèvres, nez d'aigle. Annabelle lui tourne le dos, sort son portable de son sac, compose un SMS rapide destiné à Angèle (en effet bébé ça chauffe à la douane), mais l'homme sans sourire se dresse devant elle, lui retire sans commenter l'objet des mains avant qu'elle ait pu envoyer le message. Éteint l'appareil, le dissimule dans une de ses multiples poches et se tait toujours. Dans une autre pièce derrière, on aperçoit quelques patibulaires en treillis.

— Je n'irai pas par quatre chemins, mademoiselle Mansuy. Je me présente : Vladimir Stragonov, travaillant pour le FSB. C'est le KGB, si vous voulez, en mieux et plus moderne.

Annabelle lève les yeux au ciel : comme si elle l'ignorait…

— Je peux fumer ?

— Vous pouvez la fermer. Pour l'instant. Vous avez passé la journée avec notre ami Tapinov. Nous l'aimons beaucoup, vous savez.

— Je n'en doute pas.

— J'ai besoin de renseignements.

— Plutôt crever, camarade Stragonov, je ne donne jamais mes clients, ou je les perds tous.

— Tu ne m'appelles pas camarade ou tu prends des claques. Tes clients, petite pute, tu es en passe de les perdre tous, en effet.

— Que voulez-vous ?

— Le code de la datcha. LES codes. Nous voulons pouvoir circuler à notre aise.

— Connais pas, s'entête Annabelle.

— C'est ce que nous allons voir. J'ai réservé à ton intention mon petit commando. Il est dans une pièce à côté et se rouille un peu depuis qu'il est rentré d'opérations : connais-tu la roue tchétchène ? Ou encore les orgues de Staline ? La manœuvre nécessite plusieurs costauds bien membrés... À moins que tu ne préfères expérimenter – voyons, comment traduire cela en français ? – la panique du rat dans le labyrinthe des organes ? On débutera par le vagin.

Annabelle envisage la soldatesque musclée. D'une bourrade, Stragonov la précipite vers ses bourreaux.

La douleur donne des idées bizarres. On pense à abandonner carrément le métier, à passer à autre chose, à rester encore et toujours avec Angèle. À écouter ses craintes, à suivre ses conseils. On se raccroche aussi à ce qu'on peut. Tout le temps que dura le viol, au grand étonnement des barbares, Annabelle résista et des codes ne dit rien, jusqu'au bout se tut, sauf pour réciter en hurlant le discours de Malraux panthéonisant Jean Moulin : « Aujourd'hui, jeunesse, lançait-elle secouée et malmenée par ses tortionnaires, puisses-tu penser à cet homme comme tu aurais approché tes mains de sa pauvre face informe du dernier jour, de ses lèvres qui n'avaient pas parlé ; ce jour-là, cette face, elle était le visage de la France ! »

DOUDOU

Pour Césari, les jours qui suivent sont calmes et heureux. Certes, il passe au bureau mais ne s'y attarde guère : Vandenesse tente de l'intéresser aux développements tumultueux de l'enquête sur le violeur du couvent de la rue Broca, on en est à huit viols. Sur Internet, depuis la quatrième agression, le récidiviste, affublé du sobriquet de « diable du couvent », a été promu de la rubrique « Insolite » à la rubrique « À la une ».

Mais franchement, Césari n'en a cure. Marquiseaux, le divisionnaire, le coince entre deux portes, fait quelques remarques aigres sur son manque d'assiduité, parle de manque total de sérieux et d'absentéisme avéré, et comme Césari prend des airs surpris, le ton monte :

— Je te préviens, mon grand, si tu disparais encore aujourd'hui, si tu ne me fous pas la main sur le violeur de la rue Broca, si tu ne m'élucides pas ce qui se passe avec Louis Guillometaz, si tu n'es pas toute la journée sur le pont, je signale à ma hiérarchie un abandon de poste. Tu te reprends, fissa. Sinon, tu vas finir képi.

Qu'il signale, qu'il cause : Césari hoche la tête d'un air doux, émet des propos rassurants et s'éclipse dès qu'il n'est plus surveillé. Le temps se passe ensuite à peaufiner les installations de la cave et à laisser vaguer sa machine mentale sur diverses postures sadiennes. On tripote un olisbos. On s'assure de la solidité des liens de cuir.

Par acquit de conscience, on teste l'isolation phonique en jouant à fond la *Médée* de Cherubini par Rita Gorr et en passant la vitesse cinq de la défonceuse customisée à percussion Black et Decker.

Quand il n'est pas dans sa cave, Césari est sur le divan de Desdevises. Elle a souhaité accélérer le rythme de la cure : vous progressez beaucoup, monsieur Césari, vous associez de mieux en mieux ! Battons le fer tant qu'il est chaud, l'a-t-elle persuadé. Et de fait, ces séances sont d'un charme... L'analyste a quitté le ton autoritaire qu'elle avait naguère. Désormais, c'est avec une forme de ravissante onction qu'elle s'adresse à son patient. Par ailleurs, elle accepte qu'il s'installe sur le divan en position fœtale et qu'il garde près de sa joue, tel un doudou, le déshabillé mousseux d'Angèle roulé en boule.

Césari ne se fait pas prier. Évoquer les sévices qu'il va faire subir à Angèle lui est presque aussi agréable que de le faire vraiment. Parlant, associant, détaillant, il fignole son scénario dans le giron de DDD.

— Cette femme, voyez-vous docteur, mérite une punition exemplaire, sismique, définitive *(largo)*, chtonienne.

— Hum.

Nous y voilà. Le bougre est obsédé. Dangereux, 3D n'en doute pas. Écoutons-le bien. Notons tout.

— Angèle, mon petit ange bouclé, est le diable.

— Angèle, ange, diable. Continuons.

— Diable, enfer. *(Andante.)* Elle va connaître l'enfer, elle qui de moi se moque depuis toujours.

— Moque ?

— Moque, le mec, micmac. *(Allegretto.)* Je suis bon, là, non ?

— Très bon, monsieur Césari, remarquable. Micmac ?

— Micmac, arnaque. Son mec, elle vient m'annoncer sa disparition. Soit. Puis me jette sur deux pistes où me perdre. Soit il est parti : « Je m'en vais », inscrit sur un bout de papier en évidence sur le pare-brise de la voiture, vous voyez le genre. Un peu gros, non ? Ah je ris, je ris (et en effet, un rire énorme, montant des entrailles, retentit dans le silence du cabinet). Ensuite, elle m'envoie ses clés USB pour me faire croire qu'il est toujours là, tout près, à quelques mètres de moi, peut-être, à se fignoler une carrière bis. Elle me nargue. Elle m'asticote. Elle me rend… *(doloroso)* fou, fou, fou !

— Vous avez les empreintes de Louis Guillometaz sur les clés USB, monsieur Césari. Vous me l'avez bien dit, ça ?

— Vui.

— Pourquoi ne voulez-vous pas en tenir compte ?

— *(Fortissimo.)* Je chie sur les empreintes. *(Diminuendo.)* Et elle fignole, la gueuse, elle envoie les USB d'abord de Bastille, où est né Guillometaz, puis du quartier Monceau, où il a fait ses études au Conservatoire. J'ai vérifié tout ça. Avouez qu'elle est finaude. Qu'elle me provoque.

— Mais enfin, il est peut-être bien en vie et simplement à la recherche de ses origines, cet homme. Cela arrive, vous savez, quand l'âge vient...

— *(Vivacissimo.)* Il est mort, vous dis-je !

— Bien, monsieur Césari, vous avez raison.

— Et voyez-vous, en même temps, et c'est là que réside le vice de la chose, la diablesse me lance sur une autre piste : le suicide de Guillometaz, annoncé dans une lettre testamentaire. Bref, de quoi m'occuper beaucoup et longtemps. Sauf que je m'occupe autrement, moi, docteur. Je ne me laisse pas distraire par les nonoss qu'on me donne à ronger. Grrrr ! Grrrr ! Ouaf ! Je m'occupe à la coincer, cette ignoble tueuse. Cette collectionneuse de cadavres.

— Bien.

— Bref, cadavre, cadenas, caca boudin, cave. Je vais la réduire à rien dans une cave. Je lui ferai bouffer sa merde.

— Pourquoi une cave, monsieur Césari ? le guide l'analyste, dans un murmure et toujours notant.

— Un abîme myrteux. Obscur, profond, inquiétant. Hum... Ce sera parfait, fait-il sur le même ton chuinté.

— Et vous l'avez voulue où, cette cave ? Tout fait sens, vous savez.

Le ton est si doux qu'on croirait une berceuse. Césari ferme les yeux :

— *(Allegro maestoso.)* Tout près du commissariat, rue Abel-Hovelacque.

— Associons.

— Hovelacque. Love loque !

— Bien, ça.

— I love l'ange dont je ferai une loque *(staccato)*.

— Très bien, de mieux en mieux, on dirait une glose de Leiris. Le numéro de la rue.

— *(Cantabile.)* 17.

— Alors ?

— Dix et sept. Disert. Je vais lui parler. Je vais lui dire mon amour *(appassionato)*. Vous vous rendez compte, docteur, des progrès que je fais. J'associe drôlement bien, non ?

— C'est merveilleux. Asseyez-vous donc. Mais monsieur Césari, suggère *piano piano* DDD qui s'éponge le front et dissimule ses inquiétudes grandissantes sous des airs d'une douceur toujours plus suave, cet amour qu'il faut absolument lui dire, nous sommes bien d'accord... ne pourriez-vous pas le lui avouer... calmement ?

Et la voix de l'analyste n'est alors qu'un souffle délicieux.

— Non.

Le ton est ferme, la voix forte, soudain. *Sforzando*. Césari s'est redressé à nouveau, s'est emparé du coupe-papier en plaqué or qui ornait le bureau de l'analyste et a tapé du pied, rythmant *con fuoco* sa colère.

— Pourquoi, monsieur Césari ?
— Je veux la tuer. L'épouser, et la tuer.

Et ces derniers mots sont à nouveau prononcés avec une infinie tendresse, les yeux clos, et *pianissimo*.

PLI

Monsieur le commissaire divisionnaire,

Je ne vous écris pas sans appréhension. Je m'apprête à accomplir ici ce que jamais au sein de notre société je ne vis faire. Je vais, quoique j'en aie, briser le silence sacré auquel me lie le secret professionnel. Ce silence, ce respect du discours du patient sommé par la loi analytique de tout nous dire, ce mutisme devant les refoulements tenaces, les associations laborieuses, les radotages infinis, les dérisoires aveux, les errements borderline, cette réserve absolue qui est ma loi depuis maintenant quarante ans, je dois les quitter. Je ne vous cèlerai point, monsieur le commissaire divisionnaire, que cela m'est un supplice. Peut-être serai-je montrée du doigt par les membres de ma profession. Sans doute serai-je seule dans cette adversité. Mais enfin il le faut.

Augustin Césari, votre collègue, a entamé sa cure il y a environ cinq ans. Il présentait le tout-venant d'une névrose obsessionnelle sans particularités notables, bien qu'il se montrât fort perturbé par des fantasmes sadomasochistes récurrents, dont je lui fis souvent valoir, mais longtemps en vain, qu'ils étaient monnaie courante, lui expliquant qu'un degré minime de stimulation sadomasochiste est fort souvent utilisé sans grand mal pour augmenter une activité sexuelle par ailleurs normale.

Depuis quelques mois toutefois, Augustin Césari a développé au cours des séances des fantasmes paranoïdes de pouvoir et de vengeance qui se sont cristallisés sur Mme Guillometaz, une romancière sur le retour, objet d'une enquête qui piétine et dont il est persuadé qu'elle a assassiné son vieux mari. Il ne m'appartient pas d'en juger, mais ce meurtre est à l'évidence un fantasme, une pure projection. Dans un mouvement contre-dépressif/agressif, Augustin Césari, rejeté par cette femme dont il s'est entiché, s'identifie à la supposée victime. Et la victime veut devenir bourreau.

Pour arriver à la confondante conclusion de la culpabilité d'Angèle Guillometaz, il a extrapolé autour de quelques phrases que l'écrivain en mal d'inspiration avait jetées dans un carnet, notes concernant une épouse bafouée qui, ayant tué son mari, l'aurait découpé en petits morceaux, bref, bribes de récit à l'évidence très fantaisistes et romanesques, et pour tout dire grand-guignolesques, mais qu'il s'obstine à prendre au pied de la lettre, et qu'il assimile à des aveux purs et simples.

Parallèlement à cette obsession alliée à une pulsion d'emprise, j'ai pu noter une détérioration du fonctionnement social, occupationnel et professionnel de mon patient : depuis plusieurs semaines, Augustin Césari ne se rend pratiquement plus, à ma connaissance, sur son lieu de travail et passe son temps dans une cave récemment acquise et située près du commissariat, très précisément au 17 de la rue Abel-Hovelacque, cave qu'il s'emploie à aménager en salle de torture. Au vu de son état mental, je suis personnellement incapable d'empêcher l'agression de Mme Guillometaz, sa séquestration et sa hélas très probable mise à mort.

Permettez-moi une précision sur la cure psychanalytique. Ordinairement voyez-vous, plus l'analysant verbalise sa pulsion, plus il est à même de la maîtriser. J'ai donc encouragé Césari à mettre en mots ses fantasmes, à associer librement à partir de ses rêves, à accorder le primat au signifiant. J'ai alors rencontré un problème pour moi inédit : l'acting-out en pleine séance. Très sténique et pour tout dire en état de transe, Augustin Césari en effet a contre toute attente quitté le divan, s'est emparé du câble de mon ordinateur et a entrepris de me ligoter sur mon fauteuil, après m'avoir, par la force cela va sans dire, ôté mes vêtements et sous-vêtements et promis toutes les délices du bondage japonais shibariste, vantant la sensualité du ligotage et évoquant, les yeux fous, les « doux liens d'esprit et de sensations qui vibrent à l'unisson ».

Je vous passe le détail des sévices qu'il m'a infligés et dont je garde la trace : le transfert conduit à toutes les extrémités. Mes cris, loin de le ramener à la raison, paraissaient redoubler sa pulsion. Je ne dois la vie sauve qu'à Germain Gombrowicz, mon voisin, sapeur-pompier de son état, qui, alerté par mes hurlements, est venu me secourir en passant par la fenêtre, heureusement ouverte par ce temps estival. Augustin Césari a pris la fuite tandis que ce bon Germain me libérait.

Je diagnostique donc chez ce sujet un trouble paraphilique grave. Comme tout sadique, il est clair qu'Augustin Césari est l'enfant de la mère phallique-narcissique élevé au-dessus de la loi. Abrégeons : le sujet se trouve actuellement dans un état délirant et présente un risque important de mise en actes des pulsions agressives sur des personnes non consentantes, en premier lieu Mme Angèle Guillometaz. Je préconise sa détention dans un établissement de santé psychiatrique à haute sécurité.

J'ai dit ici la vérité, monsieur le commissaire divisionnaire, et en vous priant d'agréer l'assurance de mes sentiments distingués, me déclare à votre disposition pour témoigner des faits relatés dans la présente,

LUCETTE DESDEVISES DU DÉZERT,
membre de la société psychanalytique de Paris,
professeur émérite à l'Institut de psychanalyse de Paris,
officier de la Légion d'honneur.

11 023

Atterrissant à Roissy, Annabelle n'a qu'une hâte : retrouver Angèle. Ces salauds du FSB n'y sont pas allés de mainmorte, et lui ont soigneusement cabossé le visage et noirci les yeux, pour ne parler que du plus visible, afin de contrarier provisoirement ses activités de donneuse de plaisir. Heureusement, on lui a rendu son portable. Elle va devoir appeler Léo pour annuler tous ses rendez-vous pendant plusieurs semaines, plusieurs mois peut-être. Peu lui importe : elle restera avec Angèle. Cela suffit à son bonheur.

Le douanier la dévisage, regarde la photo qui figure dans le passeport, l'observe à nouveau, incrédule : franchement, elle est méconnaissable.

— Regardez bien, régalez-vous.

Elle voudrait le gifler, lui enfoncer ses talons dans les yeux. Elle a du mal à contenir la colère amenée en elle par l'épisode russe. Elle rumine vengeance, insultes, humiliation, violence, meurtre.

Dans l'appartement rue Guynemer, où elle espère se blottir enfin contre Angèle, personne.

Aucun mot.

Son propre appartement rue de Tilsitt est vide aussi. Le portable d'Angèle est invariablement sur répondeur, et elle laisse sans réponse les SMS et les messages vocaux qu'on lui adresse. Son fixe rue Peter sonne dans le vide. Nat à Millau se dit sans nouvelles depuis plusieurs jours, et pour tout dire assez inquiète. Sans même se changer, Annabelle se précipite vers le commissariat du 13e et demande Césari. Il était sur le dos d'Angèle en permanence ces derniers temps, peut-être saura-t-il quelque chose.

M. le commissaire est absent, lui apprend-on.

Sans se soucier des regards de compassion ou d'horreur muette que suscite son visage cabossé, elle ignore la préposée de l'accueil et grimpe les escaliers qui la conduisent au premier, deuxième porte à gauche, antre de Césari. Le bureau est impeccablement rangé, les dossiers empilés au cordeau, l'ordinateur éteint, le siège en simili cuir gris clair vide.

Autour de la machine à café, au fond du couloir, deux flics en civil pianotent sur leur smartphone. Annabelle se présente, expose la situation, exprime son inquiétude et veut savoir où trouver le commissaire. On ne la voit pas, on ne l'entend pas, on ne lui répond pas. Dur d'être laide. Elle insiste. On hausse les épaules. Elle hausse le ton.

— Césari, il s'est volatilisé, si vous voulez savoir, répond Andrieu dérangé en pleine partie de Doodle Jump. Nous, on ne sait pas ce qui se passe. Pas du tout.

— Je dois absolument entrer en contact avec le commissaire, s'obstine-t-elle.

Alors que son éléphant vert vient d'abattre un ovni et d'atteindre sur une plateforme bleu marine le score de 11 023, Andrieu lui conseille dans un soupir de poser la question à son chef, le divisionnaire Marquiseaux, plus informé que lui. Troisième étage, porte du fond.

— Il sait tout, Marquiseaux, de toute façon.

Elle fait antichambre près de trois heures sous les néons, les temps sont durs. Elle est enfin reçue par un divisionnaire haut de deux mètres, chauve ou rasé, peu aimable, qui ne lui propose pas de s'asseoir et prévient depuis son bureau gris : je suis pressé, au fait.

— Je suis inquiète. Louis Guillometaz disparaît. Angèle Guillometaz disparaît. Le commissaire Césari, qui enquêtait sur la disparition du premier, disparaît à son tour. Cela commence à faire beaucoup, non ?

Marquiseaux est pressé, mais il considère avec un intérêt non dissimulé le visage cabossé d'Annabelle.

— Quels liens au juste avez-vous entretenus avec le commissaire Césari, mademoiselle Mansuy ? veut-il savoir après quelques instants de réflexion.

— Juste vu une fois, pour lui remettre une lettre de Louis Guillometaz.

— Il était présent à votre soutenance de thèse. Vous êtes-vous revus en particulier ?

— Première nouvelle. Et non, jamais.

— J'ai un dossier sur vous. Césari vous a vue à votre thèse en étrange compagnie. Je connais vos activités. Ne finassez pas. Que s'est-il passé avec Césari ?

— Mais rien ! Césari enquêtait sur le meurtre de Louis et était en contact fréquent avec sa femme.

— Votre maîtresse.

— Un problème ?

— D'où viennent ces blessures sur votre visage ?

— C'est important ?

— Je crois vous avoir dit que je suis pressé.

On frappe. Andrieu dans une courbette s'avance vers Marquiseaux et lui glisse une lettre entre les mains : la dame a dit que c'était très grave, chef. Urgent, urgent.

— Filez, Andrieu, j'ai à faire. Bien, mademoiselle Mansuy, on reprend. Ces traces de coups, sur votre visage et votre cou ?

Comme Annabelle, peu inspirée, improvise une fiction dans laquelle elle aurait été victime d'un amant possessif l'ayant soupçonnée, à tort vraiment, de quelque incartade, l'immense Marquiseaux contrarié s'impatiente, agite mécaniquement le pied gauche et martèle le sous-main en PVC gris de son bureau avec la tranche de l'enveloppe qu'il tient entre le pouce et l'index, très serré.

Annabelle ignore et extrapole sur le caractère ombrageux dudit amant. Le divisionnaire glisse, rageur, l'enveloppe dans un tiroir latéral de son bureau, se trouve en deux enjambées devant la jeune femme, la gifle recto verso de la droite et décrète que si elle continue sur ce ton ça va mal se passer, très mal, mieux vaudrait pour tout le monde qu'elle lui dise direct ce qu'elle a trafiqué avec Césari.

Vandenesse sur ces entrefaites pointe un nez.

— Patron, on tient le violeur de la rue Broca, qu'est-ce qu'on en fait ?

— Toi, tu m'attends ici, glisse le flic dans l'oreille meurtrie d'Annabelle, qui opine.

La porte refermée, le silence revenu, Annabelle consulte son portable. Toujours pas de message d'Angèle. Elle a absolument besoin de l'aide de cette enflure de Marquiseaux si elle veut retrouver Césari. Elle l'attend, donc. Une heure passe. Abattue par l'ennui, déchaînée par l'angoisse, elle finit, au risque des pires représailles, par s'approcher du bureau toujours aussi gris, et fouille. Paperasse, bonbons, briquet, clés, lettre. Tiens, cette fameuse lettre fermée, si urgente… Elle saisit l'enveloppe sur laquelle est écrite, en rouge, la formule « TTU ». Elle ouvre, extrait une lettre signée Desdevises du Dézert, lit, relit, gémit, rougit, s'effondre sur le siège de

Marquiseaux, note l'adresse, cache la lettre dans son sac, se redresse et s'élance vers l'escalier, la rue, la cave, vite, vite, se ravise, revient dans le bureau, rouvre le tiroir du commissaire divisionnaire. Son Sig Sauer est rangé au fond.

Ça peut servir, non ?

Puis court, court loin de Marquiseaux.

TILALA

— « Mais qu'ils le sachent au moins qu'on peut crier un amour ! » hurle Césari dans sa cave insonorisée.

Le flic a la torture lyrique.

— Je t'aime, Angèle, je t'ai ! Dans la peau !

La romancière reçoit le compliment, imperturbable, stoïque.

— Je t'aime comme un fou.

Au mot « fou », Césari laisse se déchaîner un rire puissant et entreprend sans surprise de lacérer les fesses de sa victime à grands coups de badine. Lorsque perle le sang, il s'agrippe à ses hanches et lèche le précieux fluide en fermant les yeux. Puis mordille, et puis mord subitement en six endroits les globes de chair que sa victime lui présente, les mord au sang, cette fois encore.

Césari maîtrise depuis longtemps l'art japonais du bondage et connaît tous les nœuds, tous les secrets du ficelage de la femme, ceux qui magnifient son corps, donnent toute leur plénitude à ses rondeurs et rebonds, et légitiment sans réplique sa chair. Il est en intelligence avec ces cordes si douces qui, doctement passées et nouées, selon les prescriptions transmises depuis des siècles par les maîtres de cet art érotique secret, cartographient l'éros mystérieux de la femme, font frémir sa peau veloutée, orchestrent et guident son abandon, cérémonie indispensable aux jouissances par essence complémentaires de l'esclave et de son bon maître. L'inspecteur donc, depuis les premiers troubles que lui a naguère procurés le menottage de ses premières prostituées arrêtées pour racolage, a compris l'importance d'attacher la femme, pour lui rendre ces hommages que d'aucuns verraient comme des outrages. Il s'est initié à l'art des cordes mêlées. Apprenti, il est devenu progressivement amateur éclairé, praticien du dimanche, et désormais capable d'interpréter lui-même et de faire fusionner différentes écoles orientales et occidentales : il aspire au rang de maître. Angèle doit être l'œuvre qui lui apportera la reconnaissance. Du moins il s'en flatte. Aussi prend-il de sa victime quelques photographies qu'il tirera en noir et blanc, pour un cercle de connaisseurs.

La posture est remarquable. Le nœud central se situe entre les omoplates. De là, la victime est suspendue par le torse à une barre en inox, elle-même solidement fixée horizontalement entre les murs en moellons de la cave. La tête pend, chevelure éparse. Les mains sont liées derrière le dos, les chevilles ramenées en arrière vers le nœud principal, dans le dos, laissant ses plantes de pied tournées vers le plafond, offertes pour les coups de badine. Ses genoux et ses cuisses sont largement écartés, son sexe souligné. Deux cordes parallèles et plongeantes stimulent au moindre mouvement son périnée. Ces innombrables entraves remodèlent le corps nu, enserrent les seins en les tendant à l'horizontale comme des obus obscènes, pétrissent les fesses en délimitant des zones rebondies, maintiennent sans trop le serrer le cou, s'associent à quelques menottes, colliers de chiens et à un bustier de cuir bordé de petites plumes. Ici et là, au gré des trous, s'insinuent des sex-toys tantôt impassibles tantôt graduellement vibratoires. Angèle se débat et crie et supplie, mais ses plaintes sont étouffées pour l'instant par un bâillon à boule fluo. Tendrement ajusté à sa mâchoire, attaché à sa nuque duveteuse par les soins de l'amant dévot qui maintenant lui déclare sa flamme, un genou à terre et les bras largement ouverts, paumes au ciel, le joujou s'éclaire quand on fait l'obscurité.

— Mais non, je t'en prie, ne dis rien encore. Laisse-moi te parler, te séduire, te montrer quel homme je suis ! Laisse-moi te posséder ! Comme je te veux, Vénus, tout entière, ma proie, attachée !

Cet arrangement soigneux a pris des heures, Césari tenant à faire les choses au mieux, en artiste sans cesse retouchant l'œuvre qu'il sait de sa vie. Le chtonien sacrificateur accomplit son rite avec science et grâce. Impressionne par la sûreté et la beauté de ses gestes. Il est en accord profond avec lui-même et le cosmos. Il a trouvé sa voie. Et sans doute est-ce la lecture et la pratique d'un traité découvert il y a peu chez un bouquiniste corse qui lui a procuré une sorte de révélation décisive en cette délicate matière : *L'Art du ficelage corse, de la charcuterie à l'amour et à l'extase* par Poléon Santucci. Retrouvant les gestes ancestraux de son île natale, les associant avec ceux des maîtres de l'archipel lointain du Soleil-Levant, il noue et serre comme les anciens cordes et ficelles, et s'émeut, en écoutant en boucle les polyphonies corses qui lui tordent les entrailles et le font pleurer.

— Ensuite, femme, je t'épouserai, car je t'aime. Puis je te tuerai, car le diable doit être détruit. Mais rien ne presse. Prends le temps de m'aimer.

Deux jours, deux nuits au moins qu'elle est dans la cave : elle a perdu la notion du temps. Régulièrement, le flic la nourrit d'aliments délicieux et parfois épicés, lui fait boire des boissons doucement alcoolisées, bière de châtaignes et liqueur de cédrat, pour la détendre, et recueille religieusement dans un vase de faïence son urine sucrée et sacrée. Yeux mi-clos, inspiré, extatique, il l'élève alors vers le ciel de la cave où courent encore quelques rats surpris, et prononce dans un dialecte corse de l'arrière-pays des vœux énigmatiques et primitifs en faveur du bien-pisser. Puis il boit et rote en douceur.

Vingt soufflets à toute volée.

Angèle garde les yeux baissés.

Trente coups de cravache de cocher, sur les cuisses.

Le corps d'Angèle tressaute à chaque affront.

Cinquante coups d'une autre cravache, celle-là rigide et de type badine, sur le ventre, accompagnés de mauvais propos et de discours obscènes.

Angèle, pour tenir, essaie de se concentrer sur un semblant d'activité intellectuelle qui la projetterait vers un avenir décidément bien improbable. La bouche et les mains entravées, elle tente de prendre des notes mentales sur sa situation, avec l'espoir d'en tirer un jour un polar honorablement glauque, une fantaisie porno trash ou une bluette avec un nazillon sous l'Occupation qui tournerait mal. Elle se raccroche à cette idée et martèle dans sa tête, au rythme des coups reçus, pour se convaincre : Je me documente !

Cent coups de martinet sur les seins. Je me documente !

Deux cents coups de fouet sur les reins, rageurs. Angèle pleure, hurle parfois. Elle peine à reprendre souffle. Mais toujours, le credo revient pour l'aider à affronter le supplice : Je me documente...

Césari semble devenu dément. Les coups pleuvent sur la paume des pieds, puis entre les cuisses écartelées. Le flic transpire, écume aux lèvres, éructe son amour et sa haine, frappe encore, zèbre la chair d'Angèle de marques sanglantes, et actionne autour d'elle, alternativement, son sécateur électrique (autour des doigts, des orteils, du nez et des oreilles) et sa tronçonneuse forestière prête à tous les massacres (préférentiellement au niveau des coudes, des épaules et des genoux). Elle suffoque, elle sanglote, elle crisse, elle ferme les yeux et tente encore de retrouver sa conviction journalistique. Mais les mots tournent dans sa tête et ne font pas des idées.

 C'est alors que lui vient de très loin un petit air salvateur, une petite musique répétitive qui s'empare doucement de sa tête et donne un bout de rythme à son corps, une infime diversion tapotante à sa souffrance. Un petit air obsédant qu'elle ne reconnaît pas d'abord, mais qui fait cliqueter ses dents et résonner ses rares orifices tant soit peu dégagés pour que passe un petit filet de rengaine, un misérable refrain sur trois malheureux tons lui battant assidûment la glotte. Une obsession, mais à elle ! Une obsession promesse de dépossession ! Dans son ventre elle la chante sans d'abord la reconnaître, Ti-la-la ! Ti-la-la !, avec son petit rythme ternaire et sautillant, Ti-la-la ! Ti-la-la !, sur lequel elle concentre ses forces et qui l'abstrait du présent, Ti-la-la ! Ti-la-la !, puis les paroles lui viennent, étranges d'abord, exotiques et maternantes, Bambi-no ! Bam-bi-no ! Et c'est alors qu'Angèle, à bout de forces, fourbue, rompue, déchue, comprend qu'elle est en train de défier la souffrance, la terreur, les chaînes, les lacets, les bâtons fouteurs de Césari, avec une chanson de Dalida.

Innocente ? Non, car elle l'entend bientôt qui lui parle de sa douleur :
Bambino, Bambino ne pleure pas, Bambino !

Tout de même, comme chant de résistance, oncques fit plus noble, mais n'en a cure Angèle sanguinolente et dont la vie s'en va, dans ce cloaque impur et dans ses liens, Angèle qui ne cherche guère qu'à tenir et tenir encore, un peu plus, une minute encore, et puis une autre, fût-ce au prix de Dalida.

Je sais bien que tu l'adores (« Bambino Bambino »)
Et qu'elle a de jolis yeux (« Bambino Bambino »)
Mais tu es trop jeune encore (« Bambino Bambino »)
Pour jouer les amoureux

Et gratta, gratta sur ta mandoline
Mon petit Bambino !

Aussi quelle n'est pas la surprise de Césari, lorsque, au climax de sa passion (« Mais qu'ils le sachent au moins, qu'on peut faire crier un amour ! »), il retire le bâillon fluo de la bouche d'Angèle pour mieux l'entendre réagir à son perforateur à percussion monté d'un godemiché qu'il a introduit dans ses reins, et il ouit :

Mon petit Bambino !

SCIE

Un coup de Sig Sauer fait sauter la serrure.

C'est un spectacle d'horreur qui attend Annabelle.

D'abord, elle ne voit rien. Césari officiait dans une nuit presque totale. L'odeur est épouvantable. Les soubresauts d'Angèle guident son regard vers le fond de la cave.

Ses yeux s'habituent à l'obscurité : elle découvre son amour qui s'agite faiblement. Angèle est suspendue à des chaînes, elle paraît en sang.

Césari, hirsute et en transe, tente de se retourner, les deux mains sur sa défonceuse. Annabelle tire deux coups, un dans chaque jambe. Il s'effondre et hurle jusqu'à couvrir de ses injures ses chères polyphonies corses.

— Sale pute !

— Ferme-la, petit Césari que je vais abîmer.

— N'approche pas de ma femme ! C'est aujourd'hui que je l'épouse dans l'ombre et que je la purifie dans le sang ! Et puis là, je la tuerai, tilala, tilala.

— La ferme, ou je te troue aussi les bras, c'est clair ?

Le flic à terre gémit comme un enfant. Annabelle aurait bien envie de lui trouer aussi les deux yeux avec cette arme qu'elle manie désormais avec aisance, mais elle se ravise : il faut délivrer Angèle, au plus vite. Elle pousse à coups de pieds aux fesses le tortionnaire dans un coin de la cave et le ligote avec les cordelettes et chaînes nombreuses par lui-même fournies.

Le souffle court, les gestes déformés par la terreur, elle s'approche d'Angèle ficelée. Deux petits orteils ont été cisaillés et gisent sur le sol, des entailles cabalistiques sont dessinées sur ses cuisses, ses fesses, son ventre. Mais elle gigote encore, et même chantonne, dirait-on ?

C'est avec d'infinies précautions qu'ensuite, tendrement, en larmes (avait-elle déjà pleuré ? Jamais), et déposant sur elle de petits baisers et mots d'encouragement, de foi, d'amour, elle détache la suppliciée, retirant ses liens un par un. Elle récupère ensuite scrupuleusement ses tout petits orteils qu'elle met dans sa poche en espérant ne pas les oublier le moment venu, à l'hôpital où elle compte l'emmener.

Angèle s'effondre au sol. Se relève quelques secondes. Tombe. Annabelle tente de l'aider à se redresser.

— C'est fini, mon amour. Je suis là. Marche, ma chérie, respire. Avance ! Partons vite !

Arrivera-t-elle à marcher ? À quatre pattes, d'abord, certes. Puis, en s'appuyant aux mains d'Annabelle, elle se redresse. Elle n'essaie pas de retenir ses cris de douleur ni de fureur. Mais en claudiquant sur ses pieds mutilés, nue, ensanglantée, elle avance en effet. Titube, tombe, reste prostrée de longues minutes, et toujours se redresse, la rage aux lèvres. Crie sa fureur contre Césari autant que sa joie d'être en vie. Embrasse de sa bouche meurtrie Annabelle, se blottit dans ses bras.

Mais dediou ! Ce fou de Césari ne tenterait-il pas de se dégager de ses liens ? Angèle galvanisée s'approche du corps recroquevillé de son tortionnaire. Il tremble. Un coup de pied. Il la regarde, bafouille des excuses et des déclarations d'amour et des demandes en mariage : ils vont retourner à Bonifacio et il lui fera beaucoup d'enfants qu'ils élèveront au lait de chèvre. Un coup de pied mutilé en un lieu que nous devinons stratégique met un terme à ces incongruités.

Césari braille, Angèle cogne.

Et cogne encore. Annabelle, dans le mouvement, cogne aussi.

Changement de stratégie. Césari ignore sa future épouse et s'adresse à Annabelle, pour tenter de parlementer. Lui que nous imaginions vaincu, quasi mourant, se montre plein de ressource. Étonnant Césari ! Entendez-le, qui veut sauver sa peau et feint de retrouver sa raison, argumentant pied à pied :

— Si vous la délivrez, pauvre folle, vous êtes fichue. Cette femme est une tueuse en série, qui s'attaque systématiquement aux hommes qu'elle épouse. Trois ! Trois, vous m'entendez, elle en a zigouillé trois !

— Ta gueule ! gronde Angèle qui lui assène une nouvelle avalanche de coups.

Rien ne fait taire le bougre.

— Toute femme que vous êtes, vous y passerez tôt ou tard, quand elle se sera lassée, quand elle vous préférera votre blé. Pourquoi croyez-vous qu'elle s'intéresse à une pute de luxe… Ah, ah, ah.

Avouons que ce rire est sinistre. Annabelle en a froid dans le dos. Angèle regarde son amie en hochant la tête : tu vois bien qu'il est fou !

— Pourquoi croyez-vous qu'elle s'est fait radier de l'Éducation nationale ? Je suis bien renseigné, voyez-vous. Pauvre idiote ! C'est par vous qu'elle va se faire entretenir désormais. Et puis, vous aussi, vous rejoindrez Louis Guillometaz, et puis les autres ! Demandez-lui ce qu'elle en a fait, de votre Louis ! Je serais curieux de savoir en combien de morceaux elle a débité son corps, peut-être encore tiède alors de vos coûteuses caresses !

Annabelle interroge Angèle du regard, qui répond :

— Laisse dire. Dépêchons-nous, mon chaton.

— Angèle ?

— Il dit n'importe quoi, ma gazelle adorée. Il est fou, tu vois bien !

— Tu as tué Louis.

— Bon. Mon cœur, ne mégotons pas. Ce n'est

pas faux, si l'on veut. C'est compliqué, une vie, tu comprends ?

— Tu l'as tué, ou pas ?
— Vui.
— Ah tout de même...
— Mais je ne le ferai plus. Promis. Je me fous du fric, des fringues. Je te veux toi, toi ma chérie, toi mon amour. Toi, tu n'as rien à craindre, tu comprends ? Je t'aime, tu as tout changé. Et puis, tu es une femme... Tu es tout ce que j'aime. Rien, avec toi, n'est plus pareil, je te le jure, mon cœur.

Annabelle réfléchit. À pas mesurés, le pouce et l'index pinçant son menton, elle évalue. Silence de plusieurs minutes, régulièrement troublé par les chuintements argumentatifs de Césari.

Elle dévisage Angèle :
— Trois ?
— Pas plus.
Pour finir :
— Mais pourquoi ces meurtres ?
— Ça s'est trouvé comme ça. L'occasion, la lassitude, que sais-je.
— Après tout. Ce n'étaient pas des saints, j'imagine. J'ai connu Louis...
— N'est-ce pas.
— Mais qu'est-ce qu'on va faire, avec celui-là, baby ?

Césari, mal en point et ainsi observé, frissonne de douleur et de terreur mêlées. Alors les yeux d'Angèle se rallument d'une étrange et fascinante lueur, qui fait frémir Annabelle et la captive tout autant. Le corps lamentable de la suppliciée semble vaincre toute souffrance. Elle se tend.

Son amante l'admire.

— Je t'ai juré que je ne le ferai plus, dit Angèle en lui prenant des mains le Sig Sauer... mais seulement lorsque nous aurons quitté cette pièce...

— Tu veux dire ?

— Impossible de laisser ce porc de flic en sang dans cet endroit. Il en sait trop sur moi. Laisse-moi faire le travail, bébé, une dernière fois.

— Mais.

— Une toute petite dernière fois.

Nouvelles cogitations d'Annabelle. Complice d'un meurtre, ça va chercher loin... Et d'un équarrissage, ça vous conduit à perpète. D'un autre côté, si l'affaire venait à s'ébruiter, si Marquiseaux remontait jusqu'au cadavre, on est bien dans un cas de légitime défense, non ?

— Bon, mais à condition de pouvoir t'aider.

— Avec joie, ma douce.

— On s'y met ?

— C'est parti.

Ainsi parlaient Angèle et Annabelle au beau milieu de ces épreuves folles.

Et leur bonheur alors se suspendit à leurs sages paroles.

NÉO-POST

Angèle et Annabelle se pacsèrent, se marièrent dès que la loi le leur permit et eurent beaucoup d'enfants.

En ce début du XXIe siècle, les sociologues – redonnons-leur pour finir la parole – s'intéressent de plus en plus au couple, ou plus exactement à la crise du couple. Pour faire court, trois changements d'envergure ont caractérisé les structures familiales depuis le mouvement libertaire de 1968. Le taux de divorce n'a cessé de grimper tandis que le taux de nuptialité n'a cessé de chuter et que le taux de fécondité s'est effondré.

Il est toutefois notable que certains couples perdurent. Par leur rareté même, ils intéressent éminemment les chercheurs qui ont pu récemment établir, d'après de larges enquêtes menées en France (à l'exception notable de la Corse), que la longévité d'un couple s'articulait, comme on pouvait s'en douter, autour de la notion de compatibilité : alchimie sexuelle, bien entendu, compatibilité affective, et par-dessus tout adéquation des niveaux sociaux-culturels, ou pour faire simple : homogamie (peu romantique, mais crucial, on n'y coupe pas). Mais ils ont mis en lumière trois points généralement passés sous silence : en premier lieu, la pratique quotidienne de la négociation (sexuelle, financière, artistique, culinaire, idéologique, politique, etc.). Ils ont deuxièmement pu établir que la longévité du couple était conditionnée par la capacité de laisser à l'autre un espace et un temps personnel (le fameux jardin secret). Ils ont enfin établi l'importance du soutien mutuel, garanti autant par la considération de l'autre que par la mise à disposition de ses compétences (y compris professionnelles).

Cependant, les données statistiques dont nous disposons actuellement sont encore trop peu significatives pour savoir si ces conclusions restent valables dans le cas d'un couple de bisexuelles légalement mariées. Ce qui nous conduit à appeler ici de nos vœux le financement rapide d'un vaste programme de recherche européen sur ce cas d'espèce emblématique de la néo-post-modernité.

DU MÊME AUTEUR

Chez P.O.L éditeur

RHÉSUS, 2006, prix *Lire* du meilleur premier roman, prix *Madame Figaro*/ Le Grand Véfour, mention spéciale du prix Wepler, prix du 15 minutes plus tard

Aux Éditions Héloïse d'Ormesson

LE DEGRÉ SUPRÊME DE LA TENDRESSE, 2008, prix Jean-Claude Brialy

Aux Éditions Flammarion

FANTAISIE-SARABANDE, 2014 (Folio n° 5967)

COLLECTION FOLIO

Dernières parutions

5821.	Akira Mizubayashi	*Petit éloge de l'errance*
5822.	Martin Amis	*Lionel Asbo, l'état de l'Angleterre*
5823.	Matilde Asensi	*Le pays sous le ciel*
5824.	Tahar Ben Jelloun	*Les raisins de la galère*
5825.	Italo Calvino	*Si une nuit d'hiver un voyageur*
5827.	Italo Calvino	*Collection de sable*
5828.	Éric Fottorino	*Mon tour du « Monde »*
5829.	Alexandre Postel	*Un homme effacé*
5830.	Marie NDiaye	*Ladivine*
5831.	Chantal Pelletier	*Cinq femmes chinoises*
5832.	J.-B. Pontalis	*Marée basse marée haute*
5833.	Jean-Christophe Rufin	*Immortelle randonnée. Compostelle malgré moi*
5834.	Joseph Kessel	*En Syrie*
5835.	F. Scott Fitzgerald	*Bernice se coiffe à la garçonne*
5836.	Baltasar Gracian	*L'Art de vivre avec élégance*
5837.	Montesquieu	*Plaisirs et bonheur et autres pensées*
5838.	Ihara Saikaku	*Histoire du tonnelier tombé amoureux*
5839.	Tang Zhen	*Des moyens de la sagesse*
5840.	Montesquieu	*Mes pensées*
5841.	Philippe Sollers	*Sade contre l'Être Suprême précédé de Sade dans le Temps*
5842.	Philippe Sollers	*Portraits de femmes*
5843.	Pierre Assouline	*Une question d'orgueil*
5844.	François Bégaudeau	*Deux singes ou ma vie politique*
5845.	Tonino Benacquista	*Nos gloires secrètes*
5846.	Roberto Calasso	*La Folie Baudelaire*
5847.	Erri De Luca	*Les poissons ne ferment pas les yeux*

5848. Erri De Luca	*Les saintes du scandale*
5849. François-Henri Désérable	*Tu montreras ma tête au peuple*
5850. Denise Epstein	*Survivre et vivre*
5851. Philippe Forest	*Le chat de Schrödinger*
5852. René Frégni	*Sous la ville rouge*
5853. François Garde	*Pour trois couronnes*
5854. Franz-Olivier Giesbert	*La cuisinière d'Himmler*
5855. Pascal Quignard	*Le lecteur*
5856. Collectif	*C'est la fête ! La littérature en fêtes*
5857. Stendhal	*Mémoires d'un touriste*
5858. Josyane Savigneau	*Point de côté*
5859. Arto Paasilinna	*Pauvres diables*
5860. Jean-Baptiste Del Amo	*Pornographia*
5861. Michel Déon	*À la légère*
5862. F. Scott Fitzgerald	*Beaux et damnés*
5863. Chimamanda Ngozi Adichie	*Autour de ton cou*
5864. Nelly Alard	*Moment d'un couple*
5865. Nathacha Appanah	*Blue Bay Palace*
5866. Julian Barnes	*Quand tout est déjà arrivé*
5867. Arnaud Cathrine	*Je ne retrouve personne*
5868. Nadine Gordimer	*Vivre à présent*
5869. Hélène Grémillon	*La garçonnière*
5870. Philippe Le Guillou	*Le donjon de Lonveigh*
5871. Gilles Leroy	*Nina Simone, roman*
5873. Daniel Pennac	*Ancien malade des hôpitaux de Paris*
5874. Jocelyne Saucier	*Il pleuvait des oiseaux*
5875. Frédéric Verger	*Arden*
5876. Guy de Maupassant	*Au soleil* suivi de *La Vie errante et autres voyages*
5877. Gustave Flaubert	*Un cœur simple*
5878. Nicolas Gogol	*Le Nez*
5879. Edgar Allan Poe	*Le Scarabée d'or*
5880. Honoré de Balzac	*Le Chef-d'œuvre inconnu*
5881. Prosper Mérimée	*Carmen*

5908.	Chico Buarque	*Court-circuit*
5909.	Marie Darrieussecq	*Il faut beaucoup aimer les hommes*
5910.	Erri De Luca	*Un nuage comme tapis*
5911.	Philippe Djian	*Love Song*
5912.	Alain Finkielkraut	*L'identité malheureuse*
5913.	Tristan Garcia	*Faber. Le destructeur*
5915.	Thomas Gunzig	*Manuel de survie à l'usage des incapables*
5916.	Henri Pigaillem	*L'Histoire à la casserole. Dictionnaire historique de la gastronomie*
5917.	Michel Quint	*L'espoir d'aimer en chemin*
5918.	Jean-Christophe Rufin	*Le collier rouge*
5919.	Christian Bobin	*L'épuisement*
5920.	Collectif	*Waterloo. Acteurs, historiens, écrivains*
5921.	Santiago H. Amigorena	*Des jours que je n'ai pas oubliés*
5922.	Tahar Ben Jelloun	*L'ablation*
5923.	Tahar Ben Jelloun	*La réclusion solitaire*
5924.	Raphaël Confiant	*Le Bataillon créole (Guerre de 1914-1918)*
5925.	Marc Dugain	*L'emprise*
5926.	F. Scott Fitzgerald	*Tendre est la nuit*
5927.	Pierre Jourde	*La première pierre*
5928.	Jean-Patrick Manchette	*Journal (1966-1974)*
5929.	Scholastique Mukasonga	*Ce que murmurent les collines. Nouvelles rwandaises*
5930.	Timeri N. Murari	*Le Cricket Club des talibans*
5931.	Arto Paasilinna	*Les mille et une gaffes de l'ange gardien Ariel Auvinen*
5932.	Ricardo Piglia	*Pour Ida Brown*
5933.	Louis-Bernard Robitaille	*Les Parisiens sont pires que vous ne le croyez*
5934.	Jean Rolin	*Ormuz*
5935.	Chimamanda Ngozi Adichie	*Nous sommes tous des féministes* suivi des *Marieuses*

5882. Franz Kafka	*La Métamorphose*
5883. Laura Alcoba	*Manèges. Petite histoire argentine*
5884. Tracy Chevalier	*La dernière fugitive*
5885. Christophe Ono-dit-Biot	*Plonger*
5886. Éric Fottorino	*Le marcheur de Fès*
5887. Françoise Giroud	*Histoire d'une femme libre*
5888. Jens Christian Grøndahl	*Les complémentaires*
5889. Yannick Haenel	*Les Renards pâles*
5890. Jean Hatzfeld	*Robert Mitchum ne revient pas*
5891. Étienne Klein	*En cherchant Majorana. Le physicien absolu*
5892. Alix de Saint-André	*Garde tes larmes pour plus tard*
5893. Graham Swift	*J'aimerais tellement que tu sois là*
5894. Agnès Vannouvong	*Après l'amour*
5895. Virginia Woolf	*Essais choisis*
5896. Collectif	*Transports amoureux. Nouvelles ferroviaires*
5897. Alain Damasio	*So phare away* et autres nouvelles
5898. Marc Dugain	*Les vitamines du soleil*
5899. Louis Charles Fougeret de Monbron	*Margot la ravaudeuse*
5900. Henry James	*Le fantôme locataire* précédé d'*Histoire singulière de quelques vieux habits*
5901. François Poullain de La Barre	*De l'égalité des deux sexes*
5902. Junichirô Tanizaki	*Le pied de Fumiko* précédé de *La complainte de la sirène*
5903. Ferdinand von Schirach	*Le hérisson* et autres nouvelles
5904. Oscar Wilde	*Le millionnaire modèle* et autres contes
5905. Stefan Zweig	*Découverte inopinée d'un vrai métier* suivi de *La vieille dette*
5906. Franz Bartelt	*Le fémur de Rimbaud*
5907. Thomas Bernhard	*Goethe se mheurt*

5936.	Victor Hugo	*Claude Gueux*
5937.	Richard Bausch	*Paix*
5938.	Alan Bennett	*La dame à la camionnette*
5939.	Sophie Chauveau	*Noces de Charbon*
5940.	Marcel Cohen	*Sur la scène intérieure*
5941.	Hans Fallada	*Seul dans Berlin*
5942.	Maylis de Kerangal	*Réparer les vivants*
5943.	Mathieu Lindon	*Une vie pornographique*
5944.	Farley Mowat	*Le bateau qui ne voulait pas flotter*
5945.	Denis Podalydès	*Fuir Pénélope*
5946.	Philippe Rahmy	*Béton armé*
5947.	Danièle Sallenave	*Sibir. Moscou-Vladivostok*
5948.	Sylvain Tesson	*S'abandonner à vivre*
5949.	Voltaire	*Le Siècle de Louis XIV*
5950.	Dôgen	*Instructions au cuisinier zen* suivi de *Propos de cuisiniers*
5951.	Épictète	*Du contentement intérieur et autres textes*
5952.	Fénelon	*Voyage dans l'île des plaisirs. Fables et histoires édifiantes*
5953.	Meng zi	*Aller au bout de son cœur* précédé du *Philosophe Gaozi*
5954.	Voltaire	*De l'horrible danger de la lecture et autres invitations à la tolérance*
5955.	Cicéron	*« Le bonheur dépend de l'âme seule ». Tusculanes, livre V*
5956.	Lao-tseu	*Tao-tö king*
5957.	Marc Aurèle	*Pensées. Livres I-VI*
5958.	Montaigne	*Sur l'oisiveté et autres essais en français moderne*
5959.	Léonard de Vinci	*Prophéties* précédé de *Philosophie* et *Aphorismes*
5960.	Alessandro Baricco	*Mr Gwyn*

Composition Nord compo
Impression Maury Imprimeur
45330 Malesherbes
le 03 août 2015.
Dépôt légal : août 2015.
Numéro d'imprimeur : 199646

ISBN 978-2-07-046344-2. / Imprimé en France.

277234